JN080736

化石少女と七つの冒険

麻耶雄嵩
MAYA YUTAKA

FOSSILGIRL

徳間書店

目次

装画　鈴木康士
装丁　坂野公一（welle design）

第一章　古生物部、差し押さえる

1

染みだらけの天井に棒状の蛍光灯が二列に並ぶ、十二畳ほどの細長い部室。窓はいつもカーテンで閉め切られ、クリーム色の壁には埃《ほこり》っぽいガラクタが所狭しと並べられている。小動物や恐竜の骨格模型。三葉虫の化石。シダ類の標本。それらに混じってよく解《わか》らない大量の石ころ……。

室内は悠久の時が流れているかのように、去年の春から何も変わっていない。

大きなテーブルの上には、シーラカンスやアンモナイトを押しのけ、エディアカラ生物群の模型がこれ見よがしに飾られている。文化祭で展示したもので、塗装がまだまだ新しい。

カーテンの隙間から春のうららかな日差しが差し込む部屋の片隅には、パイプ椅子に座った女子が、卓上のケースに向かってハンマーを打ちつけていた。左手には細長いタガネ。両手に軍手を嵌《は》め、顔はマスクとゴーグルで覆い、茶色い天然パーマの長髪を後ろで束ねている。ゴーグルから覗《のぞ》くアーモンド形の瞳だけは真剣で、獲物を狙う鷹《たか》のように鋭い目つき……すっかり見慣れた光景。

　彼女は慎重な手つきでケースの中のゴツゴツした石の表面をタガネで削り取り、埋もれた化石を削り出していた。コンコンコンとタガネの頭をハンマーで叩く単調な音が室内に充満している。

　彼女の名前は神舞《かんぶ》まりあ。私立ペルム学園の三年生だ。赤点の女王であるまりあも、無事進級できた模様。で、ここはペルム学園の古生物部の部室。京都市の北部に位置し、近くを賀茂川《かもがわ》が流れる私立ペルム学園は百年以上の歴史を誇り、そして古生物部は二十一年の歴史を持つ（それなりに）伝統ある部らしい。

　といっても部員は部長の神舞まりあと平部員の二年生、桑島彰《くわじまあきら》の二人だけ。その彰はいつものように、イヤフォンをつけて携帯ゲームで遊んでいた。

「ねえ、彰」

　マスクとゴーグルを外し、両肩を二度三度回してほぐしたまりあが、呼びかけてくる。

「もうすぐ五月よね」

「そうですね」ゲームの手を止めることなく彰が答える。「来週からゴールデン・ウィークが始まります」

「気づかない？　大問題なことに」

　苛立《いらだ》ちの表現か、注意を喚起するためか、まりあは荒々しくハンマーの柄を机に置く。

「新入生が一人も来てない！」

　古生物部の部員は去年と同じ二人だけだ。悠久の時が流れているかのように。

「……いいじゃないですか。人数が少なくても廃部にならないんですから。去年の今頃は過疎部問題で廃部の危機でしたし」

「そういうことじゃなくて」

茶色の天然パーマを振り乱し、まりあは訴える。

新年度に合わせて、新しいクラブ棟がペルム学園の一番奥に建てられた。老朽化して放置されていた旧クラブ棟が取り壊され建て替えられたのだ。新しくできたクラブ棟はまぶしいくらいの純白に塗装された四階建ての校舎で、玄関や階段、屋上などのデザインが四角四面ではなく、今風にちょっとおしゃれになっている。

新クラブ棟の部室は新しい上に広く、空調などの設備も充実しているので、有力なクラブの多くは我先にと現クラブ棟からそちらへ移っていった。当然部員が少なく実績も乏しい古生物部は移転を却下され、現クラブ棟（今や旧クラブ棟だが）に居残ることになった。居残り組は古生物部だけでなく、去年不祥事を起こしたエアホッケー部などたくさんあったが、どれも活気がなく冴《さ》えないクラブばかり。その上、旧クラブ棟に巣くっていた幽霊クラブの連中がこちらに押しかけてきたため、現クラブ棟の場末感が半端なくなった。

とはいえ、まりあと違って熱心な部員ではない彰にすれば、閑散とした気怠《けだる》さが漂う今の方が性に合っていた。それに引っ越しとなれば、この部室に圧縮収納された由緒正しきガラクタどもをすべて運ばなければならなくなる。しかし男手は彰一人だけ。移転が却下されて、密《ひそ》かに胸をなで下ろしたくらいだ。

「でも新入部員が来なければ大変なことになる。来年、私が卒業したら部員が彰一人だけ。彰のことだから一人だと勧誘どころか部活動もしないでしょ。そうなると翌年には古生物部は確実に滅ぶ」

見事に見透かされている。まあ、これだけやる気のなさを見せていれば、まりあにも推察できるだろう。まりあは自分の言葉でヒートアップすると、

「古生物部の絶滅！　せっかくP－T境界を乗り越えたと思ったのに、こんどは三畳紀《さんじょうき》末の大絶滅を耐えなければならないなんて。古生物部は単弓類《たんきゅうるい》のようにしぶとく生き残らなければならないの」

「まりあ先輩が卒業するまで存続するのは確実なんだから、それでいいじゃないですか。それとも赤点をとり続けてあと五年くらい居座りますか？」

揶揄《からか》ったつもりなのに「それもいいかも」と是認しだしたため、彰は焦った。まりあのお守《も》りとしてこの学園にねじ込まれたのに、当のまりあが留年したとなると（父が）切腹ものだ。まりあと彰は幼なじみではあるが、庶民の彰に対し、まりあは京都に千年続く由緒ある家の令嬢。その上、彰の父は神舞家の会社の社員でもあった。

しかしすぐに「いいわけないでしょ」と首を振る。ノリツッコミだったのか、悪魔の誘惑に一瞬傾きかけたのかは不明。ともかく彰は安堵《あんど》した。

「生命誕生から今の私たちまで繋《つな》いできた生物のうち、もし一つでも絶滅していたら人類は生まれてこなかった。絶滅というのはそれだけ深刻なことなの」

「もし途絶えてたら俺たちはコウモリ人間だったかもしれませんね。本で見ましたよ、そんな未来予想図。コウモリ人間が知恵を持ち今の文明を築いたら、俺たちもコウモリ人間が普通なんだから、コウモリ人間である自分を気にすることないですし」

「私はコウモリ人間にはならない。人類がいいの」

自身がコウモリ人間になった姿を想像したのか、まりあは大きく身ぶるいした。

「いや、そういう問題じゃなくて。便宜上コウモリ人間と云《い》ってますけど、多分コウモリ人間たちも人類と名乗っていますよ。で、できが悪いと『おまえはヒト未満のコウモリだ』とコウモリ呼ばわりされるんです。ヒトがサルを馬鹿にするように。それにもしまりあ先輩だけ今の姿のままだと、コウモリ人間の動物園に収監されてしまいますよ」

「もう、コウモリはどうでもいいの。古生物部がこれからも存続することが重要なんだから」

「でも一度廃部になっても、いずれ先輩のようなやる気のある人間が新たに古生物部を立ち上げるかもしれませんよ。生命の進化と違って、いったん途切れてもクラブは再興することができるんですから」

「急に真面目なことを云い出すのね」

まりあは目を丸くしたが、

「伝統が途切れれば、それはただの収斂《しゅうれん》進化。魚竜《ぎょりゅう》とイルカの相似性みたいな。それに部室にある財産はどうするの。途絶えた瞬間、焼却炉行きよ」

「石を焼却炉に捨てるのはまずいでしょ」

「財産ではなく二束三文のガラクタでしょ」とはさすがに口には出さなかった。このガラクタに公の価値があるならば、リリヤン部のように実績のある部として廃部騒動も起きなかったはずだ。

「部が再興するまで先輩が預かっておけばいいじゃないですか。先輩の家は広いんだし」

誇張ではなく、神舞家は彰の家が一ダースは入りそうな敷地に建っている。

「彰も知ってるでしょ。家には内緒にしていることを。持って帰れるわけない。……そうだ、彰の部屋に置かせて」

「お断りです。先輩の家と違ってそんなスペースはありませんから。しかも大半が化石だし、俺の部屋は二階なんです。底が抜けてしまいます」

「ケチ」と、派手に舌打ち。良家の子女だが行儀は悪い。

「先輩のほうこそ、そろそろご両親に打ち明けたらいいんじゃないですか。大学はそっち系にするんでしょう?」

途端に、まりあの瞳が曇る。

「すみません。云いすぎました」

彰は慌てて謝った。踏み込みすぎたのだろう。由緒のある家は反面、不自由なことも多いのは察せられる。

「ともかく存続を願うなら、勧誘するしかないですね」

「そう。それに尽きるの。勧誘が全ての特効薬」まりあは元の明るい表情に戻ると、「彰はちゃんと新人勧誘をやってるの?」

「何を云ってるんですか。ポスター貼りもクラブ紹介の演説も全部俺に任せて、先輩こそ何もしていないでしょ。ずっと部室で巻貝の化石を磨いているばかりで」

「やってるから」

意外にもまりあは胸を張った。

「半月前に見学に来た一年生を知ってる？　ウミサソリが史上最大の節足動物だったことを知っていた、筋のよかった子」

「はい。ええと、名前は高萩《たかはぎ》でしたっけ。単なる冷やかしではなく、少しは興味ありそうでしたけど。先輩がキャッチセールスさながらの怒濤《どとう》の勧誘をしたせいで、それきり姿を見せなくなりましたね」

四月になって何人か部活見学者が来ることは来た。しかしまりあの疾走する熱意が徒《あだ》となって再訪したものは誰もいない。ペルム学園には古生物に興味のある生徒もいるが、みなメジャーで健全な恐竜部や生物部などに流れていった。

「そうそう、その子。色白で目がくりくりとして背がちびっこい」

まりあが声をうわずらせた。

「身長は先輩と同じくらいはあったでしょ。あと本人の前で決してちびなんて云わないように」

まりあは忠告を軽く聞き流すと、

「今どうしていると思う？」

思わせぶりに尋ねてきた。

「もう別のクラブに入っているんじゃ？　まさか先輩が口説き落としたんですか」

「そこまでは行かないけど、さっき通路で見かけたのよ。今日は一年生が体力テストだから、この時間も校内をうろちょろしてるでしょ。だから背中に赤札を貼ってきたの」

「赤札って差し押さえのときの？」

「そう。彼はこの古生物部が先に差し押さえたって主張するために」

まるで善行を積んだ高僧のように曇りのない表情。

「よく赤札なんて持ってましたね」

「部室にあったの。それを思い出したから慌てて取りに帰って」

必要ないものは何でもある部室だと、改めて感心した。そういえば彰も部室で差し押さえの紙を見た記憶がある。五十センチほどの長さの赤い短冊で、〝差し押さえ〟と黒字で書かれていた。下には手描きのペンで〝古生物部〟と。どちらも細い字体なので視認性は悪い。何のためにあったんだろう？　部費のカタに何か差し押さえられたのだろうか。

「高萩君は嫌がりませんでした？」

「どうだろ。呼び止めた際に背中に貼っただけだから気づいていないかも」

とんでもないことを口にし始める。

「だって話し込んで体力テストの邪魔をしたら悪いでしょ」

「つまり本人に内緒で貼ってきたんですか。テロですよ、それ」彰は頭を抱えた。比喩ではなく文字通りに。「なんてことを。恥をかかされた新入生は絶対に入ってくれないじゃないですか」

「そう？　挨拶代わりに、とりあえず唾をつけておいただけなのに」

　本気で云っているからたちが悪い。

「ちゃんと挨拶した方が数億倍ましですよ。もし先輩が知らないうちに、赤点のテストを背中に貼りつけられていたらどうします？」

「怒る」さも当然のように答える。

「同じです。先輩は他人の立場に立って考えるということに頭がまわらなすぎです。物云わぬ化石ばかりを相手にしているからそうなるんです。よくそんなことをしでかして、部活に入ってもらえると思いましたね」

　高萩には後で謝っておくしかない。まりあのために少しは新人勧誘に力を入れようかと考え直した彰が甘かった。わずかな希望の糸もすでに断ち切られていたのだ。

「ちょっと、化石が物を云わないなんて、そんなことない。本当にいろんなことを教えてくれるから。そもそも示準《しじゅん》化石というのは……」

「論点はそこじゃないです」

　脱力気味に講釈を遮ると、

「とにかく勧誘をするなら普通に勧誘してください。ほとんどの生徒は先輩と違って普通の感覚の持ち主なんですよ」

「私も普通だし」

「普通の人は背中に赤札を貼ったりなんかしません。そもそもどうして部室に」

「思い出した！」まりあは声を上げた。「生徒会。生徒会の中島《なかじま》が嫌がらせでカルニオディスクスに貼り付けていったの」

カルニオディスクスというのは巨大な団扇《うちわ》のような古代生物で、去年の文化祭のためにまりあが組み立てたエディアカラの模型の一つだ。落雷と停電で一度倒壊するという不幸を乗り越え、苦心惨憺《さんたん》なんとか作り上げた海底のジオラマ群。いまでも部室の一番目立つ場所に鎮座している。

彰は室内を圧迫している要因の一つであるカルニオディスクスを一瞥《いちべつ》したのち、

「そんなことがあったんですか」

中島は去年の生徒会の書記で、性格に難がある男だ。生徒会の中では一番まりあを煽《あお》っていた。

「何かに使えるかなと思って。実際使えたでしょ。……あ、もしかしてこれって生徒会の陰謀？新入生が一人も入らないのも訝《おか》しいと思ったの。これだけアピールしているのに一人も入部者がいないなんて」

赤札からの連想で当時の生徒会との軋轢《あつれき》がフラッシュバックしたのだろうか。まりあの脳みそが突如安い陰謀論に染まり始めた。

「今更何を云ってるんです。過疎部問題は新しいクラブ棟ができて無事解決したし、それに去年の秋も今年も無風選挙でしょ」

ペルム学園の生徒会選挙は春と秋の二度行われる。春はゴールデン・ウィークが明けた頃。新入生にとっては入学早々の選挙となる。落ち着くまもなく四月の半ばから選挙戦に突入し、実際去年の彰は右も左も解らずまりあに命じられるままに投票した。多くの一年生がそうだったのではないだろうか。

　しかも一般的な生徒会選挙と異なり、ペルム学園では生徒会長と副会長が二人セットで立候補する。一蓮托生《いちれんたくしょう》というやつだ。残りの会計や書記などの役員は、当選後に生徒会長が任命する。まるで内閣の組閣みたいだが、普通の選挙のように全員を選挙で選ばなくてもいい分、生徒側も投票しやすい。他の役員は生徒会長が決めるので、組織としての効率もいい。ただ、その分、すべてを決定する生徒会長&副会長選は苛烈なものとなる。

　京都の上流階級の子女が通う高校だけあって、古《いにし》えから京洛《けいらく》に渦巻く様々な火種に引火しやすいのだ。たかが高校の生徒会といえど、「うちの息子が○○家の風下に立つなんて」という親同士のドロドロした想念が交錯し、当の子供たちも家名に恥じないようヒートアップするものだから、取り巻きたちをも交えた内戦状態になる。去年の春は、まりあ側と対立する派閥が生徒会長に当選し、結果として古生物部存続の危機を迎えた。

　ただ荒子《あらこ》前生徒会長の名誉のために付け加えておくと、まりあが反生徒会派なので古生物部が廃部を迫られたのではなく、本来なら部員二人の古生物部なんてとっとと廃部になっても訝しくなかったのだが、一昨年の秋の生徒会長の水島《みずしま》がまりあの友人だったため、優遇され廃部を免れていただけのことである。

　そんな毎年、表に裏に魑魅魍魎《ちみもうりょう》が跋扈《ばっこ》する選挙であるが、去年の秋と今年の春と無風選挙が続いている。この一年、学内で殺人などのショッキングな事件が立て続けに起こったため、荒子派と水島派で話し合いがもたれ、双方から会長と副会長を一人ずつ選出して立候補したのだ。昨年、校内を二分した二人に逆らって立候補する奇特な者はおらず、無風選挙となった。

会長は前庶務の小本英樹《こもとひでき》。爽やかなスポーツマン。女にだらしないとの風評もあったが、荒子会長に諭されたのか、今は悪い噂《うわさ》は聞かない。ただしたぶん人殺しだ。

そして副会長は水島派の西阿知由実《にしあちゆみ》。当時同じ二年生だったまりあも面識がほとんどないらしい。もちろん彰は会ったことすらない。

二派の呉越同舟《ごえつどうしゅう》生徒会は荒子前会長たちが卒業したこの春も続き、今度は西阿知が生徒会長——十数年ぶりの女子生徒会長らしい——、小本が副会長として立候補している。選挙はゴールデン・ウィーク明けの週末だが、対抗馬が現れず、今回も無風選挙の予定だ。

まりあも本人の教養や人間性はともかく家格だけならたいしたものなので、去年の秋は水島から役員に誘われたらしい。

「私は化石で忙しいの」

にべもなく断ったようだ。しかしそれは体《てい》のいい逃げ口上ではなく、完全な事実だったので、それ以上は強く誘われなかった。そもそも生徒会を相乗りで二つの派閥で分け合っている以上、役員の席は本来の半分しかない。役員になりたい取り巻きは山ほどいる。

まりあは部室にいるときは、ひたすら化石のクリーニングをしていた。休みになれば山に化石掘り。廃部問題が落ち着いたのもあるが本当に化石が好きなのだろう。いい年をした女子高生が、化石掘りや化石磨きに青春をかけていいのかと思わなくもない。当然、学校では奇人変人化石少女と噂されている。

では、自分は高校生活を何にかけているんだ？　と訊《き》かれれば彰には答えられなかった。なのでこれ以上、否定も軽視もできない。

話が逸《そ》れたが、前生徒会で云えば笹島生人《ささしまいくと》は同じ風紀に再任された反面、会計の稲永渚《いなえいなぎさ》は退任した。演劇部に専念するという。

まりあが生徒会憎しで何かと同性同学年の渚に突っかかっていたので、彼女とは少し面識ができたが、廃部問題が解消して以降、会うこともなくなっていた。ペルム学園の生徒会は名家の子女の交流の場なので、庶民の彰にはそもそも縁がない存在だ。だから本来に戻っただけ。ただ、笹島も渚もきっと人殺しだ。というか、前生徒会の中で人殺しでないのは荒子前会長だけだろう。

そんな訳なので、派閥絡みでまりあに嫌がらせをする理由は、現生徒会にはない。半分はまりあと同じ派閥なのでむしろ忖度《そんたく》を期待できるくらいだ。

「もう今の生徒会はなにも関係ないんですから、わざわざ嫌がらせなんてしないですよ。模型に赤札を貼った中島さんももう卒業していますし」

「じゃあ、じゃあ、誰かの陰謀じゃなく、単純に古生物部が人気がなくて新入生がこないだけというの？」

宇宙の真理に気づいたような真顔と口調でまりあが訴える。なぜこんな簡単な答えにそんな大仰なリアクションがとれるのか、彰には不思議だった。

「そうです。ようやく気づいたんですか。そのための化石磨きでしょ。文化祭に向けて頑張るしかないんです」

畢竟《ひっきょう》するに、まりあは化石に専念しているときが、一番扱いが楽だ。そして楽しそうでもある。このまま一年、まりあが卒業するまで化石趣味に没頭できる環境が続いてくれればいいのだが。彰は祈らずにはいられなかった。

だが……それがまるで四コマ漫画のオチのフラグかのように、校門からパトカーのけたたましいサイレンの音が聞こえてきた。

2

理科室で一年生の女子生徒が殺されたというのはクラスの連絡網で知った。時間はちょうど彰たちが部室にいた頃。被害者の顔と名前を知ったのは夜のニュースでだ。東海林清花《しょうじさやか》という、知らない名前の生徒だった。ショートカットの色白美人で、ペルム学園の制服を着ていたので、入学記念か何か最近の写真なのだろう。ただ情報はそこまで。詳細は不明と軽いまとめかたで、アナウンサーは次のニュースに移った。翌朝の新聞も同じような内容だった。

当然ながら翌日の授業は行われず、退屈なホームルームが続き、そして昼前に終了となった。一部の生徒は警察に事情聴取されているという。

事件への興味が全くないわけではないが、以前と比べてどこか遠い世界の出来事にも感じられた。きっと生徒会との腐れ縁が切れたせいだろう。生徒会が生徒たちをまとめ上げている以上、公式、非公式のさまざまな情報がいったん生徒会にプールされる。そしてたまたま当時の彰たちは生徒会に近い位置にいた。あと事件自体が役員たちを中心に回っていたこともあるだろう。ところが今は凡庸《ぼんよう》な一般生徒にもどっている。当然事件の渦の遥《はる》か遥か外縁に位置しているだけ。さながら対岸の火事だ。

でもそれが一番だろう。スリリングな環境は、結果的に自分の手を血に染めるところまで突き進んでしまった。

そう、彰も人殺しだ。いまも彰の手には落としても落としきれない鮮血がまとわりついている。幸いにして、まりあも事件には興味がなさそうだった。正確には、好奇心が鎌首をもたげそうになるたびに、彰が化石へと誘導していたのだ。もうまりあに探偵ごっこはさせない。

その翌日も同じように半ドンだった。一年生は今日からカウンセリングを受けることになった。二年と三年は明日以降とのこと。殺人が続いたペルム学園では見慣れた光景。しかしこの前一斉カウンセリングを受けたばかりなので、カウンセラーも大変だろう。

殺人が起こったのは一年生の体力テストの日だった。体力テストは去年は全校一斉に行われていたが、今年から三年、二年、一年と三日に分けて実施されるようになった。そして一年が最終日だった。

三日に分けたのは理由があって、それが一斉カウンセリングの導入だった。ペルム学園は各学年六組まであって、一日でなんとかこなせる人数が一学年分だったからだ。クラスごとに男女混成の名簿順で一人ずつ。普段暇そうなカウンセラーもこの三日だけは地獄になる。

殺人の前日は彰たち二年が一日かけて体力テストを受けていた。グラウンドに体育館に保健室、そしてカウンセリング・ルームと六つの組が順繰りに右往左往、慌ただしく移動していくさまは、高校生クイズの○×クイズのようだった。特にクラス委員長と副委員長の男女は、測定に駆り出された担任教師の代わりに生徒たちを誘導しなければならないので大変だ。目立つよう青いタスキを掛けて「こっち、こっち」とそれぞれクラスの男子と女子を先導していた。

　良家の子女ばかりでみな物わかりがよかったから成立しているものの、授業崩壊するような高校ではとても成り立たないだろう。

　それでも去年に比べればましだった。去年はカウンセリングがない代わりに三学年同時だったから、狭い廊下や昇降口が芋洗い状態になっていた。ただ、体力テストは終日体操服で行うが、ペルム学園の体操服は白地でも学年ごとに袖の色が違うので、青、赤、黄の三色の体操着が入り乱れカラフルな現代アート状態になっても、同じ学年同士を見つけやすいのは取り柄だった。

　ともかくカウンセラーは地獄の三日間をなんとか乗り越えた直後に再び全校生徒を相手にしなければならないわけだ。過労で倒れなければいいが。

　三十半ばの、少し口紅の色が濃いカウンセラーの顔を思い浮かべながら、彰は同情した。

　ホームルームが終われば下校なのだが、四度の殺人で逞《たくま》しくなったのか、折角だからとクラブ活動を再開する生徒たちも現れた。もちろんまりあもその一人だ。学校も無理に制限するより自主性に任せたほうがメンタルにいいと判断したらしく、何も咎《とが》めない。

　ホームルームが終わり部室に行くと、まりあの姿はなかった。鍵が開いていて、カバンが投げ出されていることから、いったん部室には来たらしい。

まさか事件のことが気になっていつもの詮索癖が……不安が過《よ》ぎったが、待つ以外、他にすることもなし、とりあえず携帯ゲームを始める。

しばらくするとドアがノックされ、珍しい人物が顔をのぞかせた。以前に部を見学に訪れた高萩だった。小柄で色白、中性的な童顔。さらさらの髪は頭頂からリンゴのような丸みを帯び、うなじのあたりで収束している。女子の制服を着ていれば女と疑わないだろう。ただ眼だけは厭世《えんせい》家《か》のように虚《うつ》ろだった。たしかにまりあが云うように身長だけでなく外見も幼いちびっ子だが、当然おくびにも出さない。

もしかして赤札を貼られたのを抗議しに来たのだろうか。

「一年六組の高萩双葉《ふたば》です。前に一度見学させてもらいました」

「よく覚えてるよ。それで今日はどうしたんだい。まさか入部希望とか？」

「いえ、そうではなくて」

彼は変声期前の高い声であっさり否定すると、おそるおそる切り出した。

「今日は先輩方のお力を借りたくて」

「お力？」

意外な言葉に思わず復唱する。

「はい。一昨日の事件のことで」

「どういうこと？」

「はい、それが」

なぜ相談しに来たのか理由を尋ねたつもりだが、内容を促されたと勘違いしたようだ。高萩は止める間もなく話し始めた。

「殺されたのはクラスメイトの東海林清花。〝とうかいりん〟が正しい読み方なんですけど、みんなショージってあだ名で呼んでました。小学校の時からそう呼ばれていたみたいです」

「〝とうかいりん〟と読んだりもするのか」

「〝とうかいばやし〟と読む人もいるみたいです」

〝しょうじ〟という特殊な読み方が有名なせいで、とうかいりんと名乗るとふざけているのかと怒られることもあるらしい。そのたびに生徒手帳を見せていたとか。

「でもニュースでは〝しょうじ〟と」

「間違えたみたいですね。昨日クラスでそのことも話題になってました」

殺人事件の翌日というのに意外と逞しいクラスメイトたちだ。

「それで事件のことなんですが……」

高萩の話では、事件が起こったのは夕方の四時過ぎのこと。一組から始まり、六組は一番最後にカウンセリングを受けた。死体が発見されたのはクラスのカウンセリングがまだ続いている最中の、四時二十分頃だった。

死因は理科室の壁に後頭部を強打したため。壁に血痕が付着していたという。衝撃の強さから単純な転倒事故の線は薄く、人為的な暴力の結果だと推定された。被害者が倒れていたのは理科室の入り口から五メートルほど奥に入った準備室につながるドアの前だった。白地に赤い袖の体

事件現場

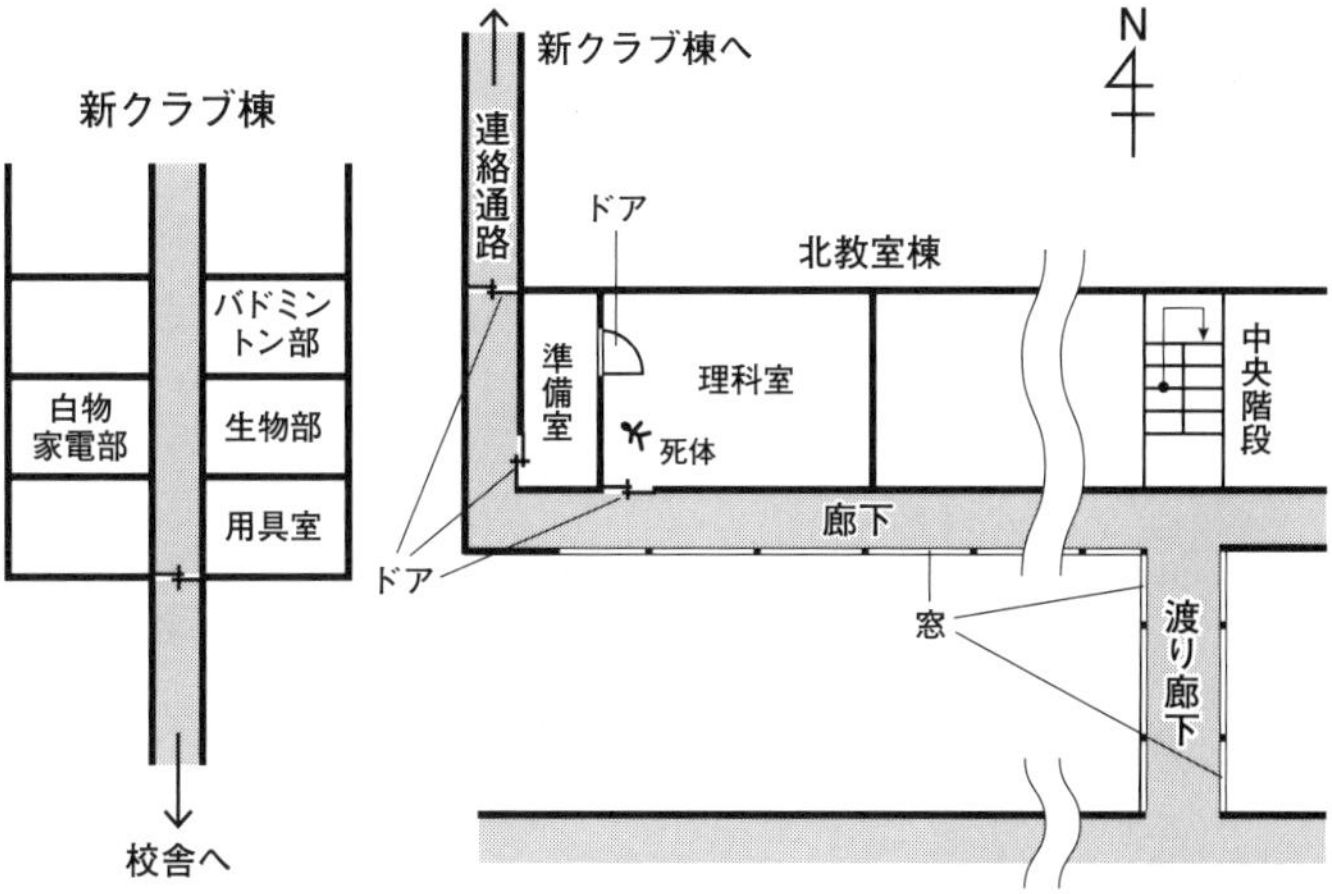

操着という体力テストの格好で、仰向《あおむ》けの死体からは鼻血が流れ出ていた。

発見したのはたまたま理科室を訪れた同じ一年生の女子生徒、多賀春奈《たがはるな》。彼女は昨日、今日とショックで学校を休んでいる。まあ、当然の反応だろう。

ペルム学園は一番奥の新クラブ棟は別として、東西に細長い棟が三つ、中央の渡り廊下で結ばれて並んでいる。古生物部があるクラブ棟は、一番南側の一番長い棟とL字型に結ばれている。

現場となった理科室は一番北側の棟の二階のほぼ西端に位置し、渡り廊下と中央階段の交点から東西に延びた廊下が、理科室の南側を通っている。去年までは廊下は西隣の理科準備室のドアに突き当たり、そこでおしまいになっていたが、新クラブ棟の建設にあわせ準備室が縮小され、準備室の南と西、つまり棟の西側を廊下が折れて回り込むように変更された。廊下から準備室に入るドアも、準備室の西側につけ替えられた。廊下は準備室を回り込んだあと、新クラブ棟の二階へ続く連絡通路と繋がっていた。

三連校舎の廊下や、それらを繋ぐ渡り廊下と違い、新クラブ棟への連絡通路は屋根はあるが窓のない吹きさらしだった。距離が長いためだろう。

事件当時の被害者の足取りだが、カウンセリングが終わってすぐ、先に終えていたクラスメイトの勝田歩美《かつたあゆみ》と佐和朋菜《さわともな》と二階の渡り廊下ですれ違ったらしい。清花は軽く挨拶したあとそのまま渡り廊下を折れ理科室の方に向かっていった。たまたま二人はその場で話し続けていたので、清花が理科室の前を通り過ぎ右に折れていったところまで窓越しに目にしていたという。それどころかずっと話し込み、約十五分後に多賀春奈が同じように彼女たちの前を通り理科室へ向かったところまで見ている。

被害者と違い、春奈は途中にある理科室のドアを開け中に入ったが、直後に悲鳴が聞こえてきたため駆けつけたところ、クラスメイトの死体を目の当《ま》たりにしたらしい。

証言に基づけば、被害者は理科室のドアからではなく、準備室のドアから準備室を抜けて理科室に入ったことになる。準備室のドアは折れた先にあり渡り廊下からは見えないが、理科室のドアを素通りしたところは目撃されているからだ。

しかし発見時、準備室と廊下、準備室と理科室を繋ぐドアはともに施錠されていた。どちらのドアも準備室の内側からなら鍵なしでロックできるが、犯人が準備室にいないため、少なくともどちらかのドアは鍵で施錠したのは明らかだった。また、事件が続いた時、薬品を扱うことからディンプルキーに交換していたため、鍵の複製は難しいらしい。

そして当時その鍵を預かっていたのが、小木津篤宏《おぎつあつひろ》という理科教師だった。専攻が違うので、小木津がどんな教師なのか彰は知らなかったが、数日前に清花が友人にストーカー被害を訴えていたため、小木津がそのストーカーだったのではと考えられているようだ。

「ところがです」

高萩が眉間に深い皺《しわ》を寄せた。

準備室の鍵を使えるのは小木津だけだから、彼が犯人だとすんなり問屋が卸してくれればよかったのだが、突然、高萩に疑惑が降りかかってきたらしい。正確には高萩を含めた四人に。

連絡通路は新クラブ棟に繋がっているが、クラブ棟に入って三つ目の男子バドミントン部の証言で、該当時刻に彼らの前を通ったものはいないと証明されたのだ。理科室や準備室からの逃走路は二つ。理科室の前の廊下を通り渡り廊下までくるか、奥の連絡通路を抜けて新クラブ棟へ逃げ出すか。

クラスメイトたちの証言から、犯人すなわち小木津は新クラブ棟へ逃げたと思われたが、バドミントン部の証言により、それは不可能ということが解った。逆に当時、バドミントン部より連絡通路側の部室にいた四人がクローズアップされてきたのだ。その一人が高萩だった。

高萩はバドミントン部の南隣の生物部に入部しており、カウンセリングが終わったあと部室でひとり両生類の図鑑を見ていたという。残りは同じ一年で三組の大甕《おおみか》みずほ、一年五組の磯原邦《いそはらくに》好《よし》、二年六組の日立勝《ひたちまさる》だった。みずほと磯原は用具室に、日立は白物家電部にいたらしい。用具室は生物部の手前に、白物家電部は生物部の向かいにそれぞれある。

「小木津先生がバドミントン部に目撃されていれば、何も問題なかったんですけど」

「でも容疑者は君のほかに三人いるんだろ」

「それが」と高萩は反論した。「ショージさんと同じクラスなのは僕しかいないんです。磯原さんと大甕さんは違うクラスで、何より大甕さんは女ですし」

「噂どおりストーカーが犯人ならそうかもだが。でも日立と磯原君も男なんだろ。だったらクラスが同じなだけで君と決めつけられるわけでも」

同じ二年の日立は、クラスは違うが顔は知っている。小柄だが足回りが太く、重心の低い競技が得意そうだった。

「そうなんですけど、日立さんは二年で接点が少ないし……磯原君には彼女がいて、だからストーカーは考えにくいかなと。しかも相手が大甕さんで、当時、二人一緒にいたらしいです」

「君は彼女はいないの？」

高萩は一瞬口ごもったが、軽く苛立つように「いません」と答えた。

「悪い。整ったモテそうな顔をしていたから」

「童顔なだけです」

いやな思い出でもあるのか、顔を背ける。

「でも鍵は小木津先生が持っていたんだろ。君らには入ることができないんじゃ」

「そうなんですが。鍵っていくら複製が難しいといっても全くの不可能というわけでもないでしよ。反面、先生には何の機会もなかったわけですから、どうしてもこちらに疑いが向くんじゃないかと」

もっともな理由ではある。当事者としては気が気ではないだろう。なぜ古生物部に来たのかという一点を除いては。

「ここまで話を聞いてなんなんだけど、カウンセリングに来たわけではないよね」

「古生物部の神舞先輩は探偵をしていると聞きましたから」

「探偵！　誰から」

「三年の稲永先輩から」

「稲永渚さん？　元生徒会の」

「はい。幼なじみなんです。それで心配になって相談してみたら」

余計なことを……彰は心の中で溜息《ためいき》を吐《つ》いた。幼なじみを心配してなのか、それともいたずら心なのか。どちらもありそうで、判別がつかない。

渚の紹介ともなれば、とぼけるわけにもいかない。彰は高萩の目を見据えると、

「確かにうちの部長は探偵のまねごとはしていたが、実は解決はしていなかったんだよ。あさってのほうを向いた推理ばかりで。だからせっかく来てくれたけど」

「でもほかに頼めるひとが……」

くしゃっと泣きそうな顔になる。童顔で背も低いため本当の子供みたいだ。藁《わら》にもすがりたいのだろうが、この藁は問題が多すぎる。

「でも」

冷徹に断ろうとした、そのときだった。

「話は聞かせてもらった」

勢いよくドアが開いて、仁王立《におうだ》ちのまりあが現れた。どこから立ち聞きしていたのだろう。あらましを承知している表情だった。

＊

「探偵ごっこは止《や》めると約束しませんでしたか」

希望につつまれた高萩が「お願いします」と安堵の表情で帰ったあと、彰はまりあを睨《にら》みつける。

「そうだっけ。でも大丈夫。もう生徒会だからって犯人扱いしないし」

それが問題なんです。

「実際、今までの推理だっていいとこを突いてたんじゃないのかな」

「全然。酔っ払いが針に糸を通すように的外れもいいとこでしたよ」

しれっと彰は嘘をついた。

「でも、勧誘しろと云ったのは彰でしょ。新入部員になるかもしれない一年生が困っているのに、見逃すわけ？　しかもあの稲永さんの紹介でしょ。簡単に断れないわよ」

渚とは相性が悪く、廃部問題が片付いた後も反目はそのまま続いているようだ。

「文化祭の準備はいいんですか」

「大丈夫。クリーニングの目処《めど》はたったし。この二重螺旋《らせん》の美しさを見たら、みんな古生物部に押しかけてくるから」

奇形なのか本来の姿なのか解らない、二つに絡まった巻貝の化石を持ち上げながら、まりあは胸を張る。こんなところだけ楽天的だ。

まりあは元来探偵好きなところに、去年は廃部を迫る生徒会への恨みが両輪となって、さまざまな事件に首を突っ込んでいた。廃部の危機が去り安心していたのだが、今度は純粋に探偵趣味が昂《こう》じてしまったようだ。

化石掘りもそうだが、まりあは好きなものには猪突《ちょとつ》猛進する。他のすべてを後回しにしようとも、他人にどれだけ迷惑をかけようとも。そういうキャラクターだからと、彰も半ば諦めているが、問題はまりあになまじっかの推理力があることだった。高萩に伝えたのとは裏腹に、まりあには探偵の才能があるのだ。石川の合宿所の件だけでなく他の事件も検証してみたが、まりあの推理はどれもおそらく正しい。もちろんどの事件も別の人間が犯人として逮捕されたりして、事件は表向き解決しているが。

なにより彰自身が、それを痛感している。彰は人殺しだ。それがたとえまりあのための自衛的なものであったとしても、罪は罪だ。そしてまりあは、あと一歩のところまで真実に近づいていた。彰が強引に推理を遮断しなければ、彰が犯人だと気づいてしまったかもしれない。

なので彰はまりあに探偵をさせないように誘導してきた。万が一、まりあが事件を解決し自分の推理に自信を得た時、過去の事件も再検証して彰に辿《たど》りつかないとも限らない。この半年、部の存続という重大事があってなんとか成功してきたが、またぞろ好奇心が頭をもたげてきたようだ。しかも渚絡みの新入部員候補の依頼とあっては、まりあも簡単には引き下がらないだろう。

様子を見るしかないか……。

「とりあえず目撃者の勝田さんたちに話を聞きましょう」

*

「あなたも探偵ごっこですか」

うんざりしたように勝田歩美はまりあたちを見る。背はまりあより少し高く、肉付きもいい。ふくよかな顔つきで、茶髪を後ろでちっちゃく団子に束ねている。

「ほかにも来たっていうの?」

「三人くらい」

と焦げ茶色の瞳でそっけなく歩美は答えた。

「ライバルが三人も! いつの間にそんなことに。早く解決して先を越されないようにしないと」

彰にも意外だった。ペルム学園は良家の子女が集まる名門校だ。探偵ごっこをするのなんて、がさつで奇人の浮名を流しているまりあくらいだろうと思っていた。

突如出現した見知らぬライバルたちに、まりあはいたく刺激されたようで、歩美たちの迷惑そうな表情など無関係に質問をし始めた。

「じゃあ、カウンセリングが終わって東海林《しょうじ》さんはあなたと合流しようとしたと」

「はい。名簿は私の方が早いですから」

前日の彰たちもそうだったが、体力テストは男女別だがカウンセリングは男女混成の名簿順だ。六組なので一番最後になったらしい。彰たちは去年から定期的にカウンセリングを受けているので受け答えも慣れたものだが、一年生は初めてのことなので長引き、四時を回るほど時間が押したようだ。彼女たちが終わったときは他のクラスの姿は疎《まば》らだったという。

「それで後から終わった佐和と話していたら、そのうちショージが現れたんです。ショージは私たちに気づいて近づいてきたけど、急に用を思い出したと、バイバイして通りすぎて行ったんです」

「そのとき東海林さんに訝しいところはありましたか？」

「立ちくらみをしていたようだけど」

ずっと黙っていた佐和朋菜が口を挟む。彼女は透き通るほどの色白な上に、頬がこけ気味なので、一見病み上がりに見える。反面、声は落ち着いてしっかりしているので、これが通常モードなのだろう。

「でもあれはいつものことだし。少し貧血気味で疲れやすいみたい。体力テスト自体が大変なのにクラスの副委員長だからいつも以上に働き回って。委員長の赤塚《あかつか》君がおっとりしてるから。もう少し彼がしっかりしてくれたらよかったんだけど」

歩美が補足した。最後は少し不満げだ。

「それ以外にはいつもと変わりなかった?」

まりあの問いに、長いまつげを瞬《しばたた》かせながら朋菜も「うん」と頷《うなず》く。

「東海林さんはたしかストーカーにあっていたとか」

「そうみたいです。話してくれたのは事件の三日ほど前ですけど。報復が怖いからって、名前は教えてくれなかったけど」

「高萩君や磯原君じゃなかったの」

ずけずけとまりあは名前を出してくる。歩美たちもあるていど事情を聞き及んでいるのか、戸惑うこともなく、

「そこまでは知らないです。でも磯原君にはほかに彼女がいるって。小木津先生もちょっと陰気な感じだけど、さすがにストーカーまでは」

知らないところで生徒からこんな評価を下されているのか。同情する。まあ〝まりあの下僕〟と見なされている彰に比べれば、〝ちょっと陰気〟くらいたいしたことではないだろうが。

それはともかく、清花はこの学園に入学してまだひと月もたっていない。教師の倫理観を全面的に信頼しているわけではないが、ひと月もたたずにストーカー殺人にまで発展するものだろうか。にわかには信じがたかった。

「それじゃあ、同じ生徒の方があり得るんじゃない?」

珍しくまりあが彰の気持ちを代弁してくれた。

「でも、鍵の問題が……」

結局はそこになるようだ。準備室の鍵のおかげで小木津が疑われ、目撃者のおかげで高萩たちが疑われる。逆に言うと、鍵のおかげで高萩たちの容疑が薄まり、目撃者のおかげで小木津の容疑が薄まる。

もし小木津が犯人なら目撃者に誤認があり、高萩たちの誰かが犯人なら鍵に問題がある。

「本当に、他には誰も理科室の廊下を通らなかった?」

まりあも同じ考えだったらしくそう尋ねた。歩美が小木津を見逃していれば話は早いからだ。

「絶対にありません。私はちゃんと見ていましたから」

おそらく刑事にも他の素人探偵にもしつこく聞かれたのだろう。スイッチが入ったように歩美は急にムキになった。ほがらかな印象だったが、一旦怒ると、キツさが前面に出てくる。

「佐和さんは?」

「私は歩美のほうを向いていましたから。太陽がまぶしかったし」

渡り廊下の窓際で朋菜が窓に背を向けて、歩美が窓から理科室のあたりを向いて話していたらしい。おしゃべり好きの歩美が、ほとんど一方的に話していたとか。

「勝田さんはまぶしくなかったの」

「少しチラチラしていたけど、そこまでじゃなかったです。佐和は極端な太陽嫌いで『隣の吸血鬼』ってあだ名されてるんです」

　吸血鬼なのは太陽が嫌いなだけでなく、日陰が好きそうな外見も含まれているんじゃないだろうか。彰はそう思ったが、まりあと違うので口には出さない。

「でもチラチラしたっていうことは、目を背けたこともあるんでしょ」

「それはありますけど、あの廊下長いですから」

　理科室は棟の端なのでドアまで五十メートルはあるだろう。奥に折れるまでは更に十五メートルほど。全く見られずに中央階段まで辿りつくのは難しそうだ。

　小木津が犯人だとすると東海林を準備室に招き入れ理科室で殺害。そこからとるパターンは二つで、再び準備室に戻り準備室のドアから逃げる。もう一つは準備室のドアと準備室へ続くドアを施錠し理科室のドアから逃げ出す。

　前者の場合は六十五メートルになり、更に長い。しかし後者のパターンは二度手間に感じられる上に、理科室のドアが廊下に面しているので出入りを目撃される確率が高くなる。

　いろいろ頭を巡らせていると、まるで自分が探偵になった気分だった。仮説を組み上げる際に謎の高揚感があり、まりあのことを悪《あ》し様に云えない。去年はただの傍観者で、ここまで熱心に推理したことはなかった。

　しかし今はまりあの推理を妨げるために、ある程度自分で考えなければいけなくなった。好んで探偵をするわけではない。そのせいか脳みそが異様に疲れる。休日にＲＰＧのダンジョンの謎解きを一日中していても、ここまで疲れなかったのに。

「そんなに私の証言が信用できないですか」

歩美は再び唇をとがらせた。

「ごめんごめん」

まりあは片手を前に出して軽く謝ると、

「そして多賀さんが発見したと。もしかしたら多賀さんが早業で」

再びとんでもないことを口にする。推理力はあるがデリカシーがなさすぎて、やはりまりあに探偵は向いていない。

「そんな時間はなかったはずです。すぐに悲鳴が聞こえてきたもん」

即座に歩美は否定した。

「慌てて駆けつけたらショージの死体の前にへたり込んで泣いていたし。演技には見えなかったです」

補足するように朋菜も証言する。

とはいえ壁に押し倒して殺すだけなら、十秒もあれば可能だろう。多賀春奈については何も知らないが、稲永渚ばりの演技派女優なのかもしれない。

「でも、その場合でも鍵が必要なのか。東海林さんが理科室に入るには」

もっともな呟《つぶや》きとともに、まりあは右へ左へと首を捻《ひね》っていた。

次いでバドミントン部に尋ねてみたが、こちらは多人数なためなおさら証言が強固だった。しかも体育会系特有の団結を見せ、聞けば聞くほど頑《かたく》なになっていく。

第一発見者である多賀春奈は学校を休んでいるので会えない。今日はお開きかなと思ったとき、一応容疑者たちにも会っておこうと、まりあが云い出した。大胆な提案だ。一度断ったが、教師は難しいから生徒だけでもと食い下がられた。

磯原は長身でいわゆるイケメンだった。男の彰から見ても認めざるを得ない。しかも長身を活かしてバスケ部ではベンチメンバーに抜擢《ばってき》されたらしい。入学早々に彼女ができるのもうなずける話だ。こちらも既に素人探偵たちの餌食《えじき》になったせいか、すこぶる機嫌が悪い。

「そもそも僕がショージさんをストーカーしていたって、そんなむちゃくちゃな。彼女の誤解を解くのが大変だったんですから」

隣の大甕みずほを見ながら、磯原は愚痴った。

「僕は用具室にいただけです」

「彼女って大甕さんですよね」

「そうです」

磯原は素直に認める。その大甕みずほは肩まで伸びたつややかな黒髪を揺らしながら、

「私は磯原君とずっと一緒に話していました。だからアリバイは完璧です」

運動部なため体力テスト後の雑用を委員長たちに手伝わされそうになり、ともに用具室に避難してきたとか。

みずほはバスケ部のマネージャーらしい。部内恋愛で、明言は避けていたが、新クラブ棟の用

具室で逢い引きしていたということだろう。

「私たち、ラブラブなんです。まだ付き合い始めて一週間です。ですからストーカーなんて絶対にあり得ません。それに磯原君は背の高い女子が好きなんです」

気の強い性格らしい。「ショージなんかに」という気持ちが色濃く出ていた。髪を大きくかき上げる。自慢の黒髪をアピールして、本人としては勝っているつもりなのだろう。勝敗はともかく、タイプが違うだけで清花もみずほも美人だった。

「そもそも逆ならともかく」

みずほが意味深なことを呟き、まりあがさっそく食いつく。

「逆？」

「私、ショージと同じ中学なんです。だからよく知ってるんですが、ショージは昔から人のものをほしがる癖があるんです。隣の芝は青く見えるというか。だから私とつきあっている磯原君が迫ってきたら、つきあうかどうかはともかく、逆に自慢するはずです」

みずほの言葉が正しければ、たしかにその通りだろう。横取りが主目的なのだから。しかしそれだと、完遂した途端に飽き始めるのではないか。すると今度は矢印が逆転して……。ただし、わずか一週間でそこまで進行するかという問題が別にあるが。

「それに磯原君がストーカーしていたなら、あっさり殺してしまうなんて」

「おいおい」慌てて磯原が遮ろうとする。しかしまりあが更にそれを遮り、

「ストーカーの心理なんて解らないから。源義経《みなもとのよしつね》も云っていたでしょ。鳴かぬなら殺してし

まえホトトギスって」

「それは織田信長《おだのぶなが》の言葉です」

二年も下の生徒に冷静に指摘される。しかしまりあは構うことなく、

「発言者が誰だろうと真理は同じ。怒りのあまり手にかけた例はたくさんあるし」

「……磯原君はそんな人じゃありません。ひどい」

末代まで呪い殺す勢いでまりあを睨みつける。ついでに彰も睨みつけられた。

日立勝に関しては、すでに下校したらしく、見つけることができなかった。

気がつくと徐々に日が傾きつつある。

「そろそろ今日は終わりにしますか」

大きく背伸びをしながら彰が水を向けると、まりあは心外そうに片眉を上げ、

「何云ってるの。ちょうどいい頃合いじゃない。もうすぐ東海林さんが殺された時刻だし」

「そうですけど、理科室も理科準備室も入れませんよ」

「解ってる。勝田さんたちがいた渡り廊下に行くの」

「渡り廊下って、彼女たちの証言を疑っているんですか?」

「証言に少し気になることがあったから。現場百遍と云うでしょ」

似つかわしくない科白《せりふ》。強引に渡り廊下まで彰を引っぱってくると、

「大体この辺ね」と理科室が見える窓際に歩いて行った。そのさなか首だけ彰に向け、

「ここで問題。昼は証言の矛盾に気づかなかったけど、理科室の廊下って南向きについているでしょ。そして勝田さんたちがいた渡り廊下は更に南。では太陽はどこから見えるでしょう」

まりあ先輩にしては鋭い。彰は素直に感心した。方向音痴の先輩に、これほど空間把握能力があったなんて。やはり探偵モードの時は、普段は使わない脳内の別の回路が接続しているのだろうか。

「背中からですね。夕方だから西日が当たるでしょう、きっと」

「四時過ぎならそこまで陽は傾いていないし。それを証明しようと思って」

窓辺に立ち、ほら、と得意げに振り返る。満面に笑みを浮かべた無邪気なシルエット。

「西日なんか当たらない。むしろまぶしいのは」

と、目を細めながら三階の窓ガラスを指さした。彰も顔を近づける。南西の太陽が三階の廊下の窓ガラスに反射してちょうど正面に差し込んできている。太陽を反射している位置は、ちょうど理科室のドアの真上あたりだった。

「やっぱり。反射で理科室のドアまで見づらくなってる」

「確かにドアは見づらいですけど、一メートルも歩けば目に入るでしょう。小木津先生が理科室のドアから逃げ出したとしても、すぐにばれるんじゃないですか」

「誰がそんなことを云ったの。私が話してるのはドアの周囲がまぶしくて見えなかったってこと」

まりあは両手を腰に当てると、肩を大きく怒らせた。

「東海林さんは準備室ではなく、廊下の途中にあるドアから理科室に入ったの。そして入ってすぐに殺されてしまった。びっくりした犯人は理科室から廊下に出て、東海林さんが来たのとは反対の西側へ進み、クラブ棟に向かった。多分その時間は三十秒もなかったでしょう。でも勝田さんは、犯人の後ろ姿を東海林さんと勘違いした」

「そんなに都合よく、誤認させせられますか。それに三十秒って意外とありますよ」

小学生の頃クラスで流行《はや》った息止め合戦を思い出しながら彰は反論した。洗面器に水を張って顔をつけるやつだ。意地を張りすぎて溺《おぼ》れたやつがいたので、禁止になってしまった。

「別に犯人は小細工をしたわけじゃなくて、ただ逃げただけ。そして勝田さんはただ誤解しただけ。五十メートル先だし、後ろ姿しか見えないでしょ。友達とおしゃべりしているとつい時間の感覚が鈍くなるし、それに東海林さんは立ちくらみしてたでしょ。二、三十秒のタイムラグは、途中で一休みしたとか、彼女の中で折り合いをつけて認識してしまったの。認知バイアスというやつね」

いろいろと考えつくものだ。彰は素直に感心した。特に認知バイアスなんて言葉をよく知っていたなと。普段眠っている脳のどの場所からサルヴェージしてきたのだろう。

「じゃあ、ショージさんは理科室に入り、トラブって殺してしまった犯人が入れ違いに出て行ったと。犯人は連絡通路を抜けて新クラブ棟に行ったわけだから、四人の中に犯人がいるということですか？」

「そうなると大甕さんが怪しくなる。唯一の女だし、動機もなくはない。本当に磯原君を盗られそうになっていたなら」

もう結論は出たとばかりに、強引に決めつける。

「もういちど勝田さんに話を聞かないと」

しかし歩美も朋菜もすでに帰った後だった。

＊

「やっぱり勝田さんに確認してくる」

翌日のことだった。居ても立ってもいられない様子でまりあがせかす。

「明日からゴールデン・ウィークに突入するし。その前に解決しないと、高萩君も枕を高くして寝られないでしょ」

「どうでしょう?」

異議を挟んだ。というのも、

「今日、小耳に挟んだんですけど、小木津先生が近々逮捕されるそうですよ」

「うそ、どうして?」

自身の推理を信じ切っているまりあは、心底驚いていた。

「やっぱりディンプルキーの複製が困難なのと、犯行後、先生は理科室の廊下を這《は》って逃げたんじゃないかと。廊下の窓は腰から上だけで、下はコンクリートの壁ですからね。なんとか逃げられなくもありません。高校生探偵の提案を警察も採用したらしいですよ」

「どこの素人探偵がそんな間抜けな推理をしたの！」

天井の蛍光灯が破裂するかと心配になるほどの高周波の金切り声を、まりあはあげた。

「しかも採用されるなんて、馬鹿馬鹿しいにもほどがある。六組以外は体力テストが全て終わっていたとはいえ、いつ誰が通るのか解らないのに。渡り廊下だけじゃなく、中央階段や東側の廊下からも人が現れるかもしれないのに、這っていたら目立って仕方がないじゃない。絶対記憶に残ってしまうから。それなら二階の連絡通路から飛び降りたと考えたほうが信憑性《しんぴょうせい》はある」

憤慨する気持ちも解らなくはない。

「知ってます？　小木津先生ってデブらしいんです」

「それじゃあ飛び降りられないか」

悔しそうにまりあは頷いた。

「……これはまだ噂も噂の段階で信憑性に欠ける話なんですが、小木津先生の家から女子中学生の違法ＡＶが出てきたとか、なんとか」

とたんにまりあは田舎の肥溜《こえだ》めに片足を突っ込んだような顔になった。

「サイテー。どんな先生か知らないけど、どっちにしてももう帰ってこなくていいわ」

とはいえ、殺人罪で服役するのと、失職するだけとでは人生が天と地ほど違う。

「だから高萩君の容疑は晴れたんです。もうまりあ先輩がすることはないんですよ」

「でもまだ逮捕されたわけじゃないんでしょ」

目つきが怪しい。新入生を救うという本来の目的ではなく、探偵趣味が勝った目だ。

「やっぱり昨日の推理、勝田さんに確かめたいの」

じっと彰を見つめてくる。自分に許可を取ろうとするだけまだましか。彰はやれやれと肩を竦《すく》めると、

「……解りました。でも、これで最後ですよ」

「うん、これでダメなら諦めるから」

とりあえず言質《げんち》を取った。

「じゃあ、早く行きましょう。二人とももう帰っているかもしれないし」

一年六組の教室に行くと、幸いなことに勝田はまだ教室に残っていた。とはいえ、まりあを見とがめた瞬間、こちらも肥溜めに片足を突っ込んだ表情に変わった。

「またですか。さっきも一人聞きに来ましたよ。ロリ小木津が犯人なんでしょ」

小木津のＡＶの噂はすでに広く拡散しているようだ。最低のあだ名とともに。まあ彰が小耳に挟むくらいだから当たり前だが。だがまりあが反応したのは別の箇所だった。

「またライバルが先に来たの！」

「ペルム学園のヘンリー・メリヴェールだとか名乗ってましたけど」

「ヘンリー・メリヴェール？　聞いたことないけど。誰？」

探偵好きだがミステリ小説は読まないのだろう。見当もつかない様子で、まりあは首を捻っている。

「たぶん、デブだと思います」

横から彰が口を挟むと、

「すごいわ。どうして解ったんですか！　小柄な小デブでした。すごく暑そうだった」

歩美が感嘆の声を上げた。

「いや、たいしたことないです」

ただの勘なので本当にたいしたことはない。歩美は「桑島先輩、すごい」ともう一度繰り返し、肥溜めを温泉に変えた仙人を見るような称賛の視線を、彰に注ぐ。

ふとまりあを見ると、無言のままものすごい形相で彰を睨みつけていた。嫉妬《しっと》のまなざしだ。緑色の眼をした怪物が今にも暴れ出しそうだったので、

「それで、先輩。要件を早く」

話題を変え、無理やりまりあを前に押し出す。

「そうそう」とまりあは咳払《せきばら》いをしたあと、昨日の推理を述べた。こちらが気恥ずかしくなるくらいに堂々と。真実はこれしかないとばかりに。だが推理を述べれば述べるほど、歩美の顔は怒りに歪《ゆが》んでいった。

「つまり私が見落としていたと云うんですか？　ひどい！　バカにしないでください。いくら自分が正解を推理できないからって、人の落ち度にしようなんて」

「そんなつもりはない。私は単に真実を追究している求道者なだけだから」

「だから見間違えないですって。それに大甕さんて肩口まで髪が伸びているじゃないですか。後

ろ姿が全く違います。背もショージよりずっと高いし。誰が見ても別人だと解りますよ」

「じゃあ高萩君なら？　彼はチビだし」

あっさり手のひらを返して、犯人を変えるまりあ。

「いくら小さくても相手は男子ですよ。背は同じくらいですけど、肩幅が違うでしょ。そんなに私が信用できないのですか」

怒りがヒステリックなスパイラルを描いて上昇していく。だがまりあは怯《ひる》むことなく、火中の栗《くり》ならぬ、火中に爆竹を投げる勢いで、

「なら、あなたが高萩君のことを好きだったから、理科室から出てきた彼をかばったとか」

案の定、歩美の沸点は頂点に達した。教室中に響き渡る声で、

「帰ってください！」

と怒鳴り背を向けた。こうなってはとりつく島もない。他の一年生たちの冷たい視線を感じながら彰たちは六組の教室を後にした。

「もう、むちゃくちゃです。思いつきであんなことを云って。最後は高萩君を犯人扱いですか。なんのために探偵を始めたのやら」

しかしまりあは反省することなく、

「でもあの瞬間、私の頭脳が彼が犯人だと告げてたのよ」

彰を睨み上げる。

「赤点頭脳がですよね」

まりあの推理能力は認めるが、今回は的外れな気がした。高萩の人間性は知らないので判断材料にならないが、歩美があれだけ頑なに否定するには、それなりの自信があるはずだ。

「そもそも高萩君のことが好きで嘘をつくなら、ショージさんが理科室に入ったとだけ証言すればいいんですよ」

「そうか……」

腑《ふ》に落ちたのか深々と頷く。

「そうかじゃありません。でもこれで諦めもつくでしょう。約束通り化石掘りに専念するんですね。巻貝が先輩を待ってます」

綺麗《きれい》に磨かれた二重螺旋の化石を指さしながら、彰は厳命した。

「約束なんてしました？」

「しましたよ。はっきりと」

とぼけさすまじと彰が凄《すご》むと、

「解ったって。名探偵に二言はないから」

まりあは渋々ながら化石の前に座った。

それから三十分、さすがに諦めたのか、まりあはおとなしく化石を研磨していた。彰も安心して、探偵ごっこの間中断していた携帯ゲームを再開した。しかし小一時間が経《た》とうという頃、まりあが徐々に落ち着きをなくし始めた。危険な兆候を感じた彰はどんな行動にも対応できるよう、視野の片隅でまりあを捉えながらゲームをしていたが、当然そんなプレイではミスが続くばかり。

何をしているんだか……これ以上ない時間の空費に苛立ち始めたとき、

「全部わかった！」

突然、まりあが奇声を上げた。

「あまり大きな声を出さないでくださいよ。ここの壁、そんなに厚くないんですから。ただでさえ殺人事件でみんな苛立ってるのに」

しかしまりあはずかずかと歩み寄り、顔を際まで近づけると、これ以上ない晴れ晴れとした笑顔で、

「やっぱり入れ替わったのは真実なの。ただ勝田さんはそれを東海林さんと誤認してしまった。勝田さんに確認してくる」

「これ以上彼女を怒らせてどうするんですか」

このまま飛び出しかねないまりあをなんとか押し留めると、

「俺が聞きますから、自慢の推理をまず俺に話してください。話はそれからです、いいですね」

両肩を強く摑《つか》むと、少し冷静になったようだ。先ほど歩美を怒らせたのはさすがに失敗したと自分でも感じていたのだろう、まりあはおとなしく椅子に座ると、推理を述べ始めた。

「勝田さんが見間違いじゃないと断言していたでしょ。なぜそこまで自信が持てたのか考えてみたの。体操服だけでなく、他にもっと特定しやすい特徴があったからじゃないかって」

「特定しやすい特徴？　なんです、それ」

「それで思いついたの。東海林さんはクラスの副委員長だということを。だとしたらタスキを掛けていたんじゃないかって。一年生だから赤色のタスキを。他のクラスは既に終わっていて六組だけで、しかもクラスに二人しかいないから、もし犯人が赤いタスキを掛けていれば誤認してもおかしくない」

「たしかに。じゃあ、犯人は被害者から赤いタスキを奪って自分が掛けていったんですか」

　理屈は解るが、納得はできない。

「そんな無駄なことするわけないでしょ。前も云ったけど、あれは偶然なの。もう忘れたの？」

まりあに馬鹿にされた……ともかく彰は溢《あふ》れる負の感情を抑えながら、

「じゃあ、どういうわけなんです。犯人は他のクラスの委員長か副委員長と？」

「それも考えてみたんだけど、高萩君は同じ六組で、委員長は別にいるから違うでしょ。磯原君と大甕さんは委員長たちに雑用を押しつけられそうなところを逃げてきたというから、違う。日立君はそもそも二年生だし」

「じゃあ、誰もいなくなってしまいませんか。それとも小木津先生がいかがわしい理由で一年生女子の体操服とタスキを身につけていたんですか」

「もし先生が極度の変態だったとしてもデブなんでしょ。見間違えることはない。そこで気がついたの。赤いのはタスキだけじゃなくって赤札も赤いんだって」

「赤札って先輩が高萩君の背中に貼り付けたという？」

「そう、その赤札」

自分が何を口走っているのか、自覚はあるらしい。まりあは真剣な表情で唾を飲み込むと、

「高萩君は気づかずに赤札を貼ったままにしていた。そして理科室から逃げるときも背中に赤札がついていた。斜めになっていたから、遠目の勝田さんにはそれがタスキに見えた」

「動機はなんです」

彰は慎重に尋ねた。厭《いや》な予感がする。アドヴェンチャー・ゲームのトゥルーエンドのコースに入ってしまったような。

「東海林さんはおそらく高萩君のストーカーをしていたんじゃないかな。それを逆にされたことにして勝田さんたちには吹聴《ふいちょう》していた」

「つまり高萩君は誰かと付き合っていたと」

「多分、多賀さん」

あっさり答えるまりあ。

「多賀さん？　第一発見者の」

「彼女が理科室に入った理由がよくわからないけど、高萩君と逢い引きをするためだとしたら筋が通る。まだ交際を公表していないから、理科室でこっそり待ち合わせてた。そこに跡をつけた東海林さんが現れたものだから何かのスイッチが入ってしまい、怒りにまかせて壁に押し倒してしまった」

見てきたかのようにまりあは推理したあと、

「多賀さんは犯人の見当がついているのかもしれない。理科室で待ち合わせをしていたんだから。だからダメージが大きすぎて休んでいるの」

「……先輩。すべて推測ですよね」

素数を数えてなんとか落ちついた彰は冷たく云い放った。しかし口調とは裏腹に、頭は一層回転を速めている。まりあの推理が当たっている感触が強かったからだ。彰は名探偵ではないのでただの勘にすぎない。しかし、もしまりあの推理が当局の耳に入り、多賀が執拗《しつよう》に聴取されたら事件の糸が解《ほど》けてしまうかもしれない。

高萩がどうなろうと知ったことではないが、まりあが推理に自信を持つのは非常にまずい。いつものように赤点女王の赤点推理ということにしなければ。

賭《かけ》に出てみるか……彰は決心すると、

「それだと一つ訝しなことがあります」

おもむろに彰は口を開いた。果たして成功するかどうか……。

「ショージさんは殺される直前までカウンセリングを受けていました。そしてショージさんが通路に来たとき、高萩君は理科室に入るところでした。もしかするとそれ以前に入っていた可能性もありますが、先輩の推理通りだと、後ということはないはずです。そして二人は同じクラスです」

まりあが立ち聞きしていたのが冒頭からではなかったとすると、ショージはあだ名で〝どうかいりりん〟が本当の読みとは知らない可能性が高い。みんなショージ、ショージと呼んでいたし、ニュースでも〝しょうじ〟と誤読されていた。

「あ」とまりあは素っ頓狂な声を上げる。「カウンセリングは高萩君より東海林さんのほうが先なのか」

「そうです。高萩君が先に理科室に入るのは不可能なんです」

「見落としてた。この私としたことが」

唇を噛《か》みしめるまりあ。よほど悔しかったのかそのまま俯《うつむ》く。

ギャンブルに成功したのを確信した彰は、安心すると同時に追い討ちをかけた。

「だから先輩は赤点推理なんですよ。朱に交われば赤くなる。他の人を赤点に巻き込まないためにも、この推理はここだけにして大人しくゴールデン・ウィークを過ごしてください」

このままだと小木津が犯人とされるだろう。先生には悪いが仕方がない。

「どうせ、どっかに化石を掘りにいくつもりなんでしょう。ただでさえ容量が少ない先輩の頭で余計なことを考えていたら、それこそ事故を起こしますよ」

「解ったから。そのかわり部員として同行しなさい」

「はいはい」

折れるしかなかった。この連休中にまりあをもとの化石少女に戻すことに専心するしかない。骨は折れるかもしれないが、自分のためだ。それに……案外楽しいかもしれない。

＊

長いゴールデン・ウィークが明けた次の登校日。放課後の古生物部に闖入者《ちんにゅうしゃ》が姿を見せた。

それは笑顔を浮かべ入部届けを手にした高萩だった。

第二章　彷徨《さまよ》える電人Q

1

「七不思議？　この学校にそんなものがあったんだ？」

五月も半ばのこと。埃《ほこり》っぽい古生物部の部室で塗料の匂いを充満させながら、神舞まりあが声を上げた。週末の化石掘りで顔は茶色く日焼けしている。彼女の手元にあるのはプテラスピスという名の古代の魚だった。来月に行われる文化祭の出し物だ。

去年苦労して作ったエディアカラ生物群の巨大模型は今年もメインで展示する。いわば使い回しだが、新クラブ棟の竣工《しゅんこう》で過疎部問題が解消したため、無理をして実績を作らなくてもよくなったからだ。もちろん過疎部問題がなくなったからといって、まりあの古生物に対する情熱が薄らいだわけではないが、「高かったから、減価償却しなきゃ」と今年も展示することにしたのだ。廃部の危機が去ったとはいえ、予算が増えたわけではない。

ただ、それだけでは手抜きと感じたのか、プテラスピスの模型もおまけとして付け加えることにした。プテラスピスは先端と背中にトゲが突き出たスリッパみたいな頭部に、川魚っぽい細長いボディが伸びている。頭でっかちで、ちょうどカブトエビを魚っぽくした感じだが、模型の全長は三十センチほどあり、それが実物大らしい。

作りかけの今はまだ頭部と胴体がバラバラで、その頭部も上下に分離していた。組み立て自体は難しくなさそうだが、先に隙間を塗装しなければならないので、サーフェイサーを塗って分割したままになっている。

「甲冑魚《かっちゅうぎょ》ですね。無顎類《むがくるい》の」

部室に入ってきた高萩が事故現場のような模型を見てそう尋ねた。小柄で色白、童顔の一年生だ。すぐに辞めるかと思ったが、意外と続いている。というか知識は既に桑島彰を上回っている。

「そう。プテラスピス。最古の淡水魚。ネット通販のセールで安売りしててね。船便だからひと月かかったけど」

「へえ、最古の淡水魚なんですか。すごいですね」

「高萩君もわかるっ!? そうすごいの、この子は」

彰の鈍い反応と異なり、高萩の期待通りの言葉には嬉しさを隠せないようで、まりあも徐々に高揚していく。

「淡水魚というと、メダカの祖先なんですか?」

横から彰が尋ねると、

「いろいろ学説があるけど、メダカどころかマグロやタイといった硬骨魚類すべての祖先という説もあるくらい。それくらいすごいんだから」

「まあ、どの生物にも何かしら先祖はいるでしょうし」

生きていたり、一歩譲って実物の化石ならともかく、模型を前に力説されてもいまいちピンとこない。幼い頃に死んだ祖父《じい》さんにはもう一度会ってみたいが、位牌《いはい》に向かってこれが従兄弟《いとこ》たちとの共通の先祖だと訴えられても反応に困る。そんな彰をまりあは冷めた目で睨《にら》むと、

「彰はいつもありがたみがないんだから。もしプテラスピスが硬骨魚類の先祖だとしたら、魚類の先祖は海から一度川に上がって淡水魚になり、再び海に還《かえ》ったということになるの」

「サケみたいなものですか?」

「違う！　重要なのは、今の魚類はサメとかの軟骨魚類を除けばほぼ硬骨魚類ってこと。もちろん海には川に上がらなかった種がわんさかいたわけだけど、海に還ったプテラスピスの子孫は最終的に彼らを駆逐したの」

「……でも、いろいろ学説があるって云ってましたよね。やっぱり海の魚はずっと海で進化した可能性も」

「もう、彰はロマンがなさ過ぎる。それに学説に関係なく、最古の淡水魚というのは今のところ間違いないから」

急に云い回しが慎重になる。世界中で次々と新種の化石が発見されているので、新たな〝最古の淡水魚〟がいつ発見されても不思議ではないからだろう。勉強はすぐサボるが、そういうところはやけにマジメだ。

「巨大な大陸ができ広い陸と川ができ、魚には新たな発展の場所が用意された。でも新天地である川には淡水という最大の障害があった。わかる?」

冷めた態度に業を煮やしたのか、高萩に向かって話しかける。彼は変声期前の高い声で、

「浸透圧ですね。ナメクジって塩をかけたら体内の水分を塩に持っていかれて、すごく小さくなるじゃないですか。海の魚も同じで、体内の水分を海に持っていかれてもいいように、エラで塩分を濾過《ろか》した海水をどんどん血液に補充しているんです。そんな魚が淡水に入ったら、どうなるか? 逆に真水がどんどん体内に流れ込んで、血管が破裂してしまいます」

「やばいなそれは」

彰は膨らみすぎたハコフグを連想した。正しい連想かどうかは解らなかったが。

「物見遊山《ものみゆさん》で淡水にいけるものじゃないってこと。でもその高いハードルを乗り越えたから、魚類はここまで発展できた」

「この鎧《よろい》のような大きな頭のおかげで乗り越えられたんですか。体が膨張しても、鎧のおかげでこれ以上膨らまないとか」

塗装途中の模型を指さしながら彰が尋ねる。

「見た目は関係なくて、強靭《きょうじん》な腎臓を獲得したから。スーパー腎臓で水分を尿として排出しまくったの」

「その腎臓はどこに?」

そもそも魚の腎臓はどこにあるのだろう。焼き魚で見るあのごちゃごちゃした苦い内臓のどれ

かなんだろうが。

「外からは見えるわけじゃないから」

「じゃあ、模型にしても史上初の説得力が……」

「説得力は文章や図で示せばいいの。本物そっくりのプテラスピスが目の前にいるというのが大事なの。本当に、彰はロマンと無縁なんだから」

呆《あき》れたように溜息《ためいき》を吐《つ》くので、さすがに彰もムッとして、

「そんなことないです。人並みに興味ありますよ。ロマンというなら、今日クラブ棟の七不思議というのを聞きましたよ」

という流れで、冒頭の七不思議の話になったのだ。

「新しいクラブ棟の七不思議です」

「新クラブ棟はまだ建って二ヶ月も経《た》っていないのに……もうあるの？」

片眉を上げ驚くまりあ。それも当然だ。彰もクラスメイトから聞いたときは耳を疑ったほどだ。

「そもそもこの学校に七不思議とかあったんだ」

「聞いたことないですね」

今の新棟が建つ前の旧クラブ棟には、自殺した女子生徒の幽霊が出る噂《うわさ》はあった。しかしそれだけだ。最近、いろいろ殺人事件が起こる学園だが、それ以前も以後も七不思議の噂はなかった。

「それが新クラブ棟が建った途端に、雨後のタケノコのように七つもできたって？」

まりあには納得がいかないようだった。まるで彰が嘘をついているような猜疑《さいぎ》の眼差《まなざ》しを向け

てくる。

「新しくできたからじゃないですか？」

口を挟んだのは高萩だった。

「今までずっとなかったところに、いきなり何かあると云い出しても信用されないけれど、新しいところだと逆に信用されるというか。歴代の生徒たちが何も云ってこなかったところに創作するのは気が引けるが、新たな場所なら気兼ねなく色をつけられるというか」

成績が優秀らしいが、なるほどうまく説明する。

「一番乗りしたい気持ちはあるかも。雪が降ったグラウンドに真っ先に足跡をつけるような感じ？」

高萩につられたのか、まりあにしては意外と的を射た比喩だ。

「そして今、七不思議が九つあるらしいですよ」

「九つ！」再びまりあが声をあげる。「九不思議って。七不思議なのに六しかない、あら不思議、とかいう頓知はよく聞くけど。あとどう見ても八つめがあって座敷童子《わらし》だとか。でも二つは多すぎでしょ」

まりあの言葉に異論はない。初めて聞いた時、彰も同じような反応を見せたからだ。

「部長が云うように雪に足跡を残したいと駆け込んだやつが九人居たということでしょう」

高萩が冷静に分析している。こんな冷静な立ち居振る舞いができるのに、なぜ理科室ではああなったんだか……。

「何が楽しいのかな」

化石掘りのどこが楽しいのか判《わか》らない彰には五十歩百歩だった。とはいえ掘った先に収穫物がある化石の方が、まだ理解しやすいとは云える。

「それで七不思議ってどんなの？」

プテラスピスに色を塗る手を止めたまま、まりあが尋ねた。

「九つあると聞いただけで、全部は知らないですけど」彰は云い訳したあと、「階段の数が増えるとか、トイレの花子さんとか、赤マントとか、吹奏楽部のフルートが勝手に奏で出すとか、どこにでもある感じだったかと」

「僕は〝彷徨《さまよ》える電人Q〟というのを聞きました」

にこにこしながら高萩が付け加える。それはまりあの好奇心をくすぐり過ぎるため、あえて黙っていたやつだ。止めようとしたが、もう遅い。

「電人Qってなに？　すごく気になる響きなんだけど」

案の定、まりあが食いつく。彰の気持ちを知ってか知らずか、得意げに高萩は説明する。

「新クラブ棟三階のバイク部には、等身大の一つ目のロボットが置かれているらしいんです。そのロボットが夜な夜な両手を血塗《ちまみ》れにして新クラブ棟の前の廊下をうろつき回っているとか」

「バイク部の一つ目ロボット？」

理解できないのも仕方がない。彰も想像がつかなかった。いや過去形ではなく、いまだについていない。

「去年の文化祭で展示されたものだとか。当然、一年の僕は見ていないですけど」

彰も同じく首を横に振る。文化祭は部の存亡を懸けた古生物部の展示で忙しく、よその教室を見て回る余裕などなかった。

「去年作ったばかりのバイクのロボットが新クラブ棟を歩き回ってるというの。理科室の人体模型みたいに。さすがに胡散《うさん》くさくない？」

珍しくまりあが怪しんでいる。まあ、否定する気はない。しかもすぐに何かを思いついたらしく、

「でも、珍妙なロボットが仲間入りするくらいなら、古生物部にもワンチャンあるかも」

ノンアルコールビールを片手に、不穏な笑みを浮かべるまりあだった。

＊

三日後の夕刻。時刻は六時三十分を過ぎていた。日没にはまだ少し間があったが、雨が降り始めたせいで、空は分厚い雲に覆われ暗くなっていた。

中間テストが始まったために、今日から部活は休止している。しかも六時をとうに回っているので、クラブ棟は静かなものだった。

どうしてそんな中、彰たちは部室に残っているのかといえば、すべてまりあのくだらない思いつきが原因だった。

「電人Qとかいうふざけたロボットが七不思議になるなら、代わりに〝遊泳するプテラスピス〟があってもいいでしょ」

　昨日口走ったときは、シンナーが脳に回ったのかと本気で心配したほどだ。

「古生物部のため。今なら七不思議に仲間入りできるチャンスだし、そうなれれば古生物部が全校生徒から興味を持たれるでしょ。プテラスピスなんて恐竜部も生物部も守備範囲外だから、古生物部が脚光を浴びるのは間違いなし。なにごとも宣伝。企業が商品の宣伝やイメージアップのためにどれだけのお金をかけているか知ってる？　それくらい周囲に認知されるのは重要ってこと」

　さて、無事七不思議の仲間入りができたとして、果たして部のイメージアップや部員増に繋《つな》がるか疑わしい。しかもたかだか三十センチ程度のプラモデル一つで。

　当然、こんな馬鹿げた作戦を彰は止めようとした。少々強い言葉を使ってでも。しかしまりあに思わぬ援軍が現れた。高萩だった。彼が「なんだか面白そうですね」と無邪気にまりあに賛同したものだから、事態は急速に悪化した。

　二対一で彰が諭されるポジションになってしまったのだ。

　そして今日、まりあの手には完成したプテラスピスが握られている。川魚というより、アマゾンの熱帯魚のような派手なカラーリングだ。箱のイラストは地味系だが、「当時の水温は高かったから」とまりあのオリジナル塗装だった。今の魚より小さな眼とあいまって、奇抜さとかわいさが同居しており、闇夜で目撃してもオカルト的に驚くのは難しい。

「本当にやるんですか？」

改めて彰が尋ねると、

「当然」と返ってきた。「今日なら新クラブ棟には誰もいないし」

まりあの後ろでは、同じく小柄な高萩がニコニコしている。

「そもそもどうやってその模型で驚かすんですか」

この三日間部室では、消極的な彰をおいて二人で何やら密談していた。

「屋上から糸で垂らして窓の外を前後に移動させれば」

「そう上手《うま》くいきますか？」

彰は一パーセントも成功を信じていない。

「だから今日はその実験をするの」

もっともらしく宣《のたま》っているが、実験の現場を目撃されたらそこで終わりだ。インチキだの間抜けだの悪評が立って古生物部は笑いもの。マイナスの宣伝効果で部員が集まらないどころか、攪《かく》乱《らん》を企図したとしてクラブのお取り潰しさえあるかもしれない。

静まりかえったペルム学園。周囲に気を配りながら校内の一番奥にある新クラブ棟へ向かう。学則で居残りを禁止されているわけではないので、教師に見咎《みとが》められても処罰はないだろうが、まりあが手にした甲冑魚の模型は説明に困る。

新クラブ棟は四階建てで、北を上にして見るとT字形をしている。ただ、Tの字の縦棒は横に比べると短い。つまり短足のT。

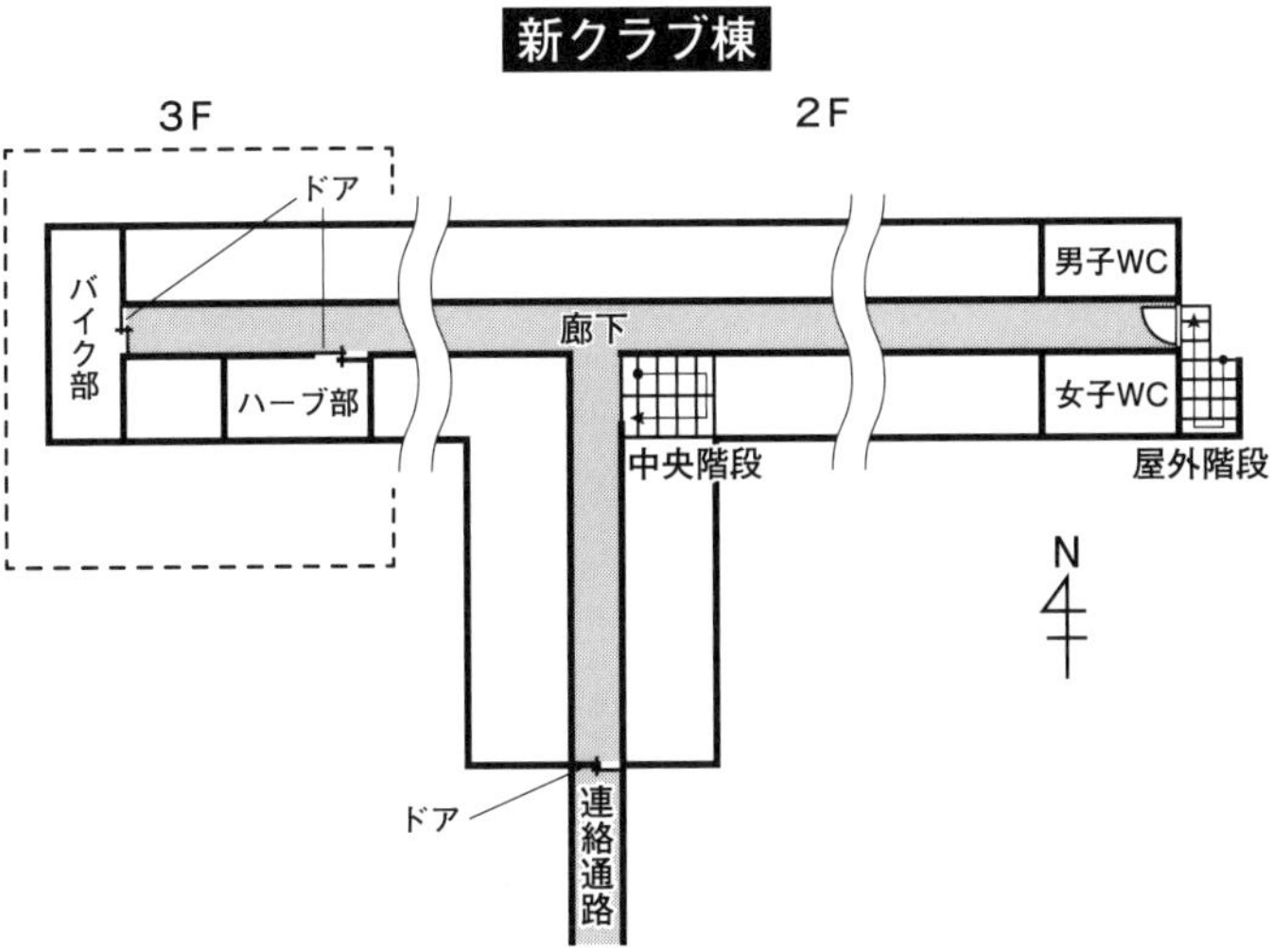

新クラブ棟は学園の北の奥にあるが、Tの横棒が一番奥で、校舎に向かって縦棒を突き出している構図になっている。校舎と縦棒の先端はそれぞれ二階が連絡通路で結ばれている。先日の事件で高萩が理科室から逃げるのに使った通路だ。

ただし一階の正面入口はTの左端に西向きにあり、反対側の横棒の右端と縦棒の先は非常口になっている。部室はT字に延びる廊下の両側に並んでドアを構えていた。

階段は縦棒側の根元についているだけ。エレヴェーターという文明の利器は存在しない。非常用の階段は横棒の右端にあるが、簡素な鉄製の階段な上に、わざわざ屋外に出なければいけないため、使う人は少ない。

「雨の中で実験して意味があるんですか？」

雨が降っているので地上ではなく、必然的に屋根がある連絡通路から新クラブ棟に向かう。

連絡通路は屋根こそあるものの、風は吹きさらしだ。風に乗ってぽつぽつと雨が頬に当たる。

「屋上には屋根がついていないから、操作するとなるとずぶ濡《ぬ》れになりますよ」

「大丈夫。新クラブ棟はできたばかりだから、まだまだ空き部屋が多いみたい。特に四階なんてみんな行きたがらないから」

ついでに「空いてるんだったら古生物部を移転させてくれてもいいのに」とぼやくのも忘れない。

「さすがに未使用の部室には、鍵が掛かっているんじゃないですか」

「実際は、部室に鍵を掛けないクラブも多いみたいだから、それを使わせてもらったらどうでしょう」

高萩が余計なことを吹き込む。不法侵入だ。まるでまりあを悪の道に引きずり込もうとしているかのよう。

実際、職員室まで鍵を借り受けたり返したりが面倒なため、施錠していないクラブも多いらしい。古生物部は大事な化石が盗まれるからと、まりあが過剰に警戒して毎日掛けていたが。

連絡通路から新クラブ棟のドアを開けて中へ入った。

廊下は静かで薄暗く、人の気配もない。

とはいえ全くの無人ではないらしく、コツコツと階段を一階へ降りる足音がうっすらと聞こえてくる。テスト中で六時半ともなれば当たり前の光景で自分たちの方が特殊なのだ。節電のためか照明も薄暗い。

しかし静まりかえりすぎて、七不思議を仕掛けに行くというより、肝試しでもしている錯覚に陥る。ミイラ取りがミイラになっては意味がない。

「バイク部ってたしか三階だよね」

二階の階段の前まで来てまりあが確認する。

「バイク部に行くんですか」

「ライバルの確認……と云いたいところだけど、今日はそんなつもりはないから。一応聞いてみただけ」

今日は、というところに引っかかったが、まあいい。

「すみません。その前にトイレに行きたいんです」

ちょっと落ち着こう。まりあと高萩を残して、彰は二階のトイレに行く。トイレは横棒の東端にあり、廊下の左側が男子トイレ、右側が女子トイレになっている。これは二階だけでなく、一階から四階まですべて同じ仕様だ。

中に入り小便器の前に立つ。もちろん他に誰もいない。静寂のなか、ふと七不思議にトイレの花子さんと赤マントがあったことを思い出す。

とはいえ花子さんは女子トイレのはず。ウォシュレットまでついた現代の洋式の水洗便器に、はたして花子さんは棲息《せいそく》できるのだろうか？　それはともかく、男子トイレの方は赤マントになるのだろうか？　だとすると何階のトイレなんだろう。クラスメイトに詳しく聞かなかったことを少し後悔した。まあ、嘘だが。

しばらく小便器の前でぼんやりしていたが、あまり長く考えていると大と思われるなと気づき、切り上げようとする。そのときだった。

小便器の前には細い横長の窓ガラスがあり外が覗《のぞ》けるのだが、建物のそばを歩く制服姿の男子生徒の姿が目に入った。

クラブ棟の外側は平板な飛び石が並んだ小道になっているので生徒が歩いていても不思議ではない。ただ、その生徒は雨の中、傘を差していなかった。しかも土の部分を避け、慎重に飛び石の部分だけを歩いている。まるで足跡を残さないように。やがて人影はトイレとは正反対に位置する西の玄関口の方へ向かい、窓の視界から消えていく。

日没近くで薄暗く、また二階からなので顔までは判らないが、ペルム学園の男子生徒なのは間違いなかった。

いやな予感がする。胸騒ぎがした。

真っ先に心配したのはまりあのことだった。彼女に何かあるとまずい。自分はお守《も》り役なのだ。七不思議などは全く信じていなかったし、小道を行く男子生徒を幽霊や物《もの》の怪《け》の類いだとも思わなかった。ただ純粋に人間による犯罪を心配したのだ。

「遅いっ」

慌てて階段に戻ると、しびれを切らしたようにまりあが詰《なじ》る。よほど鬼気迫った顔をしていたのだろう。隣の高萩は彰の変貌に驚いている。

とりあえずまりあは無事なようだ。彰はほっとした。その感情の変化、表情の変化にようやく

まりあも気づいたらしく、

「何かあった？」

と心配げに尋ねかけてきた。

「ちょっと一緒に来てもらっていいですか」

説明するのも面倒だし、胸騒ぎを上手く伝えられる自信もない。

有無を云わさない口調で威圧して一階まで降りると、まりあたちもおとなしくあとをついてきた。一階に人影はなかった。廊下の両側に並ぶクラブ室の照明はみな消えている。わずかに忍び込んでくる雨音以外は静かなものだ。

連絡通路から入った時に階段を降りる足音が聞こえた気がしたのだが、あれは男子生徒のものだったのだろうか？

廊下やトイレの照明はついている。何の異常もない。気になったのは突きあたりの非常扉だった。鉄製で顔の高さに小ぶりなガラス窓がはめ込まれているのだが、外へと通じるそのドアが薄く開いていた。

彰は慌ててドアに駆け寄った。指紋に気をつけさらに開け、外の様子を窺《うかが》う。

非常扉の外には右側に非常階段があり四階まで行けるようになっている。ドアを出たところにコンクリートの三和土《たたき》があり、右側の階段と繋《つな》がっている。一メートル四方ほどの三和土には庇《ひさし》がついていて、ドアから階段に移動する際に濡れないようになっていた。三和土の上には泥落とし用の小さなマットが敷かれている。

三和土の外には小道が繋がっていてトイレの前の道を抜け反対側の玄関口に続いている。

先ほどと同じで外は暗く、数メートル四方の視野しか得られなかった。人影も、何かが起きた形跡も感じられない。

ふと足元を見ると、乾いた三和土の先端のコンクリート部分に濡れた靴痕が一つ残っていた。つま先をこちらに向けた右足の前半分。

少し不穏ではあるが、ドアを開けたら死体が転がっている状況――ペルム学園では珍しいことではない――を危惧《きぐ》していたのでほっと胸をなで下ろす。

しかしその直後大いなる誤解だったことを痛感させられた。非常ドアを閉め中を振り返ったとき、トイレから高萩の叫び声が聞こえて来たのだ。

慌てて飛び込むと、立ち尽くす高萩の前、トイレの壁に男子生徒がもたれていた。壁を背に床のタイルの上に足を広げて座っている姿勢で、上半身が前屈《まえかが》みになって、後頭部から血が流れ出している。

両方の耳朶《じだ》の裏を伝った血は、被害者が大事そうに抱えた二本のロボットの前腕の上にしたたり落ちていた。量こそ少ないがまさに血塗れの腕。肘から指先まで円筒状のがらんどうで、表面は銀色に塗られている。よほど強く抱いていたのか、被害者の制服にもロボットの銀の塗料がうっすらついていた。

「まさか電人Qの腕？」

背後からまりあの声がした。

男子トイレに入ってくるなんてはしたない……などと咎めている場合ではない。

「おい、大丈夫か」

彰は倒れている生徒に声を掛けようと顔を寄せる。返答はない。だがそのとき、前屈みになっている被害者の背中が目に入った。角度と照明の関係で気づかなかったが、被害者の背中は真っ赤に染まっていた。

血！　まさか背中を刺されているのか？

思わず戦《おのの》いたが、どうも違うようだ。耳元を伝う血液とは明らかに違う黒みが強い色だった。死んですぐの色ではない。そして何より、まりあと同じ塗料の匂いがプンプンしたのだ。

犯罪を偽装した？　後頭部の血すら本物かどうか疑わしくなってくる。

「おい、悪戯《いたずら》なのか？」

語調を変えて彰は尋ねたが、返事はない。

「このままだと救急車を呼ぶぞ」

またもや返事はない。

「ちょっと待ってください」

落ち着きを取り戻した高萩が割って入る。彼は被害者の手首をしばらく握っていたが、

「脈はありません」

伏し目がちに首を振った。

「死んでるのか？」

「僕も素人なので……。救急車を呼べば、まだ助かるかもしれません。しかし死んだふりでないことは間違いないと思います」

「よし、呼ぼう」

彰はスマホを取り出した。

「高萩、悪いけど今から職員室に行って先生に知らせてくれ」

「解りました」

高萩は素直に従う。一刻を争う救急車はともかく、警察は教師の判断に任せたほうがいいだろう。それに自分が通報して警察の矢面《やおもて》に立つのは避けたかった。

「もしかして赤マント？」

消防署に掛け終えたとき、まりあが尋ねてくる。好奇心の虫がまたぞろ湧き始めたか。覚悟していたことだが、かといって有効な対処法はない。

「……赤マントはトイレに現れるらしいですが、ここかどうかまでは判りません」

この場合、七不思議のオカルトのせいにするか、それとも現実の犯罪を示唆《しさ》するかどちらか迷うが、諦めて現実路線を選んだ。

「それに背中の血は塗料のようです」

「偽物。つまり犯人の小細工なの？」

まりあは安堵《あんど》の表情を顔中に浮かべた。しかし次の瞬間、

「それなら話は早い。今すぐ三階に行きましょう」

もしかして選択肢を誤ったのだろうか。彰は後悔した。

＊

仕方なく、中央の階段から三階に上がる。たしかバイク部は西側の一番奥だったはず。見るとドアの窓に明かりが灯《とも》っている。

廊下を進んでいくと、バイク部から二つ手前の部屋も明かりがついており、中に二人の女子生徒がたむろっていた。どちらも小柄で足が太い感じだが、一人は長い金髪で、もう一人は短髪にメガネを掛けている。入口のドアを開け放ったままおしゃべりをしていて、わずかにタバコの臭いが漂ってきた。

「どうしたの？　さっき叫び声みたいなのが聞こえて来たけど」

目が合った二人が怪訝《けげん》そうに彰たちを見る。

「いや、ちょっと廊下で滑って」

とりあえず彰は云い訳した。二人とも信じたらしく、
メガネのほうが尋ねかけてくる。

「バイク部に用？」

「どうして、判ったの？」

まりあが驚きの声をあげると、

「だってトイレから戻ったらバイク部の電気がついていたから、また何かするのかと思って」

メガネはすんなりと種明かしする。三階で明かりがついているのは彼女たちの部室とバイク部だけだった。

「まあ、そうかも」

「バイク部に女子部員がいたんだ。それともこれから入るの？　変わった趣味してるね」

興味深げにニヤニヤしてメガネがまりあを覗き込む。

「絡むの止《や》めなって」

一歩下がった場所の金髪が制止した。

「だって、ずっと部室に籠《こ》もって妄想しているだけの気持ち悪いクラブなのに」

「だから止めなって、そういうの。窮鼠《きゅうそ》猫を嚙《か》むって云うし」

ずっと籠もっているだけのバイク部？　しかもかなりバカにされている。

訳がわからなかったが、もめている場合でもない。そろそろ教師が高萩と一緒に現場に来る頃合いだ。のんびりしていられない。何か云いたそうなまりあの腕をつかむと、彰はそそくさとバイク部の部室に向かった。

案の定、バイク部は施錠されていなかった。室内は煌々《こうこう》と明かりがついている。部屋の広さは古生物部と変わらない程度。ただ、春に引っ越してきたばかりなので、内装は新しく備品もきれいに整頓されている。手前のテーブルもピカピカの新品だ。まりあが新クラブ棟に移りたがる気持ちが、少し理解できる。壁に並んだ本棚には地図やバイク雑誌が数多く並べられていた。

ドアを入ったすぐ右手には、等身大のロボットが仁王立《におうだ》ちしていた。材質は金属だろうか。手足も胴体も寸胴《ずんどう》で、昭和のブリキのロボットみたいだ。ただ頭部が違っていて、巨大なヘッドライトが一つ乗っているだけ。

身体は基本的に銀色だが、胴体の胸の部分と、足首より下は明るい赤色で塗装されている。また胸から腹にかけて縦に二ヶ所、中央が細長く黒で塗られていた。頭というか今にも発光しそうなヘッドライトの部分は半透明な銀色で、中央に金色の瞳孔がついていた。

「これが電人Q？」

まりあはまじまじと単眼のロボットを見つめると、

「思ったよりちゃんとできてる。塗りも綺麗《きれい》だし。接合部も毳立《けばだ》っていない」

意外にも、声をはずませ感心していた。

「でも腕がないと間抜けすぎる。破れたり電人Q」

まりあの言葉通り、一応ロボットの体《てい》をなしている電人Qだが、両腕がロケットパンチの最中かのように肘から先が無くなっているため、ただただ間抜けに見える。いや、腕が残っていたところで間抜けだっただろうが、それ以上にということだ。

ともかく現場で被害者が抱えていた両腕は電人Qのもので間違いないようだ。電人Qの腕は肘の断面が同じくがらんどうだが、先端にはそれぞれ四ヶ所ずつネジ穴がある。そして足元にトータル八本のネジが落ちていた。普段は固定されていて、ロケットパンチを繰り出せるような機構にはなっていない。

「でも上手く作ってる。トタンかブリキか知らないけど、ほんと綺麗に曲げてある。今度古生物部でもこのくらいのサイズのウミサソリを作ろうかな。金属板のカーブは生物には難しいけれど、鋏角類《きょうかくるい》なら合うかも」

誰が作らされるのかは明白だ。彰はあえて深入りせず、

「満足できましたか？　そろそろ戻らないと高萩に呼ばれた先生が騒ぎ出しますよ、先輩」

「判ってるって。でもどうして腕の先だけ現場にあったか見当がついた」

興奮気味なまりあに恐る恐る尋ねると、

「だってこの電人Q、一人じゃ持ち運びできないでしょ。関節なんてないも同然だから、中に入って動くこともできないし」

2

その夜は教師と警察に事情を説明し、同時に絞られたり、親たちが迎えに来てやっぱり絞られたり、さんざんだったがとにかく日付が変わるまでにはベッドにもぐり込むことができた。

もちろん警察も教師も事件の詳細なんか教えてくれない。

被害者の名前を知ったのは翌日のホームルーム後のことだった。もちろんクラスの話題は事件のことで持ちきり。幸い彰たちが第一発見者なのは伏せられていたので、彰も気兼ねせず噂話に耳を傾けることができた。

殺されたのは二年の船越正治《ふなこしまさはる》という生徒だった。同じ学年だが、名前に聞き覚えはない。俳句部に所属しているらしく、バイク部とは関係がないらしい。

また赤マントの七不思議は一階の男子トイレ、つまり殺人現場が発祥で、夜遅くに個室に入っていると、赤いマントがいいか青いマントがいいか、どこからともなく声が聞こえてくるらしい。手垢《てあか》がついた怪談だが、驚いたのはその体験者が今回の被害者の船越だったということだ。

船越の友達だったクラスメイトが、半月ほど前に船越から直接聞いたのが、この赤マントの話だった。

「どうして生きて戻れたんだ」

誰かがつっこむと、その友人は、

「俺も聞いたさ。するとコシ（船越の愛称らしい）が云うには、赤と青どちらがいいか聞かれたときに、虹色のマントがいいととっさに答えたらしい。すると個室のドアが無事開いたらしいぜ」

「普通は黄色じゃないのか？」

「俺もそう思ったけど、コシはそれは昔の対処法だから赤マントの方も対抗策を練ってると思ったらしい。だから思わず虹色と答えたって。お前も赤マントに会ったら虹色と答えろよとアドヴァイスされたよ。一階のトイレには行かないと答えたけどな」

「じゃあ、どうして船越は今回襲われたんだ？」

「知らないよ。その場には俺の他に三人居たんだが、みんなの反応が薄かったからコシも不満げだった。もしかしたら赤マントを捕まえるか証拠写真をとるかしようとしていたのかもしれない」

「むちゃくちゃな。そんな奴いるか？」

別の男子が呆れて肩を竦《すく》めたが、

「実際一階のトイレで背中が真っ赤に染まって死んでたんだから。しかも血塗れの電人Ｑの腕で首も絞められていたらしい」

「七不思議の連合軍に殺《や》られたのか」

電人Ｑの腕の件は彼には初耳だったらしく、驚いていた。

彰が見た限りでは、船越は電人Ｑに首を絞められていたわけではないが、都市伝説はこのように尾鰭《おひれ》がつくんだなと、別腹で感心していた。

同時に、赤マントの体験者がどうして再び赤マントに襲われたのか、俄然《がぜん》気になった。

「電人Ｑって、あれバイク部のでっちあげかと思ってたのに」

そう云ったのはまた別のクラスメイトだった。

「だってあの噂をペラペラ流しているのはバイク部の五人組だろ。前にあの腕をはめて人を驚かせているところを見たぜ」

「本当かよ」

「暗かったし見間違いかもしれないから云わなかったけど、あの腕をはめて柱から腕だけ出して怖がらせたり」

「あのヘッドライトもどきのデカい目も取り外せるから、あれだけかぶって誰かを驚かせたりしたかもしれないな。いろんなパーツがいろんな場所に現れるから、〝彷徨える電人Q〟なんだよ」

「おいおい、それじゃあ、犯人はバイク部の連中なのか」

「でも、それならどうして赤マントの話を足したんだ」

ただ情報を得たかっただけなのだが、推理風味になっていき、最後はバイク部の吊るし上げの様相を呈してきたので、彰はその場を離れた。

探偵好きで必要もなく事件に首を突っ込みたがるまりあを軽蔑《けいべつ》していたのだが、どうも多くの人間が探偵好きなのかもしれない。四月の事件でも、ペルム学園のヘンリー・メリヴェールを自称している生徒もいた。

かといってまりあに余計な詮索をさせたくないのは変わらない。事件の第一発見者であることを考えれば、好奇心を抑えろというのはカンダタに糸を切るなと云うくらい無理難題だろうが。

彰の危惧通り、放課後になり古生物部に向かうと、自分が解決しなくて誰がするといわんばかりの勢いでまりあが迫ってきた。彼女は既に、船越が赤マントの体験者であることも知っていた。

「聞きましたよ部長。僕が先生方を呼びに行っていたあいだ、電人Qを見に行ってたんですって」

「おかげでいろいろ収穫があったよ。それより聞いて、高萩君」

彰がずっと「まりあ先輩」と呼ぶのに対し、高萩は「部長」と呼ぶ。それがまりあには嬉しいらしく、部長と呼ばれるとすぐ相好《そうごう》を崩す。孫を相手にするお祖母《ばあ》ちゃんのように。遠回しに、彰にも部長呼びを強要している気もするが、彰は無視していた。

「被害者の船越って男子、半月前に赤マントに襲われていたらしい。というか赤マントの噂を広めた本人」

「やっぱり」と高萩は頷《うなず》いた。「部長、これは七不思議を巡る抗争ですよ。被害者は赤マントの正体をつかもうとして逆に殺されたんです」

以前は彰が拒否したらまりあも自制するしかなかったが、今は高萩と二人で暴走しかねない。危険な未来が幻視できたため、思わず彰は口を挟んだ。

「単に動機をカモフラージュするために、赤マントに見せかけて殺したんじゃないのか」

「じゃあ、電人Qは？　赤マントだけで充分でしょう……解った！」唐突にまりあが叫ぶ。「七不思議がいっぱいあるから、赤マントと電人Qの二つを統合しようとした人がいるんだ。そうすれば一つ減るでしょ。七つじゃないと座り心地が悪いし」

「だから、そのために人を殺すんですか」

「さすがにそれは違うかと」

高萩も残念そうに顔を伏せながら否定する。しかし視線は鋭くまりあを捉えたまま。

ふと、高萩はもしかしてまりあの推理能力を測っているのではないか？　そんな疑念が湧いた。

「探偵を気取りたいのなら、もう少し真面目になってください」

「え、探偵をしてもいいの？」

「言葉のアヤです」

以前と違い、ダメだと云えば高萩と二人だけで行動しかねない。それなら頭ごなしに否定するより手綱を握ったほうがまだましだ。

「じゃあ、こういうのはどう？　七不思議が多すぎるから減らさなきゃならない。そこで電人Qのバイク部が、赤マントの正体を突き止めることで七不思議の座から引きずり下ろそうとした。その結果、被害者はバイク部員に殺された。赤マントが電人Qに殺されたかのように」

「同じです。そんなことで人殺しなんて。それに船越が殺されたのは赤マントの本拠地でしょ。そこで背中に赤マントをつけて殺したら、逆に赤マントの噂が定着しちゃうじゃないですか」

「それに」と高萩もつけ加える。「今回の騒動で電人Qの腕は没収されるんじゃないですか。腕なしのままだと電人Qの七不思議が弱くなってしまいますよ」

ふと休み時間に聞いたバイク部の噂を思い出す。もしバイク部の誰かが電人Qを装って生徒を驚かせようとして、同じく赤マントを装った船越と出くわして、思わず殺してしまったら。

おそらく犯人は一人のはずだ。なぜならトイレから見た人影は一人だけだったからだ。そして非常ドアの三和土に残されていた足跡。それは警察が来る頃には雨で上書きされ消えていた。もともと土はなく濡れた靴痕がコンクリートについていただけだったので、跡形もなくなってしまうのだ。せめてスマホで写真を撮っておけばよかったと、彰は後悔した。そのため足跡の件は伝えそびれてしまった。

「ただ」と高萩は云い出す。「僕が聞いた話だと、バイク部の人たちは五人いるんですが、みなアリバイがあるらしいんです」

「アリバイ？」

「はい。警察もバイク部については調べたらしく、船越さんが殺されたのは、血の乾きぐあいや体温の低下などから、僕らが発見する六時四十分の直前くらいで間違いないようです。おそらく桑島さんが見た人影が犯人だろうということも」

「その時間のアリバイが五人とも都合よくあったと」

興味深げにまりあが尋ねると、

「いえ、あったのは一年生の二人だけで、残りの三人にはありませんでした。でもそれ以前のアリバイがあったらしいんです」

「どういうこと？」

「まず一年の二人は五時半までバイク部の部室にいたらしいんです。一年同士、二人でテスト勉強をしていたとか。そのまま帰宅して、二人とも六時半には確実に家に居たことが、家族の証言で明らかになっています」

「残りの三人は？」

「三人は試験勉強そっちのけでバイク部のロケハンに行っていたらしいです」

「ロケハン？」

「うちの学校ってバイクの免許の取得を禁止されているでしょ。だからバイク部員はバイクに乗れないんです」

「たしかに」校則を思い出し、彰は頷いた。「じゃあ、バイク部は何をしているんだ？」

「バイク部員はみな免許を持っていない。エアバイクを楽しんでいるんです。日本や世界の地図を見てこの峠を攻めようとか。バイクのカタログを見てここを改造しようとか。いわばシミュレーション部らしいです。ロケハンも、宝ヶ池《たからがいけ》の高架の坂道を自転車で下りながら、バイクならどう攻めるか楽しんでいたようです」

なるほどバイク妄想部か。それで金髪とメガネの二人組からバカにされていたのか。少し可哀想になってきた。しかしよく考えてみれば、古生物の模型を作っているのも隣人の目には似たものに映ってるのかもしれない。

「それを夕方の五時から六時までやっていたとか。雨が降り始めたので、三人とも宝ヶ池で解散したようです」

「でも六時に解散して、自転車にも乗っているのなら、六時半過ぎの犯行は可能じゃない？」

即座にまりあが問いかけた。彰も同じ疑問を抱いたところだ。

「それがです。バイク部の一年生の二人のうち一人が部室に忘れ物をしていったん取りに帰ってるんです。それが五時四十五分くらいなんですが、そのときは電人Qの腕はまだ健在でした。そして彼が部室を往復するのを見ていた人たちがいます」

「金髪とメガネの二人組でしょ」

まりあが鋭く指摘する。

「ご存じでしたか、部長」

「私たちがバイク部に行ったときもまだいたし」

「彼女たちはテストが終わったあと、四時に新クラブ棟に来てずっと話していました。最初は一階の階段の隅で三人で喋《しゃべ》っていたんですが、一人が五時に帰ったあと、二人は三階の自分たちハーブ部の部室に上がったようです。最初は部屋のドアを閉めていたんですが……」

「タバコを吸ったんでしょう」

「はい。部室で吸ったのは初めてらしいですけど、予想以上に臭いが充満して、慌てて換気をしたそうです。外側の窓だけでは追いつかず廊下側のドアも開けて通気をよくしたらしいです。幸い他の部室には人気《ひとけ》がなかったので、廊下に多少流れても気にせず換気できたんでしょう」

「まあ、とやかく云うつもりはないけど、高萩君が知っているということは、警察や先生にもバレたの？」

「残念ながら」高萩は肩をすくめた。「今はそれどころじゃないし、二人の証言のほうが大事なので保留されてますけど、あとで何らかの処分が下るんじゃないですか。それはともかく、二人が部室のドアを開けたのが五時四十分くらいだった。だから四十五分に通り過ぎた一年生のことは覚えていました。もちろん部室を出るときも、電人Qの両腕のような嵩張《かさば》るものは持っていませんでした」

「待って。その娘《こ》たちが私たちが来るまでずっとあの場所にいたなら、誰が腕を持ち出したの？他に持ち出すルートはないいんでしょ？」

「彼女たちはずっとドアを開けっ放しで話していました。雨が降ってきて窓を全開にするわけにもいかなくなったので、ますますドアを閉められなかったようです。だから忘れ物を取りに帰った一年生以外に、部長たちが来るまで誰も通らなかったと証言しています」

「つまり不可能犯罪ってこと?」

興奮したまりあが叫ぶ。そこには探偵好きの女子がいるだけで、化石少女の姿はなかった。

「そうでもないんです。実は事件が起こる少し前、六時三十分頃に二人は連れだってトイレに行っているんです。三階の一番東にあるトイレです。女子トイレなので、犯行現場の真上ではありませんが」

犯行現場の真上だったのは自分の方だ。時間的にかろうじて犯行を終えていたと思うが、もしかすると自分が用を足しているあいだに、すぐ真下で凶行が行われていたのかもしれないのだ。

「じゃあ、その間に犯人は電人Qの両腕を盗み出したってこと?」

「いえ」と高萩は首を振った。「トイレに行っていたのは長くても三分くらいだそうです。それに早く終えた方は、トイレの入口で待っていたそうです。トイレとバイク部は数十メートル離れた正反対の場所ですが、直線で見通しがいいので誰か出てきたら気づくはずです。つまり犯人には三分の猶予しかなかった。しかし、電人Qの腕はトータル八本のネジで固定されていて、たった三分でネジを外して持ち去るのは不可能です」

「じゃあ、ダメじゃない。やっぱり不可能犯罪?」

「違います。そこで警察は犯人がずっと部室に潜んでいたと考えたようです」

「潜んでいた?」

「はい。腕を外すには三分は短いけれど、外したのを持ち去るだけなら三分も要らないだろうって」

「彼女たちが自分たちの部屋で話している内に犯人が腕を外していたと？　そしてトイレに行ったのを見計らって」

「タイミングはそれしかありません。実際、二人がトイレに行っている間に部室の明かりがついてますし」

「でも」と彰が口を挟む。「五時四十五分に一年生が忘れ物を取りに戻ったんだよな。そのときは腕は健在だった。そして金髪とメガネの二人はすでに部室のドアを開けて陣取ってたんだろう。犯人はいつ侵入したんだ？」

　しかし高萩にとっては想定の範囲内だったらしく、

「おそらく二人が部室でタバコを吸っている間でしょう。なので五時三十分から四十分の間になります。それ以上早いと逆に、忘れ物を取りに来た一年が部室に入ったとき、腕はなくなっているはずですから。部室に忍び込んでどうやって外そうか考えている時に一年生が戻ってきた。慌てて本棚の裏にでも隠れる。幸い、忘れ物はテーブルの上にあったので一年生はそれを取り、部室から出て行く。そのときには二人組が部室のドアを開けていたので、犯人は出るに出られなくなった」

「なら不可能犯罪でもなんでもないな」

「だからそう云ってますよ。僕が聞き込んできたのはバイク部の三人にアリバイがあるということで」不満げに高萩は口先を尖《とが》らせた。素材がいいので、どんな表情をしても様になる。「今の話から犯人は少なくとも五時四十分から六時三十分頃までは部室に隠れていたと考えられます。となると六時まで宝ヶ池にいたバイク部の三人もまたアリバイがあることになります」

「なるほど」眉間に皺《しわ》を寄せ小難しい顔をして聞いていたまりあだったが、ようやく納得したとばかりに顔を綻《ほころ》ばせると、「じゃあ、三人のアリバイを崩せばいいわけ!?」

朗らかに叫んだ。

3

「最初はユマちんと三人で喋ってたんだけど、ユマちんが用事で帰ったから、部室に行って寛《くつろ》いでたの」

新クラブ棟三階の目撃者の二人組はともに三年の同じクラスで、金髪のほうは出戸浜直実《でとはまなおみ》、メガネのほうは追分美晴《おいわけみはる》という名前だった。ともに新生ハーブ部の部員だ。ハーブ部は部室で多種多様なハーブを水耕栽培する部だが、過去に何度も存在し、そのたびに謎の不祥事を起こし廃部になっていた。

ハーブ部の部室に意気揚々と乗り込んだまりあが話を聞きたい旨を伝えると、最初は慌ててパニックになりかけた二人だが、すぐに「また?」という反応を見せた。とても面倒臭そうな表情。

理由を訊《き》くと、この数日で教師や警察だけでなく、まりあのような素人探偵が話を訊きに来ることが何度もあったらしい。

「それって、ペルム学園のヘンリー・メリヴェールとか云う生徒？」

憎々しげに吐き捨てるまりあ。

「どうだったかな」

綺麗に整った金髪を揺らして直実が首を捻《ひね》る。髪からは甘い匂いが漂っている。部室には所狭しと並んだハーブの水耕設備が、青白く発光していた。

「ええと……そうそう、ペルム学園のチャーリー・チャンて名乗ってた」

「チャーリー・チャン？　じゃあ、東洋人？」

「そりゃあ、日本人だったから東洋人でしょうね。少なくとも留学生じゃなかった」

メガネの美晴が小馬鹿にしたように、まりあを見る。おそらく今まで訪れた自称探偵たちで、ここまで珍妙なのはいなかったのだろう。しかし次の瞬間、レンズ越しに真っ赤に充血した目で睨みつけると、

「何度訊いても同じ。私たちが目を離したのは一度だけで、ほんの三分間。間違っても十分もなかった。人のトイレをなんだと思ってるの、年寄りじゃないんだから。それに確かに部室でタバコを吸ったけど、トイレでは吸ってないって。マナーはちゃんと守る性分だから」

電人Qのごとく瞳孔が開いた眼で、メガネをふり落とさんばかりに興奮する美晴。それをどうどうと金髪が宥《なだ》める。

「みんな同じことばかり訊いてくるから、ホントうんざりしてるの、美晴も私も。親にも叱られて、ここでしかリラックスできないのに」

「あと忘れ物を取りに帰った一年君は、間違いなく学生カバン以外は何も持ってなかったよ」

再び美晴が吐き出した。

「つまりその二つを、自称探偵たちから重点的に訊かれたと」

得心したようにまりあが深く頷く。

「でも安心して。私が訊きたいのはそこじゃないから」

「じゃあ、どこよ」

意外な言葉に二人とも顔を上げるが、先ほどの東洋人の件《くだ》りでまりあの能力そのものに疑いを抱いたようで、猜疑に満ちた口調のままで問い返してくる。

「あなたたちがこの新クラブ棟でここに移動するまでに話していた場所と時間を教えて欲しいの」

「それなら……」と答えたのが、先ほどの〝ユマちん〟の話だった。この二人とユマちんは仲がよく、ちょくちょく遅くまで長話をしているらしい。ただユマちんはハーブ部ではなかったので、部室で話したことはなく、一階の階段の隅が定位置だった。

「四時頃から話し始めて、五時まで一緒だった。もっと長いことが多いんだけど、あの日は買い物を頼まれていたらしくて」

それから三階の部室に上がったという。言葉を濁していたが、二人で話しているうちについタバコに手を出したのだろう。思いのほか臭いが充満したので窓とドアを開ける羽目になった。

「あなたたちがいた階段の隅からは、東西の廊下を通る人も見えるんでしょ？」

東西の廊下というのはT字の左右のことだ。

階段は縦棒の付け根の右側にあるので、東西の廊下から階段は見づらいが、階段からは縦棒との交点を往来する姿がよく見える。

「まあ、そうだけど」

「じゃあ、四時から五時までに通り過ぎた人っている？」

すっきりした頭で記憶を呼び戻そうとしているみたいだが、やがて二人とも首を捻った。

「部活は試験休みでも、その時間はまだ人はいたから。通り過ぎたのは全部で二十人くらいかな」

「そのくらい。もう少し多かったかもしれないけど」とメガネも頷く。少し落ち着きを取り戻したようだ。今度は逆に目が据わっていた。「だから誰が通ったかまでは覚えてない」

「バイク部の人も？」

「どうだろう。別にバイク部の顔なんて知らないし」

部室も二部屋離れていればそんなものだ。事件の日、まりあたちに絡んできたのも、喫煙を知られたと焦ったせいだろうし。彰も二部屋隣の部室の部員の顔は知らない。そもそも何部なのかも覚えていない。文化系だった気がするが。

「どうもありがとう。すごく役だった」

「ねえ」

まりあが暇《いとま》を告げたとき、二人組が真剣な声で呼び止めた。

「このことは先生たちには……」

「大丈夫。私は化石の葉っぱにしか興味がないから」

不思議なやりとりに、部室を出たあと彰が「どういうことです？」と尋ねると、「もしかして鼻が悪い？　あの娘たち、懲りずに大麻でリラックスしてたの」

＊

「こうやって道路を見渡しているとラインが見えてくるんです。例えば京都タワーから学園までキャノンボールをしたとして、最速で行くにはどのルートをとればいいのか。わくわくしませんか」

雲一つない快晴の屋上で熱く語っているのはバイク部の部長である脇本怜《わきもとれい》。その隣には同じくバイク部の二年の二田啓矢《ふただけいや》が腕組みして立っている。

ここは旧クラブ棟の屋上。事前に話を訊きたいと申し入れると、この場所を指定してきた。二時間サスペンスではないが、崖《がけ》のようにすぐに飛び降りられる場所の指定に、すわ犯人かと心の中でいきり立ったのだが、実情は違っていた。

「私なら地下鉄に乗り入れて北大路《きたおおじ》のバスターミナルから地上に出る。そのほうが信号がなくてノンストップでいけるし」

横紙破りなまりあの戯事《ざれごと》に、

「それは無理だ。枕木で腰を痛める」

脇本部長は真剣に反論している。事件の日、宝ヶ池に行ったのは三人で、もう一人羽立俊作《はだちしゅんさく》という二年生がいるのだが、事件の翌々日から学校を休んでいるらしい。

羽立の背格好は判らないが、目の前の二人の部員はともに中肉中背で、特徴のない髪型なので、シルエットだけならどちらもトイレの前の小道を歩いていた人物でありうる。

「ホント迷惑しているんです。そのせいで羽立は心を病んで休んでしまうし」

声変わりのしていない甲高い声で、零《こぼ》したのは二田だった。声は幼いが、老け顔なのでギャップが凄《すご》い。対して部長の脇本は声が普通で見た目も普通という、無難な印象だった。

「僕たちが電人Qのスペアの腕を作ってたんじゃないかって。現場にあったのはスペアのほうで、本物はハーブ部の女子がトイレに入っている間に忍び込んで外し、その後ドサクサに紛れて逃げ出したんだろうって。バカバカしい。スペアを作る予算がどこにあるのかと」

二人の話では、電人Qを作ったのは去年の文化祭で、その頃は取り壊された部活棟の幽霊クラブとして棲息していたので、予算もまるでなかったようだ。そんな中、廃材を工夫して作り上げたのがあの電人Qらしい。あれはバイクを擬人化したロボットで、巨大な単眼がヘッドライト、体の中心を縦に貫く二つの黒い塗装が二輪のタイヤらしい。なおQは彼らがツーリングに行きたい九州のQだとか。

「どうせならSFマンガ風のシャープなバイクの模型を作ったほうが話題になったんじゃ？」

甲冑魚の模型を作れば話題になると思っている大陸棚のように浅はかなまりあが、冷ややかにアドヴァイスする。

「考えたさ。でも、我々の技術ではどうやっても不可能なんだ」部長は魂の叫びをあげたあと、

「ともかく、電人Qは乏しいリソースをやりくりしてなんとか作り上げた血と汗の結晶だ。スペアの腕を余分に作る余裕なんかない。そんな資金があればちゃんとした顔にしてる」

論理的とはいいがたいが、説得力のある主張だった。とはいえペルム学園の生徒である以上、おそらくこの二人もそれなりのボンボンのはずだ。本気を出せばいくらでも調達できるのではないか。そんな気もする。

「別に余分な腕の話はいいの。一眼二臂《にひ》と一眼四臂のどちらでも。私は三人のアリバイを訊きたいだけだから」

「だからないですよ。僕は六時に解散したあと、雨宿りしながら帰りましたから」

おそらく何度も尋ねられたのだろう。苛立《いらだ》つように二田が答える。

「俺もそうだ。屋根のあるバス停で雨宿りしながらバイクを見ていた。ちなみにバス停に乗降客はいなかった」

どちらも目撃者がいないのは知れ渡っている。まりあも感化されたのか、同じく苛立つように、

「それはどうでもいいから。それよりも四時から五時の間になにをしてたか知りたいんだけど」

「四時台か?」おそらく警察にも訊かれなかったのだろう。部長は面食らったように声を上げた。

「四時五十分頃まで部室にいたな。羽立が持ち込んだバイク漫画の『野七《やしち》』が面白くてつい長居してしまったんだ。ならず者の白バイ刑事たちが悪人を轢《ひ》き殺す話で。それで慌てて宝ヶ池まで

自転車を飛ばしたんだ」

「じゃあ、それまでは一年生と一緒だったの？」

「ああ、そうなるな」バイク部部長は頷いた。

「僕はいったん家に帰りました。雲行きが怪しかったから、傘を持ってくるつもりだったんですけど、結局忘れてしまって。それが四時半です。帰った時お手伝いと妹が家にいましたよ」

二田が仔細《しさい》に答える。やはりお手伝いがいる家だったか。おそらく部長の家にもいるのだろう。

「羽立はどこかに寄ると云って学校を出てすぐに別れました。どこに行ったのかは知りませんが」

「それで五時に宝ヶ池で三人が集合したと」

「正しくは、坂の下の競技場の前だな。そこから三人で坂を上って、再び下りて。いろいろ攻め方を考えたんだよ。トンネルを二百キロで飛び出して狐坂《きつねざか》のカーブを曲がり切るにはどのラインが最適か。そのときもしライバルの車軸から角が飛び出してたら、どう対応するかとか」

車軸に角とはチキチキマシンみたいなものだろうか？　ともかくまりあは四時台のアリバイを気にしているようだった。

彰にはその理由の見当がつかなかったが、天然の探偵であるまりあのことだ。自覚することなく糸口を摑《つか》んでいる可能性がある。なんとかまりあの先回りをしなければ……彰は必死で頭を巡らせた。

「ところであなたたち、電人Qの七不思議を定着させようとしていたんでしょ。部員集めのために」

「何を根拠に」いきり立つ部長だったが、

「警察にもバレて説教されたと聞いたけど」

まりあのはったりに、二人とも言葉を詰まらせる。

「やっぱり。でも、クラブの魅力で人を集めない限り、意味がないから」

死体を発見した経緯《いきさつ》を忘れたかのように、まりあは大上段に説教している。やはり説教というのは、まりあのような人間からしても蠱惑的《こわくてき》なようだ。

4

事件から一週間が過ぎたある放課後。中間テストは翌日から中止になり、学園は自由出席になっていた。捜査状況は進展しないまま。さすがに捜査陣で赤マントや電人Qの仕業と口走る痴《し》れ者はいないが、それゆえ七不思議にかこつけて被害者を殺したとも考えにくい。

最大の問題は、電人Qの両腕を盗み出した犯人が、直後に船越を殺したことだ。高萩が発見したのは六時四十分。二人組が六時半にトイレに行くまで、犯人がバイク部の部室で足止めを食らっていたことは明らかで、ようやく部室から出た直後にトイレでターゲットと運良く遭遇したと考えるのは、タイミングがよすぎる。盗んだ電人Qの腕と一階のトイレで被害者に施した赤マントの装飾。七不思議を利用した手際を考えると犯行に計画性が見られるのだが、それと時系列に表れる運の要素が上手く噛み合わない。しかも事件当日の放課後から被害者の足取りは不明瞭な点が多く、スマートフォンにも何の履歴も残されていなかった。俳句部は旧クラブ棟にあるので新棟にはそもそも用がないはずで、わずか十分の間に犯人がどうやって被害者を現場まで誘い出したのかも謎だった。

そのうち、電人Qの腕を持ち出した犯人と赤マントに襲われたふりをした被害者がたまたま一階のトイレで遭遇しトラブルが生じた、という見解が優勢になったらしい。となると犯人は、電人Qの噂を広めたがっているバイク部の中にいる可能性が高くなるが、周知の通り部員五人にはアリバイがある。ということで、今年卒業したバイク部OBにまで捜査の手が伸び、幸か不幸か当日のアリバイがない人物が一人浮上した。男鹿《おが》というその男は、二年前にバイク部を創設し、現在一浪中で一人暮らし。四月にはバイクの無免許運転で物損事故を起こし書類送検されたという。

警察にとっては格好のターゲットで、近いうちに彼が逮捕されるのではという噂が、クラスでも流れていた。

「犯人が解った！」

そんな中、五月晴《さつきば》れの陽光が充満する部室でまりあは意気軒昂《けんこう》と宣言した。今日は高萩も顔を出している。推理は二人だけの時にしてほしかったが、高萩を遠ざけると逆に勘ぐられてしまう。

以前、推理は二人だけの時にと要求したが、私の推理は彰だけのものじゃないんだからね、と撥《は》ねのけられた。

「本当ですか？」

即座に耳をそばだてる高萩に警戒しながら、彰が尋ねると、

「私が嘘をついたことがある？」

親に化石趣味を隠しているくせに……。ともかく彰が先を促すと、まりあは得意げに推理を始めた。

「事件の発端は七不思議が九つあったこと。七つの枠に九つの物語。これはもう怪談同士の生存競争。七不思議はそれぞれ生存戦略を練らなければならない。生物が誕生以来ずっとやってきたように」

「そのために犯人が電人Qの腕を持ち出したのでは？」

誰が犯人かはともかく、この前提は共有されているはずだ。

「そこが違うの」

まりあはぴしゃりと否定した。

「この場合の戦略は二つある。一つは自分の怪談をさらに広めること。もう一つは相手の足を引っ張ること。電人Qの都市伝説は赤マントや花子さんといった古典的な七不思議と比べると、耳新しいぶん嘘っぽい。でも逆にそこが魅力的でもあったわけ」

「そうですか？」高萩は疑わしげな口調で首を捻った。

「少なくとも、古典的な七不思議を推している人にとってはそう映ったんでしょう。手垢《てあか》がついた七不思議より、新奇でインパクトがあると。でも逆に云えば、伝統が浅い分だけ底が割れれば

冷めるのも早い」

「それはそうかもしれませんね」

「ということで、古典派は電人Qの足を引っ張ることにした」

「どうやってですか。電人Qがバイク部の嘘だと主張しても、それは自分の推しに跳ね返ってくるだけでしょう」

納得がいかない彰が尋ねると、まりあは屈託のない笑顔で、

「化けの皮を剝がすにはどうすればいいか。結果的に彼が行ったのは、電人Qの両手を盗むことだった。根元がなくなれば噂もそのうち消える。電人Qはあのサイズだから、全部持ち去るのは難しい。また〝彷徨える電人Q〟のセールスポイントは血塗れの手。それなら手を奪えば、電人Qはただの木偶《でく》に戻るんじゃないか、そう考えた」

「つまり犯人は驚かせるためではなく、足を引っ張るために電人Qの腕を盗んだのですか？」

今度は高萩が質問する。

「そこが違うんだって」

「だって今、部長が……」

「盗んだのは犯人ではなくて船越君。彼がバイク部に忍び込み電人Qの両腕を盗んだの。ライヴァルを蹴落《けお》として、自分が作った赤マントを七不思議に定着させるために。彼は五時半過ぎに無人のバイク部に忍び込んだ。忘れ物を取りに来た一年生をやり過ごしたあと、なんとか両腕を外したものの、表には金髪とメガネの二人組がいて身動きがとれなかった。そのあたりの被害者の

アリバイはないでしょ」

「それで船越は六時半に部室を抜け出したと」

「その頃には室内が暗くなっていたから、明かりをつけて腕を回収したあと、そのまま逃げ出した。船越君は最初は二階に降りて連絡通路から旧クラブ棟の部室に行こうとしたのかもしれない。しかし私たちが通路のドアを開けて中に入ってくるところだった。なので階段を更に下に降り、一階のトイレに身を隠そうとした。運悪く、そこにいたのが犯人だった。犯人は彼が抱えていた、電人Qの両腕を見て詰問した。もしかすると両腕を抱えてトイレに入るところを見咎《みとが》めて、追ってきたのかも。疚《やま》しさしかない船越君は反抗的になり、やがて奪い合いになり犯人が壁に突き飛ばしたところ、打ち所が悪く船越君は哀れ三途《さんず》の川に」

昨晩練習したのだろうか。見てきたようにまりあが語る。抑揚も完璧だ。

「となると、やっぱり犯人はバイク部の部員ですよね。電人Qの腕を奪われて怒るのは彼らしかいませんし。でも、それならなぜ電人Qの腕を持ち去らなかったんですか？」

高萩がもっともな疑問を投げかけた。

「船越君から流れた血が電人Qの腕についたから。しかも彼の制服に電人Qの塗料がうっすら遷《うつ》っていた。たとえ腕を持ち帰って洗い落としても、塗料から電人Qが疑われ、腕から血痕が検出されれば、逆にバイク部だけが疑われてしまう。だからそのまま放置しておくしかなかった。それに、七不思議は基本お遊びの範疇《はんちゅう》だから、本物の死人の血で汚れた腕なんて持ち運びたくなかったかもしれない」

「でも、赤マントはどう説明するんです？　犯人が赤マントの仕業に見せかける必要がありませんよ」

今度は彰が重箱の隅をつつく。まりあはご満悦の表情で、

「背中についた赤い塗料は犯人が予《あらかじ》め持っていたものでしょう。でも赤マントのためじゃない。犯人も船越君と同じことを考えていたとしたら」

「同じこと？」

「そう、七不思議の生存戦略。船越君は足を引っ張ることを選択したけど、犯人は噂話を強化する方向を選択したの。赤い塗料は本来は電人Qの手に塗られて血塗れを演出するために使われるものだった。飾られている電人Qの手がいつの間にか赤く染まっていたら、みんな驚くでしょ」

「本当は電人Qに使うはずの塗料の蓋《ふた》が、被害者ともみ合っているうちに外れたんですね！　すごいです、部長」

童顔の目をキラキラさせながら高萩が声を上げる。

「そう、犯人も七不思議を強化しようと、新クラブ棟に忍び込んだの。そこで船越君と鉢合わせした」

「そう都合よく偶然が……」

彰はまだ懐疑的だった。たまたま同じ日に七不思議の小細工を弄しようとするなんて。

「揃《そろ》うんだって。なぜなら中間テストの初日。みんな部活動を休んでいるから、新クラブ棟にはほとんど人がいなくなるでしょ。人目を避けて何か企むには一番の狙い目でしょ」

「……たしかにそうかも。先輩も便乗して七不思議をでっち上げようとしたわけですし」

まりあは無言でひと睨みしたあと、

「というわけで、犯人はバイク部のあの三人のうちの誰かということになる」

「三人のうち誰なんですか？　部長にはもう解けてるんでしょう」

大袈裟《おおげさ》に固唾《かたず》を呑《の》む高萩。まりあを持ち上げるのが実に上手い。だが彰も別の理由で固唾を呑んでいた。

ヤバい。このままではまりあが真実にたどり着いてしまう。彰には犯人は誰かまだ解らないが、まりあが正解しそうなのは実感できた。なんとか回避しないと。

「ここで彰。あなたの証言が生きてくる」

「俺の証言？」

「そう。犯人は犯行後非常ドアから外に出て、トイレの前の小道を抜けて新クラブ棟の玄関のほうに向かった。もちろん玄関からクラブ棟に入ったわけではなく、さらに進んで教室棟のどれかに潜り込んだんでしょうけど。そこで問題なのが、外は雨だったということ。犯人は雨の中、飛び石の上だけ歩く慎重さで進んでいった」

「それのどこが訝《おか》しいんです。犯人としては当然だと思いますが。実際は雨脚が強く、たとえ土の上を歩いたとしても足跡が残らなかったようですが」

「そこっ。雨が強いのにどうして犯人は一階の廊下を突っ切って玄関まで行かなかったのか。一階に明かりがついている部室はなかったのに」

「明かりが消えていても、もしかすると誰かいたかもしれませんし。暗闇の中、魔物を召喚する部とかあるかも」

「それでも、雨の中、ゆっくりと小道を歩くほうが危険でしょう。窓から丸見えだし。実際もし彰に顔まで見咎められていたなら、すぐに逮捕されていたかもしれないのに」

「すると、犯人には廊下を横切れない別の理由があったというわけですか。でも縦の通路も部室の電気が消えていて何もなかったような」

「そう、あの時点では」

「あっ」そこで彰は声を上げた。三人組だ。

「五時まで三人組が一階の階段の隅で話していたでしょ。あの三人がまだいるかもしれない。実際ちょくちょく長話をしていたみたいだし、犯人はそれを恐れたのね。そして事件の日も長話をしていたのを目撃した可能性があるのは、三人の中で一人だけ」

「犯人は部長ですか」

「そういうこと」

名探偵よろしく、まりあはしたり顔で大きく頷いた。

ヤバい、ヤバい。はやく考えなければ。中間テストの初日の何倍も必死に、彰は頭を回転させた。

「でも、訝しいです」なんとかプランをまとめ、彰が反論する。

「何、私の華麗なる推理にケチをつける気？」

案の定、まりあはムキになる。

「ケチか事実の指摘かは、先輩が判断してください」彰は大きく深呼吸すると、「……ところで犯人はどこから入ってきたんです。もし一階の玄関から入ってきたのなら、階段に三人がいないのはトイレに行くまでに判ることです。それなら戻るときも通るはずでは？」

「そ……それは」

まりあは戸惑ったそぶりを派手に見せる。しかしすぐに笑顔に戻ると、

「うそ、うそ。ちゃんと考えてあるから。犯人は行きも外の小道を伝ってきたの。犯罪を犯すわけじゃないけど、七不思議のでっち上げをするわけでしょ。おそらく三人組に見つからないよう外の階段で三階まで行こうとした。その時、電人Qの腕を抱えてトイレに入る被害者の姿を、ドアのガラス越しに目撃してあとを追った」

「それは無理です」彰は覚悟を決め断言した。

「犯人が小道を通って新クラブ棟に入ったのは六時三十分頃でしょう？　外はもう雨が降っていました。それなら三和土に濡れた足跡が残っているはずです。しかし俺が見た時三和土は乾いて、足跡なんか残っていませんでした」

もちろん嘘だ。三和土にはドアに向かう足跡がはっきりと残っていた。しかし警察が来る前に雨で上書きされたので、話しそびれていた。刑事にも訊かれなかったし。

「本当なの？」途端にまりあの目が泳ぐ。

「本当です。犯人は非常ドアから入ってこなかったのだけは確実です。だとすると玄関からにし

ても二階の連絡通路からにしても、現場のトイレに行くためには一階の階段に三人組がいないことは判ったはずです。つまり犯人は別の理由で小道を選んだことになります」

自慢の推理が外れ、がっくりと膝から崩れ落ちるまりあ。スカスカのレモンをさらに絞り出すような声で、

「せっかく推理したのに」

なんとか食い止められた。ほっと一息をつく。ずっとこの調子で続くのだろうか。やれやれだ。

だが……じろじろこちらを窺《うかが》う高萩の視線が気になった。

第三章　遅れた火刑

1

今日も薄暗い空。

六月も中旬になり京都も梅雨に入った。とはいえ五月の陽気を引き摺《ず》った今は、まだ降ったり止《や》んだりの煮え切らない天気。本格的な長雨は六月末から七月上旬になる。夏を目前にただでさえ蒸し暑いところに梅雨のダブルパンチ。さっさと六月中に梅雨明けしてくれた方がよほど過ごしやすいだろう。例年のこととはいえ、いつまでたってもこの時期はなじめない。

彰のみならず全校生徒が湿気でカビが生えそうな憂鬱《ゆううつ》の塊になる季節だが、今年は違っていた。

『京都の女子高生が新種の恐竜発見!?』

五月の下旬に一大ニュースが舞い込んできたのだ。しかも〝京都の女子高生〟というのが、何を隠そう神舞まりあだった。

京都市北部の広河原《ひろがわら》の山中で、白亜紀《はくあき》の全長五メートルほどの肉食恐竜の化石が発見された。

見つかったのは後肢の一部、爪とその付け根らしいのだが、それが一風変わった形状で、獣脚《じゅうきゃく》類《るい》それもティラノサウルスと鳥類を含んだコエルロサウルス類の系統に新たな分岐を示す可能性があるとか。

恐竜の化石は隣県の兵庫や福井では丹波竜《たんばりゅう》やフクイサウルスが有名だが、京都では珍しいこと。それがティラノサウルスをイメージさせる二足歩行の肉食恐竜で生物史に名を残しそうなこと。そして何より発見したのがただの女子高生なこと。他に大きなニュースがなかったこともあり全国で大きく報道されたが、こと地元京都の盛り上がりは凄《すご》いものだった。

早速地元の大学が主体となったプロジェクトチームが、国や京都市の支援の下で発足したらしい。高校生の趣味とは違う大がかりな人海戦術の化石調査。その甲斐《かい》があって、発見された地層に全身が埋まっている可能性が高いというアナウンスも出ている。

当然、まりあもカメラの前でインタビューを受け、緊張しながら化石発掘への熱い想いを訥々《とつとつ》と語った。その一途《いちず》さが新たな関心を呼び起こし、化石ガールとして全国へ広まっていった。

新種と認定されれば〝ミヤコサウルス・カンブリィ〟と学名を付ける予定だとか。ミヤコは云うまでもなく京都のことで、カンブリィはまりあの名字から来ている。カンブリア紀と少々紛らわしいが仕方がない。本人が決めたのか誰かに入れ知恵されたのかは判らないが、いくつものニュース番組で満面の笑みで公表していた。

もちろん古生物部の小汚い部室も、全国津々浦々に流れることになった。当然まりあの両親にも知られることになったが、薄々気づいていたらしく――そもそもあのまりあが上手《うま》く隠せるはずはなかったのだ——祝福され公認されただけで、叱られたりやめさせられることはなかったという。

暗い話題が多かった学園の宣伝やイメージアップにも大いに役立ったはずで、それは進路という形でまりあに還元された。赤点少女の最大の難関だった大学進学も、今回の功績によって有名大学の指定校推薦の枠が与えられそうだとか。とんだ一発逆転劇である。あまつさえ後期の生徒会長に推そうという動きさえあったが、さすがにまりあは固辞したようだ。

一日にしてシンデレラとなったまりあの株は天井知らずで、同じ古生物部員である桑島彰のクラスには、「神舞先輩ってどんな人？」というミーハーたちが押し寄せて来た。前日まで奇人変人化石少女と鼻で笑っていたくせに。もう一人の古生物部員である高萩双葉の下にも同じように一年生が尋ねかけてくるらしい。

「ゆっくり昼ご飯も食べられないですから。勘弁してほしいです」

授業中が一番落ち着けると、高萩は苦笑いしていた。

みな、まりあに興味津々《しんしん》だった……。

＊

「なんか石油臭いですね」

彰が部室に入ると、ほのかに漂う異臭が鼻をつく。オイルライターを溢《こぼ》したような臭い。

するとゴーグルとマスクでフル防備したまりあが顔を向けた。いつものように両手にタガネとハンマーを持っている。

「化石にはいろいろとあるの。石油層の臭いが染みついたものとか。そもそも石油自体も化石だし。化石燃料って云うでしょ。これは二枚貝の化石。オイルシェル」

最後はどうも胡散臭《うさんくさ》い。

「オイルシェルはテレビカメラの前では云わないほうがいいですよ……。ともかくそれでジャージに着替えてたんですか」

まりあはいつもの制服ではなく、学校指定のジャージ姿だった。採掘に出かけるときは野暮ったい作業着なので、ジャージ姿は珍しい。なんだか新鮮だが、かといってマスクとゴーグルで顔を覆いポニーテールだけを揺らしながら猫背でテーブル上の化石にハンマーを打ち付ける姿に、相変わらず色気の欠片《かけら》もない。まるでマッドサイエンティストが新種の生物を創造しているかのよう。

今までは道楽にしても毎日毎日飽きずによく削っていられるな、RPGで安全に経験値を稼ごうとスライムばかり襲っているような単調な作業だと、生暖かい目で見ていたのだが、今はもしかしたらこのオイル臭い化石にも新種の貝が眠っているかもしれないと感じるようになった。メタルスライムに出くわすような。

もちろんそれは彰だけの変化で、まりあにとっては今までもこれからも何も変わらない作業だろうが。

「制服に臭いがつくといろいろと面倒だし。もう親に知られても問題ないけど。ずっと臭いが残ったら嫌でしょ」

マスク越しにもごもごと説明する。

「ちょっと待ってくださいよ。俺はどうするんです。制服のままですよ」

「ここで着替えないで。男子は石油の臭いくらい問題ないでしょ」

「変な溶剤でも吸ってると疑われたらどうするんですか」

先輩も今さら臭いの一つや二つ問題ないでしょ、とはさすがに云い返さなかった。まあ古生物部の知名度も今ならマックスだし、石油まみれの化石がという釈明も余裕で通じるだろうが。

六月も半ばになると、当初の騒乱も幾分落ち着いてきた。ニュースというのは続報がないと賞味期限が短い。いまは現場で発掘作業をしているプロジェクトチームに興味が移ったようだ。

学園としては長くマスコミが張り付く状況は好ましくないようで、まりあの露出は徐々に制限されていった。殺人が続発したという後ろ暗い過去に触れられたくないというのもあるだろう。

「ようやく落ち着いて化石掘りができるようになりましたね。その石油臭い化石はどこから掘ってきたんです?」

カバンから携帯ゲーム機を取り出してスイッチをオンにする。

まりあの化石掘りにはたいてい彰もつきあわされる。中には彰の都合でまりあ一人で行くこともあり、ミヤコサウルスの化石はそのとき発見したものだった。

もし彰がまりあのように化石好きだったなら、世紀の発見に同行しなかったことを悔やんだだろう。しかし部室で携帯ゲームをしているだけの彰としては、むしろラッキーだと感謝していた。現場に居あわせれば取材の何割かは彰にも向かっただろう。まりあのお守《も》りとして、数合わせとして強引に入部させられた門外漢の彰には、カメラの前で堂々と答えられることなど何もなかった。

「これはもらい物。パパの知り合いがプレゼントしてくれたの」

なるほど親の公認、世間の認知を得ると一気に人脈が広がるのか。まりあの家は由緒ある名家で、彰の父も神舞家の会社の社員の一人だ。挨拶がわりに化石を持って来る人など山ほどいるだろう。

「化石の素晴らしさを知ってもらうのは嬉しいけど、どこへ行くのにも注目されて」

バスや電車では顔を指さされるので、今は家族の車で送ってもらっている。指定校推薦が確実なので今まで以上にかまけられるそうだが、逆に窮屈になっているらしい。

「指定校推薦って、テストはないんですか?」

「そうみたい。簡単な面接があるらしいけど」

いきなり降って湧いた話なので、まりあもまだ実感できていないようだ。返答もふわふわしている。

「指定校推薦だからほぼ大丈夫だとは思いますが、面接で変なこととして落ちないでくださいよ。推薦枠がなくなったら困るのは下の世代なんですから」

「大丈夫。面接では化石のことしか話さないから」

おそらく担任にそう指示されたのだろう。

「それなら安心ですけど」

お守り役としては無事に進学してもらうまで、肩の荷を下ろせない。

「でもあれだけ大騒ぎだった割に、部員が増えないのはどうして？」

「一年生はもうどこかのクラブに入っていますから」

降って湧いた時の人というのは伝説も生まれやすい。特に業績と個人のギャップが激しい時に。想像の隙間を埋める膠《にかわ》が必要なのだろう。

山男なみのリュックを背負いピッケル片手に山々を駆け巡る、役行者《えんのぎょうじゃ》みたいな女子高生。それが世間のまりあのイメージだった。青春のすべてを化石掘りに費やし（これは間違っていないが）、雨ニモマケズ風ニモマケズ、青《あお》の洞門《どうもん》を掘り抜いた禅海《ぜんかい》のように日々地層に向かい続けた情熱家。そのうえテレビで紹介された小汚い部室が、これまでの部の歴史を積み重ねた地層のように雑多で重厚な、一般人が迂闊《うかつ》に立ち入れないマニアックな秘境に映ったはずだ。中にはまりあがダウジングで温泉を発見したという、現代の行基《ぎょうき》か弘法大師《こうぼうだいし》と称さんばかりの奇跡を真顔で尋ねる生徒もいて閉口したこともあった。

そんな様々な伝説が広まった結果、古生物部が体育会系のガチでハードなクラブだと誤解されたようだ。彰が中学のバスケ部で痛めた靭帯《じんたい》も、いつの間にか化石採掘で崖《がけ》から転落したせいになっていた。

「せっかく頑張ってテレビで答えたのに、意味がなかったのかなぁ」

溜息《ためいき》とともに肩を落とすまりあ。久しぶりに彼女の愚痴を聞いた気がする。

最近、まりあの愚痴が少ない。それだけ充実しているのだろう。その分、疲れ気味ではある。

天然パーマを束ねた茶色い髪も毛先がほつれ気味だ。いや身だしなみが微妙なのは以前からか。

「ねえ先輩。今、楽しいですか?」

ゲームの手を止め、彰は尋ねてみた。唐突な質問に一瞬きょとんとしたまりあだったが、

「もちろん。当たり前でしょ。ただ、部の存続以外は。せっかく注目を集めたのに廃部になったら先輩方に申し訳ない。今年はもう仕方ないけど、来年は十人くらい入ってこないと」

「止めてください。この狭い部室にどれだけ詰め込むつもりですか」

「手狭になったら、向こうに移れるかも」

まりあは今年建ったばかりの新クラブ棟への移住を諦めていない。そして今の情勢だと実現してしまうかもしれない。来年はまりあは既に卒業し、たった一人の三年である彰が部長になっているだろう。まりあの名声によって集《つど》った意欲に燃えた新入生たちを率いなければならないのか。

憂鬱だ。

彰はまりあのお守りとしてこのペルム学園、この古生物部に入ったのだ。まりあがいなくなれば、何の存在価値があるのだろう?

2

落ち着かない雨が降っていた。窓際の席だったので授業中も外の雨音が耳にまとわりついてくる。そういうわけで授業には身が入らなかった。いつものことだが。

「桑島君……」

昼休み、クラスの女子に声を掛けられる。軽いウェーヴがかかった茶髪に一瞬まりあかと身構えたが、それ以外は全く違っていた。長身で色白、目つきもまりあのようにつり上がっておらず、トロンとしていた。たしか名前は鹿沼亜希子《かぬまあきこ》だったはず。

まりあのことでも訊《き》きに来たのだろうか。最近はミーハーな生徒たちは男女問わずあまり現れない。盛り上がりは儚《はかな》く一過性。しかしまりあの実績はみんなの中に刻まれている。奇人変人の化石少女・神舞まりあではなく、ペルム学園が誇る化石少女・神舞まりあとして。そして〝従僕クン〟と陰日向《かげひなた》で呼ばれた彰も、お目付役から本当のただの従僕にクラスチェンジさせられた。

彰が不思議そうな顔をしていると、

「進路希望の紙。まだでしょ」

「あ、あれか」

カバンをごそごそと探したが見当たらない。家に置いてきたようだ。

二年になると進路調査がゆるゆると始まり、七月には最初の三者面談が開かれるという。

まりあを始めとして良家のいわゆるお坊ちゃんお嬢ちゃんがほとんどの高校なので、大半が就職せず進学する。音大や美大といった芸術関係を希望する生徒も多いらしい。他に海外の大学の受験。アニメや芸能の専門学校に行く者もいるとか。こういった気楽な次男次女の選択もあれば、料亭の息子が調理学校に、宮大工の棟梁《とうりょう》の息子が現場修業にという、実家絡みの選択もあるようだ。

とはいえ、一般大学の国公私立や具体的なランク決めなどは三年になってから。彰も当たり前に進学希望なので、すっかり忘れていた。

「ごめん。忘れてた。明日持ってくる」

「早くしてね。期限は昨日までだったんだから」

亜希子は細い眉を寄せてあきれ顔を見せる。どうやら彼女が提出係らしい。

「神舞さんはあんなに素晴らしいのに。頼りないんだ。そんなので古生物部は大丈夫？」

瞬間心が強《こわ》ばる。

「大丈夫だって！」

思わず声が荒くなった。びくっと怯《おび》える亜希子。

「ああ、悪い悪い」彰はすぐさま謝った。「いや、俺は頼りないけどしっかりした一年生が入っているから大丈夫だよ」

「そう？　まあ、私が心配しても仕方がないけど。でも恐竜部の人たちが息巻いてたよ。次は自分たちが世紀の発見をするって。桑島君、そんな調子で大丈夫？　来年の新入部員を攫《さら》われてしまうかも」

それならそれでいいと口にしかけたが、慌てて呑《の》み込む。これでは、学園の誇りに水を差す悪役だ。

ついこの前までは、奇人変人のお守り役として〝奇特な人〟扱いされていたはずだが、迂闊な発言は自分をまりあの足を引っ張る奇人変人にしかねない。

「明日持ってくるよ」

そう云って雨が降る窓に視線を逸《そ》らした。

*

放課後、彰は部室ではなく二階の多目的教室に向かった。来週に迫った文化祭の準備のためだ。なんと文化祭で古生物部に展示用の教室があてがわれたのだ。去年、廃部の危機で功績作りに焦っていたことを考えれば、雲泥の差だ。肝心のジオラマが停電で壊れた時は絶望しかなかった。まあ、絶望していたのはまりあで、彰には何のダメージもなかったが。

今の状況を去年の自分に教えても、そんなミラクルなんて信じてもらえず、脳にタガネが刺さったのかと笑われるだけだろう。

去年のまりあに教えたらどう反応するだろう。「やっぱり！」と脳天気に喜んだかもしれない。それどころか袖を摑《つか》んで「場所はどこ！」と未来の守秘事項の暴露を強要されたかも。間違いない。

　多目的教室に入ると既にまりあと高萩が来ていた。二人で展示のレイアウトを考えている最中らしく、戸口の彰に目を向けたあと、挨拶もそこそこに二人は再び話し始めた。

「部長、やっぱり動線やライティングを考えると、パネルは壁で、プテラスピスは後ろに離しておいたほうがいいと思います」

「でも、それだとみんなミヤコサウルス・カンブリィに集まって、プテラスピスを見てくれなくない？」

　不満げなまりあを宥《なだ》めすかすように、

「それでいいんです。ミヤコサウルスには多くの人が集まります。動物園や博物館などもそうですが、人が固まっているととりあえず目当てのものを見終えたら後ろの人に譲ろうとします。ミヤコサウルスの横に置けば、ますます見てくれなくなります。それよりスペースの広い後ろに置いておけば、弾《はじ》き出された人や順番待ちの人がゆっくりと眺めることができますから」

「そういうもの？」

「それにもしかするとプテラスピスが目当ての人もいるかもしれません。そういう人がミヤコサウルスの群衆のせいで諦めてしまうのは勿体《もったい》ないでしょう」

「それはゆゆしい問題ね。プテラスピスの魅力に気づける貴重な人材が」

　プテラスピスとは古生代に棲息《せいそく》した最古の淡水魚で、五月にまりあがせっせと作っていた模型だ。本来ならこの淡水魚の模型が文化祭の目玉になるはずだった。

ミヤコサウルスのほうは肝心の化石は大学に預けてあるので、お礼代わりにレプリカと完成予想模型を一つずつもらったのだ。プロジェクトチームはテレビへの貸し出しや展示用にいくつか複製を作ってあるらしく、その一つだった。

それと、今回の発見の経緯《いきさつ》をパネルにしたもの。明快で科学的な文章にまりあの顔写真や発掘地の判りやすい地図が入ったパネルも、当然彰たちの手に負えるはずもなく、プロジェクトチームの複製品だ。

ある意味、博物館のミニコーナーをそのまま移設したことになり、そのためクオリティでは他のクラブに引けをとらないだろう。最古の淡水魚には悪いが、今やプテラスピスの模型はおまけ扱いだった。まるで動物園のタヌキ。

とまあ、話がそこで終われば良かったのだが、

「古生物部の輝ける歴史をパネルにして飾りたい！」

まりあがそう主張し始めてから事態は紛糾した。

「だってそうでしょ。いま古生物部があるのは過去の部員たちが連綿と繫《つな》いでくれたおかげなんだし」

頑《かたく》なに部史のパネルを主張するまりあ。先人に敬意を払うのは悪くないが、たった三人の古生物部には時間も人手も予算も技術もない。

高萩と二人がかりでなんとか説得し、まりあもようやく納得しかけた頃、

「なんか臭くないですか？」

高萩が鼻をクンクンさせた。微《かす》かに石油の臭いがする。

「まりあ先輩、オイルシェルをイジってたんですか」

「今日はしてない。着替えてもないし」

まりあが首を横に振る。たしかに今は制服姿だ。万事にがさつなまりあだが、こと化石の扱いだけは慎重だ。

「それに臭いは入口から漂ってきてます」

ドアを指差し、高萩が指摘する。

「たしかに」と彰がドアに近づいたとき、いきなり非常ベルが鳴り響いた。

慌ててドアを開け廊下を覗《のぞ》く。この教室の隣は書道教室でその先は突き当たりになって廊下が右へ折れている。彰が首を出したとき、視界の隅に、奥の廊下の角を駆け抜けていく女子生徒の姿が映った。まるで非常ベルから逃げ出すかのような慌てぶり。柱の陰に消える瞬間、アゲハチョウのようにひらりとスカートの裾が舞っていた。咄嗟《とっさ》のことだったのでそれが女子のスカートであること以外、印象に残らなかった。

我に返って隣の書道教室を見ると、入口のドアが開いている。廊下に出て書道教室のドアに近づくにつれて、石油臭が強くなる。灯油の臭いだ。

けたたましい非常ベルの中、彰は教室の中を覗き込んだ。黒々とした煙が目にしみる。同時に降り注ぐ雨。

天井のスプリンクラーが作動しているのだ。教室に入った彰に冷たいシャワーの洗礼を浴びせる。

書道教室は特別な作りになっていて、入口から三分の二が普通の教室で、奥の残り三分の一のスペースが一段高い畳間になっている。書道部の部室でもあり、普段の授業は教室の机で行い、書き初めやコンクール用の大型の作品は畳の上で書くらしい。といっても彰は書道を選択していないので、入ったのは初めてだが。

気流の関係で煙がこちらに向かってきているので、火元はすぐに判った。奥の畳間だ。煙に巻かれないよう用心しながらもう少し中に入ってみる。徐々に煙や臭いだけでなく熱も感じられてきた。

火元である畳の上には誰かが足をこちらに向けて横たわっていた。どうやら灯油をかけられて火をつけられたようだ。とはいえ炎の勢いはそう強くない。中火でゆっくりと焼いているよう。うつ伏せなため顔は見えない。ただ体格や服装から、生徒ではなさそうだ。教師か職員かは判らないが、ともかく大人の男性のようだった。

消火器ってどこだっけ。それとも職員室に報せに飛び込んだ方がいいのか。必死に頭を巡らせていると、

「えー、もうすぐ文化祭なのに」

とんでもなく不謹慎でとんでもなく落胆する声が背後から聞こえてくる。振り返るまでもなくまりあだった。

3

翌日、クラスは事件の話題で持ちきりだった。被害者は壬生貴之《みぶたかゆき》。書道の教師で書道部の顧問でもある。書家としても名があり、関西のコンテストの審査員などもしているようだ。

殺人事件などこの学校では風物詩のようになっているのだが、教師が殺されたのは初めてのはず。しかも書道の授業は選択制ながら全学年を一人で受け持っていたので、学園の約三割の生徒は壬生のことを知っていた。

三十半ばのイケメンで上品で優しい語り口調に人気があったらしく、彰のクラスでも男女問わず多くの生徒が衝撃を受けていた。もちろん彰が第一発見者であるのは伏せられているので、クラスメイトから質問責めにあうことはなかったが。

燃えている死体を発見したあと、正確にはまりあが不謹慎な発言をしたあと、彰はすぐさま冷静になり職員室に走った。消火活動のため何人か教師が向かい、彰たち三人はおとなしく職員室で待機。まもなく警察が到着し、発見までの経緯を尋ねられた。

隣の教室で文化祭の準備をしていて、石油の臭いを感じたこと、非常ベルが鳴ったことなど正直に答えた。まりあと高萩も同じ証言をしたので、問題なく信じてもらえたようだ。

ただ彰だけが目撃した、廊下に消えた女子生徒の話だけは、他に何か特徴を覚えていないか執《しつ》拗《よう》に訊かれた。犯人に直結する可能性が高いので、当然だろう。しかしいくら記憶を掘り下げても出てこないのも事実なので、彰は同じ答えを繰り返すしかなかった。

そのうち自分が覚えていないのが罪悪なような気がしてきた。夜になり事情聴取から解放されて家に帰ったあとも、もっと見ておけばよかったと良心が苛《さいな》まれ、気が滅入ってしまった。

もちろん授業は中止になり、長いホームルームが終わったあと午前だけで下校になった。来週から始まる文化祭についてはまだ何もアナウンスされていないが、おそらく延期か中止になることだろう。

広い教室で、古生物部の一世一代の晴れ舞台になるはずだった文化祭。新恐竜発見でたくさんの観覧客が訪れる予定だった文化祭。さぞかしまりあは落ち込んでいるだろう。皮肉なことに、こんな日に限ってからっと晴れ上がっている。

部室に向かうと、まりあと高萩がいた。もはや見慣れた光景だ。高萩はともかく、まりあは何も手につかないようすで椅子に座ったまま呆《ほう》けていた。

「文化祭、どうなるの？」

彰の顔を見た途端、すがるような表情で尋ねてくる。死体発見時も似たようなことを口走っていた。おそらく昨夕から文化祭の悩みだけが、まりあの小さな脳を占領しているのだろう。

「延期で済めばいいですけど」

気休めを云っても無駄なので、正直に答える。

「せめてすぐに犯人が捕まれば状況も好転するんだろうけど」

サハラ砂漠のソフトクリームさながら、ドロドロに溶けてしまいそうな顔でまりあがぼやくと、

「そうですよ、部長。また犯人探しをすればいいんじゃないですか。僕たちは隣の部屋にいて第一発見者なんだし、いろいろと有利ですよ」

ここぞとばかりに高萩が勧めてきた。

高萩はまりあに探偵をさせたがっている。探偵をさせることで、まりあの能力を見極めようとしている。なぜならまりあの推理通り高萩が春の事件の犯人だからだ。まりあの推理を立ち聞きして、ただの当てずっぽうかどうかを確認したいのだろう。

もしまりあの探偵能力が本物だと確認できた場合、高萩はどういう手に出るのだろう？　それが彰には怖かった。なにせ事情はどうあれ、一度は人を手にかけた殺人者なのだから。

高萩の誘いに乗らないよう、まりあを引き留めようとしたが、

「でもねぇ」

と意外にも本人は乗り気でない様子。ドロドロの顔のまま、

「文化祭の準備があるし」

「どうしたんです！」

思わず南米の珍獣を見る目でまりあを見てしまった。いや、まりあは前から珍獣なのだが。

「いつものように探偵ごっこをしないんですか」

腰を浮かした彰が尋ねると、

「いつもするなと云うのに、どういう風の吹き回し？」

逆に尋ね返された。もしかしたら遠回しな厭味《いやみ》だろうか、とも疑ったがまりあに限ってはそこ

までの知性はないだろう。

「せっかく古生物部が認められようとしているのに」

どうやら本業に夢中らしい。考えてみれば去年探偵行為をしていたのも、古生物部を廃部にしようとする生徒会に対抗するためだった。あくまで軸は古生物部。

「じゃあ、今回はパスなんですか」

残念そうに高萩が確認する。

「そうね。殺された先生のこともよく知らないし、警察に任せておけばいいんじゃない?」

他人事《ひとごと》のような口調から、まりあが心からそう考えていることが伝わってきた。

「どうしたの彰。むすっとして」

顔に出ていたのだろう。まりあが怪訝《けげん》そうに訊いてくる。

「何でもありません」

彰は素っ気なく返した。

むすっとした理由、それは彰自身にも判らない。ただ急に虫の居所が悪くなったのだ。

「あっさり引き下がったんだな。前はもっとまりあ先輩を唆《そそのか》していただろ」

推薦のことでまりあが呼ばれたので、部室に高萩と二人きりになった。高萩は化石関連の本を読んでいたが、

「不満ですか?」

表情を隠したまま問い返してくる。

「どういう意味だ」

「本当にむすっとしてますね。壬生先生とはお知り合いだったんですか?」

「いや全く。俺は美術の選択だし。高萩のほうがよく知っているだろ」

「はい、僕は書道でしたから。面白い先生でした。だから部長に探偵してほしかったんですけど」

「まりあ先輩はいつも素っ頓狂な推理しかしないから。当てにしても仕方ない。警察に任せるほうがずっといい」

「そうですか……ところで桑島先輩。部長に探偵をさせたくないのには理由があるんですか?」

「いや」

お前から護《まも》るためだと、本心を明かすわけにはいかない。

「部長に訊いてみたんですが、桑島先輩が部長に探偵させないようにしたのは、去年からなんですね」

そんな探りを入れていたのか。油断ならない奴だ。彰は警戒レヴェルを一ランク上げた。

「どこまで聞いているのかは知らないが、去年は廃部の問題もあって生徒会のメンバーを犯人に仕立て上げようとしていたからな。結論ありきの推理なんてでたらめもいいところだろ」

「じゃあ、春の理科室の事件は? 部も存続が決まって部室も確保できて問題なかったのに」

思わず彰は視線を逸らした。ポーカーフェイスを装っているので高萩の本心は摑めない。まりあだけでなく彰の行動さえも読み解こうとしているように感じられる。

まりあの能力が高萩に知れたらまずい、だから活動を抑えている。前回の電人Qの時はそれだった。

しかしその前は違う……まりあの推理が正しいとまりあが自覚したら、自分が殺人犯だと知られてしまいかねないからだ。体育館での殺人事件。まりあが彰を犯人だと推理したわけではない。ただ最後の一手を除けば、紙一重のところまで肉薄していたのだ。おそらく彰に対する身内の情がまりあの推理を鈍らせたのだろう。

だが……もし何らかの拍子に智が情に勝ってしまったら。まりあも真犯人に気づいてしまうのではないか。彰はずっと不安だった。そのためまりあにはこれからも赤点探偵だと思わせなければいけない。万が一真相に到達しても、ぽんこつ探偵ゆえの間違った推理だと信じ込ませなければならない。

「余計なことに首をつっこんでいると、いつ廃部の危機が訪れるかもしれないだろ。それに探偵なんてはしたない行為、良家のお嬢様がするもんじゃない」

背中に汗を感じながら、彰は苦し紛れに答えた。

高萩がわざわざ前々回だけを問題にするのは、少なくとも前回の彼に対する彰の意図は察しているということだろう。そして察していることを仄《ほの》めかしさえしている。

高萩にしてみれば前回はともかく、理科室の事件までまりあの口止めをしたことが不思議なのだろう。まだ彰の真意までには届いていないだろうが、どこから探り当てられるか判らない。

「その割には、今回は探偵をしないことに不満そうでしたね。どういう風の吹き回しなんです」

どこまで考えての発言なのか。しかし残念ながら彰自身その答えを知らない。

「さあな。俺にも解らん」

それは本心だった。

*

探偵をしない神舞まりあ。まりあが探偵を放棄すれば、まりあの推理も風化する。そして真実も。

自分はそれを望んでいたはずだ。しかしこのしっくりしない気持ちは何だろう。

彰は戸惑っていた。

去年は生徒会に睨《にら》まれないように、いざこざを起こさないように、探偵させないようにストップを掛けていた。制止に失敗して荒子元会長に知られ、一触即発になったこともあった。ともかくまりあには化石に集中してもらいたかった。

そしてあの殺人。まりあを護るためとはいえ、自ら人を殺《あや》めてしまった。

古生物部の存続が決まり、まりあには生徒会を犯人扱いする推理をする必要もなくなった。逆に彰にはまりあに探偵してほしくない深刻な理由ができた。以前に増してまりあの探偵活動を抑えなければならなくなった。まりあのためではなく自分のために。まりあに自分には才能がないと思わせ続けなければならなかった。

そしてこの春の事件によって、まりあに探偵させないのは、高萩にまりあの能力を知られるわけにはいかないからという理由も増えた。まりあが導き出す解答はおそらく正しいが、何としても否定しなければならなかった。

それが今、まりあは栄光に包まれ、探偵に興味をなくしたようだった。これはまりあだけでなく彰にとっても最も望ましい状況であるはず。

「神舞さん」「神舞先輩」

多くの人が彰の前を素通りしてまりあに話しかける。つい最近まで自分に「神舞さんてどんな人なの」と恐る恐る尋ねてきた生徒も、今や直接まりあに話しかけていた。まりあも気どることなく応対する。奇人変人というオブラートが剝がれた英雄は、少々天然だが無邪気で愛想がよくすぐに人気者になった。

まりあのお守りとしてこの学園に入学した身としては喜ばしいことである。

しかし……。


翌日もクラスは事件の話題で持ちきりだった。去年からの経験だと、あと二、三日は続くだろう。

「桑島が発見者なんだって。何か知ってない？」

全校生徒のカウンセリングの順番待ちで教室に待機していたとき、クラスメイトの板荷直也《いたがなおや》が尋ねかけて来た。成績優秀で眉目秀麗、サッカー部でも二年でレギュラーと典型的な優等生で、彰と接点はほとんどない。板荷の背後にはいつもつるんでいる生徒が二人ほどいる。

情報というのはどこから洩《も》れるのか判らない。いやこういう学校だからなおさら、警察やマスコミに顔が利く親も多いのだろう。去年も事件のたびに生徒会長が多くの情報を握っていた。

「いや、俺が見た時は壬生先生はもう火だるまになっていたし」

流れている噂《うわさ》に合わせて少し大げさに云うと、「やっぱり火だるまだったか」と板荷が口許《くちもと》を押さえる。

「俺が知ってるのはそれだけだよ。先生は燃えているし、非常ベルは鳴るし、スプリンクラーに雨を振りかけられるしで、ほとんど教室を見てなかったから」

幸い、逃げ去る女子生徒を目撃したことまでは漏れていないようだ。

「じゃあ、もしかしたら犯人が書道教室に隠れていたかもしれないのか」

「もしかしたらな。そんな迂闊な犯人がいるとは思えないけど。ヤジ馬が何人集まってくるか判らないし。すぐに先生を呼びに行ったし。それより、俺のこと誰に聞いたんだ」

「神舞先輩だよ。先輩も一緒に目撃したんだろ。とんど焼きのように火柱が立ってたって触れ回ってるぜ」

彰は頭を抱えた。探偵に興味がないと云いながら目撃談は自慢して回るのか。

「なら、まりあ先輩に聞いたのと同じだよ。一緒に行動をしていたんだから」

「みたいだな。でも大変だな神舞先輩も。文化祭の準備で忙しいのに」

「文化祭あるのか？」

「去年あんな事件があっても行われたから、今年も延期してやるんじゃないのか。学校もミヤコサウルスという大きな目玉商品ができたことだし」

「そうだったな」

誰もがまりあに注目し、まりあを賞賛し、まりあを気にかける。悪いことではない。おかげで進学先も決まったし、お守り役の負担も少し軽減できる。

悪いことではないのだが……。

会話が途切れたのを機に板荷は去って行った。ちらと目で跡を追うと、数人の女子たちに今の話を報告しているようだ。

代表して訊きに来たのだろう。伝え聞きを自らの手柄のように語る様に、少し苛立《いらだ》つ。いつもなら気にもしないし、むしろ全員で来られることを思えばありがたいくらいなのだが、どうも最近イラッときやすい。

機を窺《うかが》っていたのか、板荷と入れ替わるように亜希子が現れた。

同じように第一発見者に訊きに来たのだろう。代表して質問する板荷のやり方は正しかったわけだ。さすが優等生だ。うんざりして「なに？」と亜希子に顔を向けると、

「進路調査。あんな事件があったから昨日はもらい損ねたけど」

「悪い、忘れた」

誤解に気づき、慌てて謝る。

「やっぱり」

細い眉を寄せてあきれ顔。この前も見た表情だ。なんか昔も見たことがある。よく思い出せないが。亜希子は大きく溜息を吐《つ》くと、

「今の態度。私も事件の話を聞きに来たと思った？」

「悪かった。でも噂話なんて体《てい》のいいものじゃないだろ」

亜希子は口許を綻《ほころ》ばすと、

「見栄えばっかり気にするんだね」

「俺が？」

そんな指摘、初めて受けた。

「そう。見栄えを気にするから動けない」

「よく解らないけど……鹿沼さんが俺の何を」

「ところで一年のときも私と同じクラスだったこと、知ってる？」

思い出せない。見覚えがあったのはそのせいだったのか？　素直に首を横に振ると、

「関心なかったよね、クラスに」

「そうだったかな」

昨年はまりあに振り回され、クラスでの記憶がさほど残っていないのは確かだ。さすがに友人が殺されたことだけははっきり覚えているが。だがそれ以外となると……。

「神舞さんのおつきで大変だったし。過疎部の問題とか」

「よく知ってるんだな」

「当たり前。神舞さんは去年は別の意味で有名人だったから」

亜希子が微笑《ほほえ》む。透明感のある笑顔だ。

「それはそうか」

つられて彰も微笑んだ。

「やる気なさそうに古生物部の勧誘をクラスでもしてたでしょ。逆に目立つから」

「忠告ありがとう」

「でも去年の桑島君はまだ前向きだったけど、最近は生ける屍《しかばね》みたい」

「密《ひそ》かに観察されていたんだ」

「あ、もしかしてずっと君を見ていたとか思ってる？」

亜希子は小馬鹿にするように目を細めると、

「さっきも云ったけど、目立つから……。みんな話しかけないだけで視野には入れてたよ」

視野には入れてた、とは嫌味な云い回しだ。

本来なら彰は普通の高校に進学しているはずだった。ペルム学園のような名門校は経済的に無理というわけではないだろうが、一般人の彰が入っても肩身が狭くなるのは目に見えている。ここにいるのは、ひとえに神舞家からの要請だ。

身分の違いを当てこすられているのかと軽く睨む。

「怖い目で見ない。これでも同情してるし。私も……まあ、いいや。今はホント停滞しているようね。でも、いくら停滞していても、明日は必ず持ってきて。進路調査」

パンパンと平手で二度机を叩いたあと亜希子は立ち去る。

ひらっと舞ったスカートの裾が、殺害現場から逃げ出したアゲハチョウのスカートと一瞬重なった。

4

静かな部室でまりあが化石を削っている。タガネとハンマーを手に持って。今日はオイルシェルとは違う化石のようで制服のままだ。窓からはしとしと小雨の音が聞こえている。

本来なら平和で望ましい状況。

なにが不満なのだろう。自問自答しても答えは出ない。事件の真相が知りたいわけでも、まりあの探偵姿を見たいわけでもない。それなのにまりあに探偵をさせたい。自分にもまりあにもマイナスしかもたらさないというのに。

停滞している、という亜希子の声が耳の中で響いている。

停滞している。停滞している。人を梅雨前線みたいに。

いや、昔から大して違わなかったはずだ。ぬるま湯思考の。あ、バスケ部で足を怪我するまでは情熱はあったかもしれない。

それじゃあ、古生物部が悪いのか。よくはないだろうが、他に入りたいクラブもなかった。古生物部や無理矢理誘ったまりあのせいにするのも違う。ここに入学した時点で半ば決まっていたレールだ。

ではやっぱり生来の性格なのでは……。しかし亜希子は去年は違ったと云う。

考えは堂々巡り。埒《らち》があかないので考えずに突き進むことにした。結果はあとでご覧《ろう》じろだ。

「まりあ先輩」

硬い声で彰は呼びかけた。

「探偵はしないんですか？」

「なに？　彰。昨日から」

ひとり化石本を読んでいた高萩がページを繰る手を止め、こちらに注意を向ける。

「あれほど探偵をするなって云ってたのに。どういう風の吹き回し？」

どこからどこへ吹く風なのかは自分自身でも解らない。

「俺も本心は賛同しないんですが……去年も殺人事件があって文化祭が延期になったじゃないですか。でもあれって、犯人が早々に捕まったから延期で済んだのかなって思ったんです。もしずっと犯人が捕まらなければ延期どころか中止になってしまうんじゃないかって」

「本当だ」

板荷の言葉から思いついた出任せだったが、ぽかんと口を開けてまりあは頷《うなず》く。

「去年は運良く目撃者がいたけど、今年は彰が後ろ姿を目にしただけだし。そもそも容疑者は絞られてるのかな」

「四人に絞られてはいるみたいですよ」

声を上げたのは高萩。相変わらずのポーカーフェイスだが、心なし嬉しそうに見えた。

「そうなの。詳しいんだ」

「親の伝手《つて》でまあそのへんはいろいろと」

やはりこの学園は気が置かれる。おそらくまりあを唆すために情報をかき集めていたのだろう。

本を置いた高萩はリングノートを手にまりあに近づいた。

高萩のメモによると、被害者の壬生は後頭部を大型の文鎮で殴られたあと灯油を撒《ま》かれ火をつけられたらしい。その際、壬生は既に絶命していた。灯油の火力は弱く、スプリンクラーの作動や早期の発見により、顔や皮膚の一部のやけど程度で済んだらしい。もちろん生きていれば深刻な後遺症だが、放火により発見が早まったため死因や死亡時刻も詳細に判ったとか。

凶器の文鎮はかまぼこ状で、普通の文鎮より二回り大きいものだった。表面に龍が刻まれていてグリップが利きやすかったようだ。

書道部はその日は休みで、壬生は一人で大型の和紙に書道展向けの作品を書いていたらしい。畳の上に広げられていた和紙は半分燃えていたが、下敷きや墨汁が入った硯《すずり》、半乾きの筆などは、凶器の文鎮とともに遺体のそばに少し煤《すす》けて残っていた。

灯油は書道教室に置かれていた石油ストーブのタンクから抜き出して撒かれたらしい。壬生は冷え性で手先が鈍るのを嫌って教室にストーブを常設していた。もちろん使用するのは冬だけで、今の時期は単なる置物と化しているが、タンクに灯油が残ったままだった。

凶器や灯油は現場にあったものでいずれも犯人に直結しなかったが、早期発見のおかげで一つ大きな収穫があった。

事件当日、壬生は四時前に書道教室の鍵を借り、現場に向かったが、検視の結果、殺されたのはそれから十五分以内のことと判明した。ところが非常ベルが鳴ったのは五時五分のこと。死体の損傷の様子からみて、火がつけられたのはベルが鳴る直前らしい。

「どうして犯人は殺害してから一時間近く経《た》った後に火をつけたのか？　単に燃やすだけなら殺してすぐでいいはずだし」

興味深げにまりあが呟《つぶや》く。

「灯油を取りに行ってたんじゃないですか？」

「灯油は書道教室に置かれていたって高萩君が説明したでしょ」

確認のために口にしただけだが、思いっきり反論された。いつもの仕返しだろうか。

「捜し物をしていたのかも」

「現場からは先生のスマートフォンが盗まれていました」

リングノートのページを繰って、高萩が補足する。

「じゃあ、スマホを盗むために」

「それが……物色された形跡がないんです。書道教室も職員室の先生の机も。まあ、職員室は他の先生もいるのでそもそも無理でしょうけど。逆にスマートフォンはズボンのポケットにいつも入れてるのですぐに探し出せたと思いますし」

「つまり一時間近くかける必要はなかったと。先生の家は？　犯人が何か盗《と》りに行ったとか」

「奥さんと二人の子供の四人家族で、当時三人とも家にいたらしいです」

よくまあここまで情報が手に入ったものだと、彰は啞然《あぜん》とした。

「某《なにがし》かのアリバイトリックを使ったとかは。よくあるでしょ、タイマー装置で発火させるやつ」

「それは警察も考えているみたいですよ。でも石油の臭いが僕らのところに漂ってきたのはベルが鳴る直前でしたから。着火だけでなく灯油を撒くこともタイマーでしなければいけないわけです。あと桑島先輩が見た人影のこともありますし」

「今の話で思いついたんだが、もしかすると灯油は殺されたときに既に撒かれていて、無関係な女子がドアを開けて灯油臭にびびってそのまま逃げ出したんじゃないかな」

彰が提案すると、「私もそれを考えてた」とまりあが便乗する。だが高萩は首を振り、

「それもダメです。現場は畳間で、畳に染みこんだ灯油の量から、撒かれてから発火まで五分と経っていないことが判っています。それに現場から逃げ出した女子が誰なのか、まだ判明していないんです。カウンセリングの先生を通しても尋ねているのですが。無関係なら名乗り出てもいいはずです」

「たしかにな」

「ともかく、犯人は少なくとも四時過ぎと五時過ぎの両方の時間に、ずっとかはともかく書道教室にいたことは間違いないでしょう。次いで容疑者ですが……実は壬生先生は浮気性だったらしく。パソコンの履歴に浮気相手のヌード写真や動画が残っていたんです。ハメ撮りっていうんで

すか。そんなものまで。おそらくスマートフォンを盗んだのは関係を知られたくないためかと。まさかパソコンに転送されているとは思わなかったんでしょう」

「じゃあ、ここの女子生徒と不倫を」

「それも赴任してきた五年前からみたいです」

イケメンで人気者の壬生の浮気相手は二桁《ふたけた》に及んだが、現在在校しているのは四人だけという。この四人とは現在進行形だが他は卒業と同時に関係が切れてしまうことが多く、念のため確認したが残りの浮気相手のアリバイは完璧だったらしい。

容疑者の一人目は一年生の安塚朋恵《やすづかともえ》。事件の翌日から風邪で休んでいる。状況的に疑わしいが二日前から風邪気味だと鼻をすすっていたのをクラスメイトが多数目撃しているので、仮病ではないようだ。元々体が弱く大人しい性格で、書道部に入部して早々、壬生に口説かれたとか。焼菓子部とかけもちしていて、当日は文化祭に向けてバニラカスタードのクッキーシューを試作していた。ただ、焼き上がるまで気晴らしに散歩したりおしゃべりをしに行くことが多く、四時と五時の両方に確固たるアリバイはない。

二人目は国谷夏埜《くにやなつの》。同じく書道部員の三年生。彼女も一年の春に口説かれたというから、被害者はよほど手が早かったのだろう。本来は朗らかで社交的な性格だったらしいが、春先に妊娠してしまい極秘に堕胎させられたあと鬱症状になったという。その後は人前にもかかわらず壬生に詰め寄っていたらしいので、二人の関係に薄々気づいていた書道部員は多かったようだ。事件当日は教室で文化祭の出し物の準備をしていたが途中ちょくちょく姿を消していたため、完璧なアリバイはない。クラスメイトたちも鬱状態に気づいていたため、うるさく云わず自由にさせていたとのこと。

三人目は教師の江曽島奈央《えそじまなお》。書道部の副顧問で国語教師。妻と離婚して結婚すると二年前に口説かれそれを信じていたという。ただ最近の夏埜の言動から壬生に疑問を持ち問い詰めたところ、歯切れ悪くはぐらかされ不信感が募っていたとか。当日は小テストの採点で職員室にいたが、トイレやら他の雑務やらで、四時と五時にはっきりとしたアリバイはない。

最後の一人は平川翠《ひらかわみどり》。書道部の二年で一年の春に口説かれたという。彼女の場合、愛人になったあとで書道部に入部したらしい。その前は陸上部にいたようだ。ともかく壬生は毎年一人の生徒を、春に口説いていたということになる。翠も江曽島先生と同じく夏埜の挙動から二人の関係に気づいたらしい。翠のアリバイだが四時のはないが、四時半に帰宅して、それから六時までずっと弟とテレビゲームをしていた。

「それじゃあ平川さん一択じゃない。弟とゲームなんてとってつけたようなアリバイ」

名探偵よろしく、まりあが全て解ったかのような声を上げる。

「発火トリックが見つかればそうなりますけど……。灯油はそもそも炎上しにくいし、非常ベルとスプリンクラーが作動して部長たちもすぐに駆けつけたでしょ。もし全焼していたならトリックの仕掛けも一緒に燃えた可能性もありますが、先生の死体も含め現場はほとんど燃えてないんです。なのにそれらしいものが見つかっていない」

「書道の和紙は燃えたんでしょ。あれを紙縒《こより》にして導火線にして時間稼ぎをしたとか」

「燃えたのは下半分だけで、焼け残った和紙には皺《しわ》一つありませんでした」

「書道部なんだから墨汁や筆でなにか工作できないのかな。炭化反応とか」

まりあが首を捻《ひね》る。化学的な推理は、赤点探偵には難しい分野だ。

「無理でしょう。ダイイング・メッセージくらいしか」

「それ！」

高萩の思いつきにまりあはすぐさま飛びついた。

「壬生先生は文鎮で殴られたあと筆で名前を紙に書き残した。あとで気づいた犯人が燃やして消した。でもそれだと丸わかりだから先生もついでに燃やした」

ついでに燃やされたらたまったものではない。

「でも和紙なんて丸めてしまえばいくらでも小さくなるでしょ。そのままポケットに入れればいいのに、手間をかけて燃やさなくても」

暴走機関車をクールダウンさせるため、彰が口を挟んだ。

「そもそも一時間後にどうして戻ってきたんです？　ダイイング・メッセージを書いていたのならそのときに対応できたでしょうし、一時間後にダイイング・メッセージを書いたかもって戻ってくるのもおかしいでしょう」

「落とし物に気づいたとか。それで戻ってみたらダイイング・メッセージが書かれてた」

まりあは粘る。半ば苦し紛れだが。

「例えば江曽島先生ならイヤリングとか指輪とか、ぽろぽろと落とすものがあるんじゃない」

「ネックレスはしていた気がします」

高萩が冷静に補足した。余計なことを。

「じゃあ、ネックレスが落ちたのに気づいて」

「ネックレスを落としたら、すぐに気づくのでは。それに俺が見たのは女子生徒の後ろ姿ですよ。絶対に先生ではありません」

「当日の先生の服装は白いシャツに薄青のスカートだったようです。さすがに生徒と見違えるのは」

「お前、本当に詳しいな」

「いえ、全て受け売りですけど」

もし彰が云い出さなければ、詳細に記されたこのノートを見せてまりあの興味を惹《ひ》く魂胆だったのだろう。

「解った！」

突然まりあが高周波で大声をあげる。

「なんですか」

「タバコ。壬生先生の体にタバコの焦げ跡がついた。先生はタバコを吸うの？」

「喫煙者じゃないですね」

「やっぱり。木を隠すには森の中。タバコの焼け跡を隠すために先生に火をつけたの。きっと殺したとき先生の服か身体のどこかに焦げ跡がついちゃったんじゃ。つまり犯人は喫煙者」

「江曽島先生は喫煙者ですね。メントールを吸っているの見たことがあります。あとの三人は……まあ、生徒が堂々と吸うことはないでしょうけど」

「さっきの話を聞いてました？　俺が見たのは女子生徒なんですよ。それとも江曽島先生がわざわざ制服に着替えて火をつけたとでも」

「彰の好きなビデオじゃないんだから、そんなことはありえないか……」

「そうなんですか？」とこちらを見て、どこまでも真顔で尋ねる高萩。

「そんなわけないだろ」即座に否定した。まりあの中途半端な知識は面倒臭い。

「だとすると三人の誰かが喫煙者とか」

「人殺しをする最中もタバコを吸うようなヘビースモーカーなら、臭いや歯の色で警察のチェックが入っているんじゃないのか」

「そうですね。三人とも補導歴とかもありませんし」

そんな情報まで流出しているのか。さすがに驚いた。

「とにかく、タバコの焦げ跡が壬生先生についたとしても、どうしてその時じゃなく一時間後に戻ったのかを説明できなければ、意味がないんじゃないんですか」

「たしかに……」

と、まりあは黙り込んだ。沈思黙考というやつだろうか。それからしばらく考え込んでいる。

自分はまりあをどうしたいのか？

推理に頭を捻るまりあを見ながら、彰は悩んだ。まりあは考える。探偵の才能がある。考え続けていれば、今日か明日かは解らないが、やがて真実を導き出すだろう。

それを彰は否定しなければならない。推理は真実でないとまりあに信じ込ませるために。それだけはやり遂げなければならないし、何度かしてきた。

ではなんのためにまりあに探偵するよう誘導したのか？　高萩の前という危険を冒してまで。これでは真相を見つけようと必死で頭を捻っているまりあを、単にいたぶっているだけではないか……。

はたして自分はそんなくだらないゲームをしたかったのか？

彰もまた考え込んでいた。

*

「ねえ、彰……犯人なんだけど、解ったかも」

六時になり雨雲の向こうの陽が傾き始めた時のことだった。有効なアイディアもなく、そろそろお開きにしようかという雰囲気の中だった。さっきの高周波と違い落ち着いた声なのが、いかにも正解っぽい。

「そうなんですか」

誘ったのは自分だが、はたしてこのまま推理を述べさせていいものか。彰は迷った。しかし彰が決断する前に、

「犯人は安塚朋恵さん」

まりあがあっさり犯人の名を挙げる。

「どうしてなんです？」

諦めて彰が先を促すと、

「犯人は臭いを消したかったの。灯油が燃える異臭で、別の臭いを誤魔化すために。木を隠すには山火事の中」

「面白そうですね」

そう口にする高萩は、なぜかつまらなさそうだ。

「どうして一時間のタイムラグがあるのか考えたの。犯人が舞い戻る理由。わざわざそのあとで火をつける理由。犯人は臭いを残したことにあとで気づいたの。安塚さんは焼菓子部でしょ。当日はバニラカスタードのクッキーシューを作っていた。バニラ・オイルは必携よね。そのバニラ・オイルがいつの間にか服についていた。もし殺害時に既にバニラの匂いがついたままだったら……」

「それならバニラ・オイルに限らず、別に他の人でも可能性はあるでしょう。例えばタバコの臭いを消すためとか。香水をつけていたとか。燃やしたということは、一時間経ってもバニラの香りが残っていたんですよね。それならどうして殺したときに気づかなかったんですか。それに灯油を燃やしてまでかき消さなければならない強い匂いなら、俺が入ったときにも少しは残っていないと訝《おか》しくありませんか」

つい畳みかけて否定してしまった。

「安塚さんがその日にバニラの匂いをさせていたという証言はないようです。同じ焼菓子部の人からも」

「だから安塚さんなの。彼女は当日鼻風邪だったでしょ。臭いもよく判らなかった。全く利かないわけじゃないけど、鈍っていたから匂わないと確信できる自信はなかった。だから念を入れて燃やして匂いを消したの」

「結局彼女は自分自身も書道教室もさして匂っていなかったけど、自信がなくて灯油を撒いたというんですね」

「そういうこと。現場に他の臭いがしなかったことが、逆に彼女が犯人だと示しているってわけ」

百万円を目指すファイナルアンサーとばかりに、まりあが胸を張る。

彰は名探偵ではない。だからまりあのような見事な推理はできない。しかし今回は違うと直感した。正解は解らないが間違いであることは解る。

もし臭いに鈍感なことを自覚していたのなら、灯油なんて制服に臭いが移りやすいものを使わないだろう。バニラよりはるかに目立つ臭いだ。あのまりあでさえジャージに着替えるほどなのに。

否定するのは簡単だ。まりあも納得するだろう。しかし……。

「いくつか反論したいことはありますが、もう遅いので明日、再検討しましょう」

彰は判断を保留した。

＊

その夜、犯人が捕まった。平川翠だった。もちろんニュースで実名は報じられていないが、翌日のクラスでは誰もが名前を知っていた。夏埜の現状を見て壬生との関係を清算したかったらしい。しかし壬生は動画を盾に関係の継続を迫ったという。脅迫に近い形で。悩んだ上での犯行だった。

では五時に家でゲームをしていた翠がどうやって教室に火をつけたのか？

放火したのは国谷夏埜だった。翠の逮捕を知り自首してきたらしい。

夏埜は壬生とかけあうため五時に書道教室に入った。そこで死体を発見するのだが、平川翠の名前が和紙にダイイング・メッセージとして残されていたらしい。書道教師らしく、今際《いまわ》とは思えないとても美しい字だったとか。

そこで壬生と翠との関係に初めて気づき、この男のために翠の一生が台無しになるのは可哀想と、思わず燃やしてしまったらしい。紙を持ち帰らなかったのは、下敷きがずれ畳の上に翠の名前が薄く移っていたので、灯油をかけて念を入れたとのこと。それと壬生に対する憎しみのためだとか。廊下で彰が見たのは夏埜の後ろ姿だったことになる。

種明かしをされてみればあっけない。事件の真相とはこんな単純なものかもしれない。

しかしまりあが解けなかったことが気にかかった。単純すぎて解けない、ということはないだろう。ダイイング・メッセージを消すためとか、ついでに壬生を燃やしたとか部分部分で近いことは口にしていたのだ。

まりあの推理力が鈍っているのだろうか？

教室の机に突っ伏して、彰は考え込んでいた。

逮捕のニュースを知り、まりあに電話をかけたとき、

「なんだ外れたかぁ」

いつもと違い全く悔しそうではなかった。

「でもこれで文化祭は中止にならないね」

そう無邪気に喜ぶところは昔のままだったが。

本来ならこの件でまりあがポンコツ探偵だと自覚してくれて安堵《あんと》できるはずだった。

しかししっくりこなかった。なぜしっくりこないのか、原因が解らないのがさらに不快だった。

「桑島君」

亜希子が近づいてきたので、顔を上げた彰は無言のまま進路調査の紙をすっと差し出した。

第四章　化石女

1

夏休みが終わりカレンダーは秋に入った。とはいえ九月程度では古都はまだまだ蒸し暑い。肌を射る日差しも、むせ返るアスファルトの水蒸気も、目に焼きつく街路樹の濃緑も、すべて八月と変わりない。

ただ、夏休みが一つの区切りとなったのか、まりあにまつわる騒動はかなり落ち着いてきた。化石の採掘がプロジェクトチームにバトンタッチされたことと、すぐに成果が表れるジャンルでもないため絵になる続報が途絶えたことが主な要因だ。

輪をかけたのが、無名の公立高校が甲子園《こうしえん》で優勝したことだろう。強豪校のスラッガーを相手に三振の山を築いた新たなヒーローの誕生に話題が刷新され、世間ではまりあは過去の人になりつつあった。

始業式の日、ペルム学園では全校生徒を前にまりあが表彰された。まりあによると、卒業証書以外で賞状を貰《もら》ったのは初めてだという。講堂で大相撲の優勝力士のように表彰状を受け取る姿は、珍しく緊張しているように感じられた。戻る際、一瞬右手と右足が同時に出かかっていた。もともとが傍若無人な上に、何度もカメラの前でインタビューに答えたりしてすっかり慣れたのかと思いきや、意外と人の子らしい面もあるようだ。ともかく学園から顕彰されたことにより、一連のお祭り騒ぎがようやく一段落付いた気がした。

とはいえ、台風一過の青空のように周囲がぴたと静かになるわけでもなく、マスコミや学園から解放されたまりあに、今度は新聞部や放送部など学内から取材の依頼が舞い込むようになった。まりあは古生物部の認知向上のためならと安請け合いをしていたが、セルフ啓発部からの『あのミヤコサウルスの発見者が語る、学園生活を大成功に導くための百の法則』という講演依頼は、さすがに性に合わないと断ったようだ。

それ以外にも、グラビア部がインタビューに来たりした。別にまりあの水着写真を撮るわけではない。月に一度、オールカラーの小冊子を学内で配布している昭和の時代からある部だ。今回のような生徒の写真付きインタビュー記事もあれば、学園周辺のグルメ・リポが載っていたりもする。グラビアというのはかつて主流だったカラー印刷の方式で、部の名前もそこに由来するらしいが、今はオフセット印刷なうえに、一般的にアイドルの写真のようなイメージがあるので誤解を招きやすい。

まりあもグラビア部から依頼が来た当初は勘違いして、「水着はＮＧだけど採掘姿での写真ならＯＫ」と答えていた。化石ガールのつもりなのだろう。実際まりあの影響か〝化石ガール〟や

〝化石（採掘）ファッション〟は少しだけ流行《はや》りつつあるようだ。

猫背でネズミ男のように前歯が出た、いかにもカメラ小僧といったグラビア部の部長がインタビューの写真は制服で充分と明言したのにも拘《かか》わらず、むしろまりあが採掘姿での撮影を主張したくらい。本人は気に入っているようだが、よれよれの作業用のつなぎに傷んだヘルメットとピッケルは、マスコミで持ち上げられる美化された化石ガールの化石ファッションとは一線を画すダサさだった。

古生物部の宣伝もかねて隣に彰と高萩も写ることになっていたが、十日後に配布された小冊子には写真映えする高萩は小綺麗《こぎれい》に写っていたものの彰は見切れ、代わりに分厚いメガネのグラビア部員が写りこんでいた。

まあ、目的はまりあ一人なのだし部の紹介もきちんとされているのだから、問題がないといえばないのだが……。古生物部を背負っているのも、ミヤコサウルスを発見したのもまりあひとり。彰自身は部室でゲームをしていただけで、誇れるような活動実績があるわけでもない。ただ詫《わ》びの一つもないのは少し引っかかった。

取材と云《い》えば、人形劇部がまりあの発見の逸話を映像化したいと申し出てきた。人形劇といっても、中に手を入れるパペットや糸で操演するマリオネット、文楽のような舞台劇と違い、着せ替え人形を手で動かしたりコマ撮りしたりして映像化するらしい。一種の特撮だ。

それで試しに作ったというまりあの人形を見せてもらったのだが、のっぺりした顔がどうも本人の気に召さないようで、「私ってこんなに愛嬌《あいきょう》のない顔をしている？」と愚痴っていた。彰としてはうまく特徴を捉えているように思えたが、意外と自己評価が高いようだ。

よほど悔しかったのか、「彰は十倍男前にしてもらっているのに」と余計な一言もついてきた。しかしそれは当たり前で、彰の人形は既製品だから顔が整っているだけのこと。手作りのまりあと違い、彰は要するにモブということだ。それでも同じモブでも高萩には白人のような小綺麗な人形を使っているので、モブの中でも格差がつけられているようだが。


九月はそのように緩やかに時に慌ただしく過ぎていき、下旬を迎えたある水曜日。

遮光カーテンを閉め切った放課後の部室で、彰は相変わらず携帯ゲームをしていた。三つ離れた向かいの椅子に座っている高萩は古生物の本を読書中。五大絶滅に関するもののようだ。図書室で借りたらしく、背に蔵書ラベルが貼られている。そしてまりあは背中を丸めて化石の削り出しに集中していた。

最近、取材などで化石掘りには満足に行けてない。そのうえたまに行っても収穫はなし。空振りが多いのは昔からだが、採掘の頻度が下がればダメージも大きくなる。仕方がないので以前に採取したザコ化石のクリーニングをするが、身が入らないようで、ぼんやりしたあげくテーブルで居眠りをする姿もよく見られた。

部長なんだから暇なときに後進への教育を行えばいいと思うが、後進は彰自身に他ならず藪蛇《やぶへび》になるだけなので、もちろんそんな余計なアドヴァイスはしない。

ただ先週末につきあわされた琵琶《びわ》湖畔の断層で古代ゾウの臼歯《きゅうし》を採掘することが出来た。珍しいものではないらしいが、久々の大物にまりあは凄《すご》く喜んでいた。今週に入って早速タガネ片手にクリーニング。化石発掘騒動以前のいつもの日常が戻ったような充足感がまりあの周囲を包んでいる。

夏休みを挟んだこの二ヶ月、学校では事件が起こっていない。今までが異常すぎただけでこれが当たり前なのだが、年度末まで何事もなく終わってほしいと願わずにはいられない。現状まりあが留年することはあり得ないので、卒業すれば高萩も大人しく諦めてくれるはずだ。

今、高萩は読書をしながら何を考えているのか？　つい勘ぐってしまう。そのせいで何度かゾンビに襲われ、セーブ地点からやり直しすることになった。

カリカリと化石を削る単調な音が聞こえてくる。時折り混じるコンプレッサーの作動音は、授業中ならいらだたしいノイズでしかないが、この部室では日常茶飯の風物詩だ。そのままＢＧＭとして寝られる身体になったかもしれない。

このまま平和が続きますように……。

しかし好事魔多し。彰が願った瞬間、窓の外からパトカーのサイレンの音が聞こえてきた。

「何かあったんですか」

ページを繰る手を止め、高萩が尋ねかけてくる。

「さあな」と彰は無関心を装った。心の中では連写モードのシャッター並みに舌打ちしていた。

ちらとまりあを見るとゴーグルとマスクをつけたまま、無関心どころかサイレンの音にも気づいていないほど集中してハンマーをふるっている。

「また何かあったのかもな」

「殺人事件じゃなければいいですけど」

「この学園は風水が悪いのか？」

吐き捨てたものの、嫌な予感しかしない。カーテンの隙間から校庭を覗《のぞ》いてみたが変わった様子はない。部室の外の廊下も静かで何も聞こえてこない。

現場は部室の近くではないようだ。

この前の放火殺人のように、事件に巻き込まれる心配はなさそうだ。だとすると、まりあもあえて首を突っ込まないだろう。

ミヤコサウルスを発見して以来、まりあは探偵への執着が薄まってきている。被害者がまりあの友人とかでない限り――そもそも学校にまりあの友人はいるのだろうか――大丈夫だろう。今は古代ゾウの臼歯という絶好の餌《えさ》を前にしていることだし。

彰は胸をなで下ろしたが、どうも神様は彰のことが嫌いなようだ。

荒々しい足音に続き部室のドアがせわしなく三度ノックされた。返事も聞かずに開けられ、教頭と連れだって刑事が現れる。先日の放火殺人の時と同じ中年の刑事だった。厚揚げのように凸《でこ》凹《ぼこ》した頬で、耳が餃子《ギョーザ》のように潰れた刑事は、また君たちかという表情をする。

こちらの台詞《せりふ》だったが、虚を突かれたので云いそびれた。

「神舞まりあさんですね」

万引き犯を捕まえるような目つきで刑事は確認をしたあと、低い声で抑揚なく、

「少し話を伺いたいから、一緒に来てくれるかな」

有無を云わせぬ口調だった。

「まりあ先輩がどうかしたんですか？」

彰が尋ねるが刑事は答えてくれない。「君たちにもあとで話を聞くから」

まるでＭＩＢ《メン・イン・ブラック》が宇宙人を掠《さら》いに来たかのように、あっさりと小柄なまりあは連れて行かれた。

「部長がどうして？」

困惑したように高萩がこちらを見る。

「解《わか》らない。でもただならない様子だったな」

サイレンを鳴らしてパトカーがやってきたのだから、ただの軽犯罪ではないだろう。しかも現れたのは殺人事件の担当をしていた刑事だ。殺人に相応する事件が起こったと考えたほうが自然だ。

「高萩は先に帰ってもいいよ。まりあ先輩がいつ帰ってくるか判らないから」

彰は促したが、「僕も部員ですから」と高萩も動く様子はない。「勝手にしろ」と彰は椅子に戻る。さすがにゲームをする気分でもないので、椅子に深く凭《もた》れ天井をぼんやり見つめていた。高萩も本こそ手にしているが、ページは進んでいない。

十五分ほど経《た》ったころ、若い刑事が現れた。彼も先日見た刑事だ。長身で、万願寺《まんがんじ》唐辛子《とうがらし》のように細長い顔をしている。彰たちに用があったようで、単刀直入に今日の四時から五時までまりあと一緒にいたか尋ねてきた。五時というのは、刑事がまりあを連れに来た時間だ。

「いましたよ」

と彰は即答した。高萩も頷《うなず》いている。嘘ではない。三人の中で一番遅く部室に来たのは高萩だが、それでも四時十分前だった。

「その間、神舞さんは一度も部室を出なかった?」

執拗《しつよう》に尋ねてくる。おそらく事件は夕方の四時から五時の間に起こり、その間のアリバイが重要なのだろう。彰にも察せられた。

「一度も出ていません。断言します」

部室は狭い上、彰は戸口近くに陣取っていたので、いくらゲームに熱中していたとはいえまりあが部室から出れば気づく。ドアも古くて立て付けが悪いので、開けるとガラガラと大きな音が立つ。

そう説明すると、

「それでは君たちも一度も部室から出なかったんだね」

「俺たちも一歩も出ませんでした」

きっぱりと彰は証言し、高萩もそれを追認する。若い刑事は困ったように腕組みしている。

「決してまりあ先輩を庇《かば》って嘘をついているのではありません」

「いや、それは解ってるよ。ありがとう」

刑事は爽やかな笑顔で礼を述べ、帰って行った。まるで刑事ドラマの刑事のような軽快な所作だ。

しばらくして解放されたまりあが帰ってくる。まりあは首をコキコキと鳴らしながら、いかにも疲れ切った表情を見せていた。

「大丈夫ですか、先輩」

彼女の椅子を引き、彰が声を掛けると、

「大丈夫も何も、危うく殺人犯にされるところだった」

ぶすっとしながらドンと椅子に腰掛ける。不機嫌を隠そうともしない。

「やっぱり誰か殺されたんですか？」

「決して口外するなと口止めされたんだけど」そう前置きして、まりあは語った。「二年の女子が殺されたらしいの。知らない娘《こ》。名前を聞いても心当たりがなかった」

本当に知らないらしい。まりあが首を捻《ひね》る姿は自然なものだった。

「相手が知らない人なのに、先輩が疑われたんですか。目撃者がいたとか？」

「現場に何か落とし物でもあったとか」

作業机の上に置きっ放しにしていたペットボトルを手渡しながら高萩が尋ねる。

「それがね」と勢いよく喉を潤したまりあは身を乗り出すと、「ダイイング・メッセージというやつ？　被害者は胸を包丁で刺されて死んだらしいけど、流れた自分の血で床に文字を書き残してたの」

「それがまりあ先輩の名前だったと？」

「違う、違う。それだったらこんなに簡単に解放してくれなかったはず。床には〝化石女〟って横書きで書かれてたの」

「化石女？」

意外なフレーズに思わず復唱してしまう。

「いま化石女という言葉に最も当てはまるのは私でしょ。だから真っ先に疑われたんだけど、失礼な話じゃない？　化石女ってなに？　肌がカチカチになった一億歳のおばあちゃんみたいでしょ。せめて化石美少女って書いてほしかった」

まりあはこれ以上ないほどに眉をつり上げている。この状況で怒るポイントがそこでいいのだろうか？

「贅沢《ぜいたく》です。そもそも被害者が憎《に》っくき犯人に〝美〟少女なんてつけないですって。化石おばさんが関の山では」

彰が諭すと、

「誰がおばさんなの。一歳しか違わないのに」

確かにこの学校で化石女に該当するのはまりあぐらいだろう。刑事たちがすぐさままりあの許《もと》に来たのも当然だ。

「でもそのわりに早く解放されたんですね」

「アリバイがあってよかった。被害者は三階の講義室で殺されていたんだけど、発見されたのが四時四十五分で、四時十分頃に生きているところを数人のクラスメイトに目撃されているの」

若い刑事は四時から五時と粗くとっていたが、実際はもう少し絞れるようだ。

「つまり四時から刑事が来るまでずっと部室にいた先輩には不可能ということですね」

「危なかった。もし途中でトイレに行っていたらまだ拘束されていたかも」

安堵《あんど》が滲《にじ》みだしすぎて、コントのように大仰に胸をなで下ろしている。

念のため記憶の糸をたぐったが、まりあは一歩も部屋から出ていない。彰自身もトイレに行ったりしなかったので、ほんの一秒も目を離していないことになる。それは高萩も同じはず。

彰の親はまりあの親の会社の社員なので、去年のように二人だけだったなら口裏を合わせていると勘ぐられかねない。ただ高萩は全くの無関係だし、おそらく親は社会的地位がある。彼の証言なら警察も信用するだろう。

今日だけは高萩に感謝した。

「今日は疲れたからもう帰るね。記者とかが押し寄せるだろうから早く下校したほうがいいと、刑事も云ってたし」

そのわりに既に二十分ほど長話をしている。とはいえ、事件そのものへの関心はないようす。宣言どおりペットボトルのお茶を飲み干すと、まりあは帰り支度を始めた。

あまりにあっさりとした態度に、彰は拍子抜けした。疑われて刑事に事情聴取までされたというのに。

古生物部に関わりがなさそうだから？

〝化石女〟というダイイング・メッセージが気にならないのだろうか？

そんな疑問の答えを考え出すまもなく、

「もう、今日はくたくた」

一気に四十歳は老け込んだ声を出して、まりあは立ち上がった。

2

殺されたのは二年三組の喜多山藍美《きたやまあいみ》という女子生徒らしい。隣のクラスだが、名前に聞き覚えはなかった。現場は一番奥の棟の三階にある講義室Bだったが、隣の教室も立ち入り禁止になり、三組の生徒は全員自宅待機になった。

ダイイング・メッセージに〝化石女〟と残されていたことや、当日まりあが警察から事情聴取を受けたことは既に学校中に知れ渡っていた。情報通が多い学校なのだ。

まりあが犯人ではと噂《うわさ》がたち、彰に尋ねに来る生徒もいた。隣の教室が静まりかえっているので、気遣ってかいつもより声を潜めている。まりあに関する質問にはなんの気遣いも見られなかったが。

もちろんアリバイがあって嫌疑は晴れたとその都度力説したが、どこまで本気にしてもらえたか。他に目立った情報がないのも、話題がまりあに集中することに拍車をかけていた。

有名人なので噂に上りやすい。しかも〝化石女〟に該当する人物が一人しか思いつかないとなると、仕方がないことなのかもしれない。せめて〝まりあ〟とでも書き残していれば、学内にまりあという名前の生徒は何人かいるようなので、まだ矛先が分散しただろう。

まりあも同じらしく、放課後部室に来たとき、気疲れがピークに達したような溜息《ためいき》を吐《つ》いていた。まりあは当事者なのだから心労も彰とは比較にならないはず。それでも律儀に古生物部に来るところが彼女らしい。ただ臼歯のクリーニングに取りかかるとまではいかないようだが。

高萩はいろいろと情報を仕入れていたようだ。どうも親が警察関係に顔が利くらしい。それでまりあの推理を過敏に警戒しているのかと、妙に納得した。

被害者の喜多山藍美は講義室Bの入口近くで、鳩尾《みぞおち》のあたりをひと突きされ殺されたらしい。残された凶器の出刃包丁は百円ショップでも扱っている量産品で、凶器の線から手がかりを得るのは難しいとのこと。もちろん指紋も残っていなかった。

死体を発見したのは五限目の授業で忘れ物をしたことに気づいた三年生で、それが四時四十五分。その日、藍美は講義室Bでの授業はなかった。

四時十分に奥の棟に向かって歩いている所を複数のクラスメイトに目撃されているので、殺されたのは四時十分から四十五分までの三十五分間ということになる。その間、講義室Bに立ち入った生徒はいない。ただ周囲が全くの無人だったわけではなく、講義室Bの前の廊下を通った生徒は何人もいた。ただカーテンが閉まっていて、誰も室内の死体には気づかなかった。ちなみに講義室の鍵は夜に校務員が施錠するまで、いつも開いたままらしい。新しいクラブ棟が建つまでは、部室にあぶれたマイナークラブがゲリラ的に部活動を行ったりしていたようだ。

「どうします？」

彰は水を向けてみた。

「まだ先輩が疑われていますよ。何人にも聞かれました」

「わ、私にはアリバイがあるし」

さすがのまりあも他人の視線は気になるようで——もしかすると昨今のブレイクで気にするようになったのかもしれない——声が少し上ずっていた。

「でも今のところ、まりあ先輩が事情聴取されたということしか知られてませんから」

それは他の生徒だけでなく、彰もそうだ。高萩の口調では捜査も進展していないらしい。

「それと、〝化石女〟というダイイング・メッセージが残されていたというのはもう知れ渡ってます」

「どうして？　警察が云いふらしてるの？」

「発見した生徒が広めているみたいです」高萩が説明した。「死体を前にいくら動転していても、簡単な漢字三文字なら記憶に残るでしょう」

「誰かが陥れようと、私を妬《ねた》んで……」

悲劇のヒロインよろしく、まりあが切実に訴える。〝妬んで〟かどうかはともかく、まりあが陥れられたのは正しい認識だろう。

昨日から一晩考えてみたが、彰も同意見だった。〝化石女〟と残されていれば今のご時世、当てはまるのは学内で一人だけ。しかもその一人には完璧なアリバイがある。

となると、残る可能性は二つ。犯人がダイイング・メッセージを捏造《ねつぞう》したか、被害者が彰たちの知らない理由で、別の女を指して化石女と書き残したか。

ただ被害者が化石女と呼びならわす人物が存在すれば、警察もやがて行き当たるだろう。

問題は犯人の捏造だった場合だ。はっきりと捏造が証明されるか、真犯人が捕まるまでまりあの嫌疑が完全に晴れることはない。被害者の右の人差し指の腹には血が残っていたらしい。仮に捏造だとすると犯人が右手を持って書かせたのだろう。

「気になっていることがあるんです。どうして先輩なんでしょう。被害者とは全くつながりがないんでしょう?」

「親に訊《き》いてみたけど、喜多山さんて娘や彼女の実家は、全く知らないって」

困惑を隠さずまりあは首を捻る。

「不幸中の幸いですね。少しでも接点があったら面倒でしたよ。……昨日も考えていたんですが、そもそもどうして化石女なんてダイイング・メッセージが残されたんでしょう?」

「私に濡《ぬ》れ衣《ぎぬ》を着せるために決まっているじゃない」

ムキになるまりあ。しかしいつもと比べてキレがない。

「でも陥れるつもりなら、はっきりと先輩の名前を書くんじゃないですか。化石女とか曖昧《あいまい》な表現でなく」

「私の名前を知らなかったとか」

虚を突かれたようにはっと息を呑んだあと、まりあが答える。

「わざわざ先輩を陥れようとする人がですか?」

「女は家の外に七人の敵がいるし、どこで恨みを買っているか判らないし。……例えば、被害者が私の名前を知らないと考えたかも」

「始業式に全校生徒の前で表彰式をしたのに？　もちろん被害者はうろ覚えだったかもしれないですけど、濡れ衣を着せる側からすれば、知っていると考えるのが普通でしょう」

「〝まりあ〟だけだと他にいるし、フルネームだと画数が多いから？」

「被害者が本当に書き残したのならその可能性も考えられますが、犯人が捏造したならそんな曖昧な表現で済ますでしょうか？　犯人が知らないだけで、もう一人化石女に該当する生徒がいるかもしれないのに」

「たしかに詰めが甘いかも」

まりあが再び考え込むと同時に、

「もしかすると桑島先輩は捏造じゃないと考えているんですか」

しばらく静観していた高萩が食いついてきた。

「もしかして彰は私を疑っている？」

まりあが奇声を上げ怒鳴りかかってくる。彰は暴れ馬を御するようにまりあを宥《なだ》めながら、

「誰がアリバイを証明したと思っているんですか。犯人がどういう理由で〝化石女〟という曖昧な言葉にしたのかが腑《ふ》に落ちないだけです」

「せめて化石美少女じゃないとね」

まりあはまだこだわっているようだった。

まりあが殺したのでは?

そう感じている生徒が意外と多い。さりげなく、いや露骨に彰に探りを入れてくる者もいる。

週が明けて隣のクラスの生徒が登校するようになっても、事件の進展が見られないことが大きな要因だった。誰もが知っている手がかりは〝化石女〟しかないのだ。どうしてもベクトルがまりあへと向かってしまう。喉に刺さった魚の小骨のよう。

ずっと一緒だったのだからまりあが潔白なのは知っている。しかし他人にそれを信じさせるとなると話は別だ。まりあの従僕クンが主張しても嘘をついてかばっているだけと思われる。

もちろん表だって質問してくる者はいない。さすがお坊ちゃまやお嬢様が通学するだけある。しかし時折チラチラと向けられる猜疑《さいぎ》の眼差《まなざ》し、好奇の視線は痛いほど感じられる。なにより隣のクラスの生徒からも向けられたのが苦痛だった。

「高萩は事件について訊かれないのか?」

ゲーム機を置いて尋ねると「一部のクラスメイト以外はそれほど」と返ってきた。まりあは熱を出して今日は学校を休んでいる。それが噂に余計な尾鰭《おひれ》をつけさせている。まりあがいなければさっさと下校すればいいのだが――去年はそうしていた――今は高萩が気になって帰れない。

「僕が古生物部員だと、広く知られてないのかもしれませんね」

「ラッキーだな。俺はくたくただよ。まりあ先輩はもっと大変だろうけど」

「もうしばらくすれば警察が解決してくれますよ。聞いたところでは、それほど知能的な犯行でもないようですから」

ケセラセラとは珍しい。てっきり高萩はまりあを焚《た》きつけて推理させるものと思っていたからだ。高萩は、まりあの能力を確認したいはずだ。自分を名指しした推理力が本物かを。実際に電人Qの騒動の時はまりあを煽《あお》っていた。

もし高萩が確認できたら、確信できたら……そのあとは？

なので彰はまりあを護《まも》らなければならない。

しかし今の高萩の態度は、手綱を緩めているようにも感じる。

思い当たることが一つだけある。考えたくないが、高萩が彰の犯罪に気づいたときだ。

高萩の知能レベル、推理レベルをどこに設定すればいいのかは不明だが、彰から過去の影を感じ取ることも覚悟しなければならない。

それから導かれる結論……人殺しの彰がまりあの護衛をしている。だから高萩は様子見している。自分を貶《おとし》めるようで辛《つら》いが、可能性はある。

もしかしてダイイング・メッセージを残したのは高萩？　冤罪《えんざい》であれまりあが犯罪者となれば、まりあが高萩犯人説を口外しても誰も信用しないだろう。そうなればまりあの口を封じたのも同然だ。

正攻法ではなく搦《から》め手から攻める。

もちろん、まりあと同様に今回は高萩にも鉄壁のアリバイがある。だから犯人ではないのは彰が一番よく知っている。しかしこの前の放火殺人ではないが、メッセージだけあとから忍び込ませる方法が可能だったりしないだろうか？

「どうしたんです？」

「何か聞いているか？　事件の進展など」

誤魔化すように、高萩に水を向けた。

「それがよくわかっていないようなんです」

本を閉じ、高萩が答えた。

「被害者がずっと一人だったのは確かなんですが、講義室Bに出入りした者の目撃証言がなくて。犯人の運が良すぎるみたいです」

「動機の面は？」

「それも、まだ。……友人関係のトラブルもなく、恋人もいなかったようです。ただ最近告白されたらしく、返事を迫られていたとか。友人の話では前向きに考えていたようですが、正式に交際を始めるまではと名前は教えてもらえなかったようです。スマホなどにも相手の情報はなく、誰に告白されたかはまだ」

「じゃあ、その男が犯人か？　あ、犯人は女か。いや、ダイイング・メッセージが偽物なら男でもいいのか」

「告白を受け入れるつもりだったのなら、相手の男ではないでしょう。たとえば男に元カノがいて、逆恨みした犯行だったりするかもしれません。当の男が誰かが判ればいいんですが」

「こんな事件のあとでわざわざ名乗り出ないいか」

男の良心に期待するしかないが、もし元カノの犯行だと男も感じていたのなら、恐怖で口をつぐんでしまうかもしれない。

もどかしさが募るばかりだった。

3

「大丈夫?」

クラスメイトの鹿沼亜希子が声を掛けてきた。ウェーヴがかかった茶髪を怠《だる》そうに掻《か》き上げ、近づいてくる。

「鹿沼さんもまりあ先輩のことを訊きたいのかい?」

「やさぐれてるね」

おっとりした瞳で彰を見下ろす。茶色味が強いその瞳からは、どんな感情なのか読みとれなかった。

「まあ、そうなるさ」

「ただの八つ当たりでしょ。この前も同じように突《つ》っ慳貪《けんどん》にされたし。その態度だと神舞さんが犯人だと認めているみたいに映るよ」

「悪かった」彰は素直に謝った。「じゃあ、どうして話しかけてきたんだ？　新たな進路調査はもらってないと思うけど」

「いけない？」

色白美人の亜希子が謎めいた笑みを浮かべる。

「俺は鈍い人間なんだ」

まりあほどではないが、と心の中で付け足す。

「今、話しかけられたら、疑っても仕方ないだろ」

「別に今日が初めてじゃないけど」

「その前は進路提出のビジネスだった」

「ビジネスって、ものすごく気取った表現。どうせ格好をつけるなら、もっとビジネスライクになったら？」

「いろいろと苦手なんだ」

亜希子は珍獣を眺めるかのような目つきで彰を眺めていたが、

「桑島君、あなた自分がはみ出し者と思っているでしょ」

唐突に口にした。正解だがストレートすぎる。

「揶揄《からか》いに来たのか」

この学園は京都の上澄みで出来ている。中層の彰は、まりあのお守《も》りとして入学しただけだ。

身分違いは承知の上。もちろん親や本人が背伸びして入学した者もいくらかいるが、意欲がどこか空回りしている印象がある。彰はそれを格好悪いと冷ややかに眺めているが、彰もそちら側の人間なので、根本的に居場所がないのだ。

「前から気になっていたの」

「ん？」

「別に恋愛的な意味はないから。予《あらかじ》め断っとく。勘違いしないで」

機先を制するように亜希子。

「だれもそんなこと考えてない」

先を越されたので、逆にそう思っていたかのように反応してしまう。

こちらの恥ずかしさが伝わったのか、口許をわずかに上げ、亜希子はくすりと笑うと、

「そんなに強く弁明しなくてもいいから。……私も桑島君に似てるの」

「どういうこと」

「私もね、夢がないの」

大事な秘密を打ち明けるように、亜希子が囁《ささや》く。ただ自虐の響きは一切感じられなかった。

「どういうことだ？」

再び訊き直す。今度は少し強く。

「だから桑島君の不安は解るよ。劣等感も」

「だから……どうして俺に夢がないと決めつけてるんだ」

「あるの？」

ずばりと切り込まれ、思わず口籠《くちご》もる。

「やっぱりないんでしょ」

見透かすように微笑《ほほえ》む。親愛に満ちてはいるが冷たい眼差しだった。

「胸を張って云えないだけだよ。でも鹿沼さんは見た感じ上手《うま》くやっているようだけど」

「それは、頑張っているから。これこそビジネスかも」

「擬態が上手いんだ」

「厭味《いやみ》のつもり？　私にしてみれば着飾ることなくやさぐれてる桑島君のほうがよほど凄いけど。ノーガード戦法みたいで」

「それこそ厭味じゃないのか？　しかしどうして俺にその話を。夢がない者同士で傷をなめ合いたいわけでもないんだろ」

終始思わせぶりな亜希子の態度から、どこまで本当のことを話しているのか見当もつかない。彰が知らないだけでペルム学園には悪名高いドッキリ部があり、すべてがそのための罠《わな》ということもありうるのだ。隠しカメラがないか思わず彰は周囲を窺《うかが》った。

「まさか、そんな後ろ向きなだけのこと」

鼻で笑う。何となく自分がディスられている気がした。すると、

「……殺された喜多山さん。彼女は建築デザイナーを目指してたの」

突然、亜希子は被害者の話を始めた。

「詳しいんだな」

「隣のクラスだし。彼女、建築を学びにイタリア留学したいと云ってて、私もルネッサンスの美術史には興味があったから、何度か話したかな」

「もしかして友達だった？」

被害者の相談相手だとか？

「親しい友人まではいってないだろうけど」

微妙な表現だが、被害者が告白されたことを打ち明けた相手ではなさそうだ。

「……それで俺に声を掛けたのか」

夢がないとか奇妙な理屈をつけて、結局知りたいのは事件のこと。

「いきなり警戒しないの」

強《こわ》ばった彰の感情を緩和するように、亜希子は親しげに笑った。

「ま、少しはあるけど」

クラスの何人かが聞き耳を立てているのがわかった。それで彰は聞こえよがしに、

「まりあ先輩にはアリバイがあって、警察も認めてる」

「それは知ってる。神舞さんは探偵みたいな事をしてたって聞いたけど、今度はしないんだ？」

「誰に聞いたんだ」

「聞くもなにも、春の事件の際にいろいろと訊き込んでいたでしょ」

「まあ、そうだけど」

探偵気取りであれだけ嗅ぎ回っていれば、知れ渡っていても不思議ではない。

「それほどいい趣味とは思えないけど、自分に疑いが掛かったんだから、汚名返上しようとしてるのかなって」

「忙しいんだよ。今や学園の内外を問わず有名人だから」

「あっ」亜希子は何か思い当たったらしく、顔を綻《ほころ》ばせると、「もしかして桑島君が機嫌が悪い理由はそれ？」

「どういう意味？」

「そのままだけど」

ストレートに突き刺してくる。彰は動揺を誤魔化すように、

「それより、被害者の……ええと」

「喜多山藍美」

「喜多山さんと親しかったなら、何か思い当たることとかない？　告白された相手とか」

「やっぱり、そこまで知っているんだ。私も人伝《ひとづて》で耳にしたくらいだから。神舞さんの代わりに桑島君が探偵をするの？」

「軽蔑してもらっても結構だけど。まりあ先輩の冤罪がかかっているから」

これもお守りの業務の一つのはずだ。彰は自分を納得させた。

「告白のことを知ってるなら、相手に心当たりとかはない？」

「さっきも云ったように、親しいという程ではなかったから」真剣な表情で亜希子は首を横に振る。「噂くらいしか。相談されたのが同じ二年の五十崎《いかざき》さんというのは聞いてるけど、まだ休ん

でいるみたい。親友を殺されて刑事や友達に根掘り葉掘り尋ねられたから」

まりあも被害者だが、五十崎という生徒も同じく被害者なのだろう。

「なんなら紹介しようか。彼女が元気になってきたらだけど」

「ぜひ」

彰は思わず亜希子の手を握った。慌てて手を離す。亜希子は一瞬驚いたようだったが、

「桑島君のほうが探偵に向いているのかも」

そう微笑んだ。

＊

「ねえ、この学校に花岩安《はないわやす》という名前の生徒はいない？　男子でも女子でも」

部室で手のひらを見ていると、病み上がりのまりあが唐突に尋ねてきた。

「凄い名前ですね。花崗岩《かこうがん》や安山岩《あんざんがん》みたいな。化石の仲間ですか？」

「花崗岩も安山岩もただの岩で化石じゃないけど」

「安禄山《あんろくざん》なら知ってますよ。唐代に反乱を起こした。裏切り者の代名詞で、明治維新後に島津久《しまづひさ》光《みつ》が西郷隆盛《さいごうたかもり》のことをそう呼んでたり。どちらも恰幅《かっぷく》がよかったそうで」

高萩がどこまで本気か判らない茶々を入れる。

「でもそんな名前の人、聞いたら忘れないと思いますけど」

彰は聞いても忘れてしまっていそうなので黙っていた。

「やっぱり。何人か先生に尋ねてみたけど、誰も知らないって」

「でも、いきなりどうしたんです？」

高萩が問いただすと、

「ぜんぜん納得がいかないから。私を当て馬にするのが。せめて私と縁がある人ならともかく、知らない人だし。それに彰も云ってたけど、私の名前を直接書くんじゃなく化石女という蔑称まで使って」

〝化石女〟という言葉にとことん不満があるようだ。まあ、云われて嬉しい表現でないことは確かだが。

「で、昨日一日中ベッドで寝転がって考えたの。もしかすると被害者は別の言葉を書いたんじゃないかって」

「なるほど。横書きだと〝花岩安〟の冠を取れば化石女になりますね」

高萩が聡《さと》く反応する。テスト上位の常連らしく、さすが頭の回転が速い。それ故に危険なのだが。

「そうそう」

水を得たイクチオステガのようにまりあは頷くと、

「被害者はきちんと犯人の名前を書いたけど、それを見咎《みとが》めた犯人が上半分だけ消したんじゃないかなって」

「そんな都合がいい名前があるかどうかはともかく、相手が書き残したのを見たなら、普通は全部消すんじゃないですか」

　彰が反論すると、

「これだから彰は」

　馬鹿にする眼差しでまりあはこちらを見る。

「全部消したら疑われるでしょ。指に血が残っているんだから。ものすごい科学捜査で消された文字が復元されるかもしれない。でも一部削っただけなら警察も誤魔化されるかもしれない」

「それなら、全部消したあとで改めて別の名前を書いた方がいいんじゃありませんか？」

「そうするには血の量が足りなかったとか」

「文字の一部を消したかどうかは、警察もちゃんと調べていますよ」高萩が静かに口を挟む。

「それに〝化石女〟と一気に書かれたのは間違いないようです。被害者も虫の息で、字と字の間に指を引き摺《ず》って書いていましたから。ちょうど草書で筆先が残るように。〝化〟で最後にはねた先は〝石〟の一画目に薄く繋《つな》がっていたようです」

　さすが事情通だ。ダイイング・メッセージの詳細な情報を得ているようだ。

「消したり書き加えたりじゃなくて、〝化石女〟そのものなわけか」

「みたいです。女の字の〝一〟の右端に指が乗ったまま力尽きていたので、本当は女の次に文字を書き足す予定があったかまでは不明ですが」

「〝化石女王〟とか〝化石女医〟とか」

「ありえますが、〝化石〟とついた時点で選択肢が部長しかなくなってしまいますよ」

高萩は「今日思いついたんですが」と続けて、

「もしかしたら犯人は部長と全く縁のない人間で、罪をなすりつける相手は誰でもよかったけど、有名人だから部長が選ばれたのかもしれませんね」

「なにそれ。高級車を狙った当たり屋に当たられたみたいなもの？」

まりあが片眉をつり上げる。こめかみがひきつる音が聞こえた気がした。ともかく高萩の推理は一理ある。ダイイング・メッセージがまりあの名前でないことを上手く説明していると思えるからだ。しかしどこか引っかかる。

「……でも見も知らない相手に殺人の容疑をなすりつけるのは、さすがに不自然じゃないか？」

彰がぼんやりとした反論をすると、

「罪をなすりつけると云うより、目くらましみたいなものかもしれません。部長にアリバイがあったからよかったものの、なければもっと疑われてマークされていたでしょうから」

「そのぶん犯人のマークが弱くなると。でもそれならなおさら、もっともらしいスケープゴートを用意したほうがいいんじゃないのか」

「それは否定しませんが」

高萩はあっさりと瑕疵《かし》を認めた。仮説を深く検討したわけではないようだ。とはいえ、じゃあ、どうして〝化石女〟と残されたのかは彰にも説明できないが。

「え、私が一晩考えた推理は全くの無意味だった？」

会話に置いてきぼりをくらい、落ち込むまりあ。その顔を見て、まりあってこんなに地味だったっけ？　彰はふと思った。

＊

「少しつきあってくれない？」

　亜希子に誘われた先は植物園だった。入ってすぐの庭にはこれ見よがしにコスモスが並べられ、その奥にはサルビアが咲き誇っていたが、彼女の目当ては木々に覆われた池に浮かぶ水鳥だった。水面には青みがかったサギが優雅に漂っている。

　細襟のシャツにスリムなジーンズのボーイッシュな格好で現れた亜希子は、首からぶら下げた本体よりはるかに長い望遠レンズがついた凸字形のカメラを構え、カシャカシャカシャカシャとものすごい連写音を響かせながら撮影している。

　休日とあって植物園にはカメラを構えた人が多い。男だけでなく初老の女性や若い女性も重そうなカメラを抱えている。自分が知らないだけでカメラが流行っているのかもしれない。

　花を接写したり、濃緑の森林の中で互いに撮影し合ったり目的は様々だが、やはりサギの池に人は多かった。澄んだ秋空のなかサギが少しでも飛び上がると、一斉にカメラがあとを追う。

　まるでアイドルだ。ミヤコサウルスを発見し記者たちの前で会見を行ったまりあもこんな感じだったのだろうか、とふと思った。

「カメラが趣味だったんだ？」

「そう。夢はないけど、趣味はあるから。悪い？」

夢がないという設定はまだ忘れていないようだ。

「いや。……写真部に入ってるの？」

ううん、と亜希子は首を横に振る。

「体験入部をしたことはあったけど、機材から目的地まで、思った以上にお金が掛かりそうだから止《や》めた。ほかに使いたいのもあるし」

同じカメラでもこの前のグラビア部は安上がりで済みそうだったが、あんながさつな部活を推薦する気にはなれない。

「写真家を目指したりはしないんだ」

「あくまで趣味だから。まあ、いろいろあってね。ここから先は個人情報」

幾分強めに返された。

「レフ板とか持たなくていいのか？」

「大丈夫、傍にいてくれたら」

予め釘《くぎ》を刺されていなければ、勘違いしても訝《おか》しくない台詞だ。

「なら、どうして俺を？　一人で充分なんだろ」

「女一人だとナンパが多いの」

美貌を自負するかのように亜希子が笑う。

「なるほど」

彰もつられて笑った。

「五十崎さんはまだ登校していないのかい」

遥《はる》か樹上に居場所を変えたサギはそのまましばらく微動だにしていない。当然、亜希子をはじめとするカメラマンたちもレンズを樹上に向けたまま待ちの体勢。音を立ててはいけないという当初の緊張感もなくなり、退屈し始めてきたこともあって、彰は尋ねてみた。

「そうみたい。ただ別の人伝に聞いたんだけど、喜多山さんは受験がどうとか云ってたから、告白してきた相手は三年生なのかもしれない」

「三年生か……」

二年生の名前も知らないのに三年生なんてもっと知らない。雲をつかむような話だ。

「他に動機とかトラブルとかはなかったの？」

「大人しめで、なにかあると自分が一歩身を引くタイプだったから……。トラブルはなかったと思う。少なくとも周囲からは何も聞こえてこない。やっぱり告白の線が一番だと思うけど、探偵さん」

しかし……告白されただけで返事もしていないのに逆恨みで殺されるなんて。

「そんな大人しい彼女が唯一親の反対を押し切って決めた進路が建築デザイナーだった。神舞さんの大発見に触発されて、自分も夢を追いたいと必死で親を説得したのに」

「ちょっと待って！　喜多山さんはまりあ先輩のことをよく知っていたのか？」

点が線に繋がる。どちらに転ぶかまだ判らないサイコロだが。

「もちろん。神舞さんの業績を熱い口調で語ってた。夢を叶《かな》えた女性として、自分もああなりたいって」

「それじゃあ、彼女はまりあ先輩の名前もちゃんと知っていた！」

「それはそうでしょう。憧れの人なんだし」

テンションが上昇する彰と対照的に、怪訝《けげん》そうに亜希子は頷いた。

「そんなに不思議なこと？」

「いや」と彰は誤魔化した。あまりに白々しかったせいか、「そう」と微妙な沈黙が流れる。彰は話を戻そうと、

「休日とかよく撮影旅行とか行ってるの？」

「そんな余裕はないかな。授業の復習とかが大変で」

「鹿沼さんて成績がいいのに」この前張り出された実力テストの結果は学年で一桁《ひとけた》だった。「必死で勉強してたんだ。もっと余裕があるように見えたけど」

「水鳥は水面下ではもがいているの。それに余裕なのは桑島君のほうでしょ」

恨みがましく睨《にら》まれる。

「俺が余裕に見えるのは高みを目指していないせいだよ。前に鹿沼さんが云ったノーガード戦法……あ、鳥」

サギが樹上から急降下して、水面に着水した。その瞬間を逃すまいと、待ち構えていたカメラから一斉にシャッター音が鳴り続ける。

亜希子は出遅れたらしく、ちっと舌打ちして、素知らぬ顔で水面を漂っているサギを数枚撮った。

「みんな夢中になれるものがあるんだな」

「桑島君の趣味は？」

「……ゲームかな。かといって暇つぶし程度のものだから、プロのゲーマーになろうとか、プログラマーになってゲーム会社に就職しようとか、そんな事までは考えていないけど。変かな？」

「いいんじゃない……たまにね、夢なんて持たない方がいいと思うの」

ぽつりと洩《も》らす亜希子。今までにない弱気な言葉に驚く。

「だって夢があるから無理をするでしょ。夢に喰われてしまう」

ピンときていないのを察したのか、彼女は重ねて、

「パンドラの箱って知ってる？」

「ギリシャ神話の？　箱の中に最後に残ったのが希望というやつだろ。都合良く希望が残っているなんて」

「一説ではあれは神の罠と云われてるの。希望が残ったことによって、人は未来に向かって生きなければならなくなった。諦めること、考えないこと、といった選択肢が奪われた。夢も同じようなものかも」

初めて聞いた解釈だが、さもありなんとも思った。

「鹿沼さんてクールなんだな。いや、もしかして夢を嫌っている？」

亜希子は夢がないのではなく、現実的で届かない夢を見たくないタイプなのだろうか？

「そういう風に見えた？　残念だけど外れ。正解を知りたい？」

「別に。どうせ個人情報なんでしょ」と彰は苦笑いで返すしかなかった。

「桑島君はどこか目指したりしてないの？　もう来年早々には進路を決めておかないといけないでしょ」

「ないかな。普通に偏差値に合わせた大学に進学するつもりだけど」

さらに四年間のモラトリアム。

「神舞さんと同じ大学じゃないんだ」

「どうして？」

「だって彼女のお守り役なんでしょ」

当然のように亜希子が指摘する。

「……従僕クンか」

彰はぼやいた。

「なにそれ？」

「以前ある先輩に揶揄われたんだ」

「従僕クンね。自虐的な響き。そこまで卑屈にならなくてもいいんじゃない。ナイトって悪くないよ。そのひとも内心はうらやましがっていたかも」

仮にあの先輩に従僕クンがいれば、変な男に引っかかることも手を汚すこともなかったかもしれない。とはいえ彼女の茶化すばかりの言動は、うらやましがっていたとは到底思えなかったが。

「ナイトと云うより丁稚《でっち》みたいだけどね」

それと悟られないよう自嘲気味に彰は苦笑いした。

殺された藍美は建築デザイナーになるため留学したいという夢があった。まりあは一意専心で半ば夢を叶えつつある。

しかし彰には……。

4

「解った！　今度こそ本当に解った！」

まるでドラマに出てくる咬《か》ませ犬の探偵役みたいなテンションと顔つきでまりあが叫んだ。彼女は天高くつきだした人差し指をゆっくりとある人物の前に降ろす。

「犯人は高萩君。君に決まり」

いきなり犯人と指さされた高萩は面食らったようだ。端整な童顔がわずかに歪《ゆが》む。

別の意味で彰もヒヤヒヤだった。

「どうしてですか？」

驚きで言葉が出てこない高萩に代わって彰が冷静に尋ねると、

「被害者は〝化石女〟と書き残した。私の名前を残さなかった。逆に云えば名前を知らなかった。

とはいえ春に時の人となった私の名前を知らないはずはない」

たぶん被害者のフルネームを忘れているだろうまりあが力説する。しかし藍美はまりあに憧れていたので結果的に正しい。

「それは捏造する側も同じ。むしろ罪をなすりつけるわけだから、捏造する場合のほうがしっかり名前を書くはず。あのダイイング・メッセージはやっぱり本物じゃないかって」

「曖昧すぎるから、逆に本物というわけですか」

いきなりコースから外れた気がした。

「そういうこと」

彰の心情に気づくはずもなく、まりあは大きく頷く。

「つまりダイイング・メッセージの内容通り、先輩が犯人というわけですか」

「最後まで聞きなさい」まりあはぴしゃりとはね除《の》けると、「では被害者はどうして〝化石女〟と残したのか。そこで気づいたの。本当は〝化石ブ〟と書いたんじゃないかって。つまり化石部の部員と云いたかった」

「化石部？　そんなクラブありましたっけ」

恐竜部はあったが、化石部はどうだっただろう。諸子百家のこの学園なら、天井裏に潜んでいても訝しくないが。

「この古生物部のことだけど、部外者が化石部と勘違いしていてもおかしくない。それで化石ブと残した。〝部〟の字は画数が多いからカタカナで〝ブ〟と書いたの。しかし犯人は気づいてしまった。床は剝がせないし、いくら消してもバレるだろうから、ブの字に上書きして女にした。三文字とも血で繫がっていたみたいだし、女はくノ一で〝く〟が一画目だけど、石の最後からブの横棒の書き出しに繫がっている血痕を、くの上端まで斜めに延長すればなんとか誤魔化せるでしょ。もちろん自分への嫌疑をそらすためにね。つまり犯人は古生物部の男子。彰か高萩君のどちらかになる。彰にそんな機転が利くはずないから、残るは高萩君だけ。これで解ったでしょ。高萩君、悪いけど諦めて自首して。それがせめてもの罪滅ぼしだから」

どうも本気で思い込んでいるらしく、切実に訴えかけている。

「部長、お言葉ですが」最初は困惑して黙りこくっていた高萩も、推理が見当外れすぎて逆に平静をとり戻したらしい。落ち着いた口調で、「たしか部長のアリバイが証明されたのは一緒に部室にいたからでしたよね。それだと僕のアリバイも成立するのでは？」

はっとこちらを見るまりあ。

「高萩はずっと部室にいて、一度も外に出ていません」

彰は即座に答えた。誰も席を外さなかったのは断言できる。もしかすると高萩がまりあを陥れようと罠を張った可能性もあるので、事件後に記憶を丹念に穿《ほじ》ってみた。しかしまりあはもちろんのこと高萩も席を外していない。

「部長、どうしたんですか。しっかりしてください」

不満げな表情で励ます高萩。彼にとってまりあは推理を当てた方がいいのか外し続けた方がいいのかどちらなのだろう。眉尻を下げて困った感を演出するその表情からは、真意は窺えなかった。

では自分はどうなのだろう?

まりあの推理は鈍っている。腹黒ワトソンとしては喜ぶべき事だ。しかし……彰は釈然としなかった。

*

数日後、犯人が逮捕された。三年の新谷《にいや》花鈴《かりん》という女子生徒だった。告白した例の男が名乗り出て来たのだ。それからは早かった。

動機は交際相手が藍美に乗り換えたことの逆恨み。藍美は告白されただけで返事もしていないのに、略奪されたものと誤解したのだ。花鈴は彼氏のことで藍美に声をかけ現場に呼び出したらしい。問答無用で包丁を突き刺し、そのまま講義室を飛び出した。

ただ、なぜ藍美が〝化石女〟と書き残したのかは、当の花鈴にも心当たりがないらしい。化石に興味はないし、二人は初対面で花鈴は名前すら名乗らなかったのだ。とにかく犯人が自白したことにより、ダイイング・メッセージの謎だけ宙に浮いたまま事件は解決した。

もちろん翌日の教室は新谷の話題で持ちきり。まりあへの疑惑など木っ端微塵《こっぱみじん》に吹っ飛んでいた。

「犯人が捕まってよかった」亜希子が声を掛けてくる。「でもまさか花鈴さんだったなんて」

フルネームを聞いても、彰にはピンとこなかった。

「親しかったのか?」

複雑な表情の亜希子に尋ねかける。藍美は〝喜多山さん〟で花鈴は〝花鈴さん〟。亜希子には犯人の方が近いようだ。

「同じカメラ趣味の縁で何度か一緒に撮影しに行ったの」

寂しげに亜希子が答える。スマートフォンを取り出すと数人が写っている写真を出し、右端の一人の顔を引き伸ばす。当然ながらニュースでは名前も顔写真も出ないので、犯人の顔を見るのは初めてだ。

次の瞬間、彰は「あっ」と思わず声を上げていた。分厚いメガネをかけたその顔は、月初めにインタビューに来たグラビア部の部員だった。

彰と間違って写り込んでいたグラビア部員。

なるほど。彰はすべての合点がいった。被害者はあのグラビア記事を見て花鈴を古生物部員だと勘違いしていたのだ。記事には二人の部員のフルネームが小さく添えられていたが、彰も双葉も女子にもありそうな名前だ。違和感はなかっただろう。

まりあの名前を知っている藍美は、化石部の残り一人の女子部員を示すつもりで化石女と残した。そこにはなんの捏造もなかった。ただ被害者が間違えただけ。

喉の小骨がポロリと取れる。

これをまりあに話すべきか……。

止めておこうと、彰は思った。

第五章　乃公出《だいこうい》でずんば

1

「ちょっと、彰！」

昼休みに中庭で呼びかけられた。聞き慣れた声が秋風に逆らって突き抜けてくる。

歩みを止め振り返ると、冬服姿のまりあがこちらを睨《にら》みつけながら近づいてくる。ここ数日、黄砂がひどい。まりあの目も真っ赤になっていた。

つかつかと近づいてきたまりあは、ぐいと腕を引っ張る。思いのほか力が強かったため、よろけてまりあの胸元に顔がぶつかる。勢いでまりあも一緒に倒れかけたので慌てて支えた。まりあといえども女子なのか、フローラルないい匂いがした。

彰の制服を摑《つか》んでなんとか耐えていたまりあが、今度は強く押し返す。

「なにしてるの」

眼を細めて再び睨まれる。

「いやいや、先輩が強く引っ張ったから」そう弁明したいがどうせ藪蛇《やぶへび》だろう。「すみません」とだけ謝っておく。

「気をつけて。大事な身体なんだから」

新種の恐竜化石の発見以来、まりあはペルム学園のスターだ。十月も下旬になり、当初の熱狂こそ沈静化したが、それでも知名度はピカイチ。もしまりあが二年生だったら、生徒会長選挙に推されていたことは間違いない。

今も、その有名な神舞まりあに抱きついている不埒《ふらち》な男子がいると、通りすがりの生徒が誤解しながらちらちらと視線を向けてくる。そして相手が桑島彰だと知ると、「なんだ、従僕クンか」と何事もなかったかのように通り過ぎていく。

「昨日も部活に来なかったけど、最近サボりすぎじゃない」

当のまりあは他者の好奇の眼差《まなざ》しなど気づかないようすで、甲高い声で詰問してくる。

「クラス総出のマスゲームの練習が厳しいんですよ」

「そりゃあ、私たちもやっているけど」

体育祭ではクラスごとに集団遊技の発表がある。ダンスや群舞等々。彰のクラスはマスゲームだった。周りに合わせて行進するだけかと甘く見ていたら、意外と高難度だった。一年の時はフォークダンスで、それも盆踊りなみに簡単なものだったのに。

去年から続く死亡事件の影響か、クラスの仲間意識を高めるとの名目でどのクラスも内容がハードになったのだ。為政者の安易な発想が、はたして未曽有《みぞう》の状況に効果があるのかは不明だ。

しかし教師のみならず生徒も発奮している中、ひとり異を唱えるわけにもいかない。それに練習が厳しすぎて余計なことなど考えてられないという効用はあるかもしれない。実際、彰もまりあのことなどについて深く考える余裕がなかった。

「私たちは今終わったところ」

たしかにまりあの頬が上気している。

全クラスに体育館やグラウンドを使わせるため、練習に割り当てられる時間はまちまちだ。

「どうして三年までしなきゃいけないんだか」

暇だからいいんじゃないですか……口にしかけるが、この言葉も胸にしまう。まりあは既に大学の推薦が決まり、受験勉強の必要がない左団扇《ひだりうちわ》の状態だ。他の三年生よりよほど時間が有り余っているはず。

「化石掘りのための体力作りと考えればいいじゃないですか」

「たしかに。大学に行ったらもっと奥地まで採取に行くだろうし。でもそうなると車の免許も取らないと」

「それは……」

不安しかない。

「それで」耳聡《みみざと》く遮ったあと、「彰は練習のせいで部活に来てないだけ？」

「当たり前じゃないですか。体育祭が終わったら行きますから」

とりあえず調子よく答える。半信半疑な表情でまりあが口を開きかけたとき、

「神舞さん。高浜《たかはま》さんが呼んでるよ。大至急だって」

二人の女子生徒が呼びかけてきた。

「判った」

不承不承答えると、まりあが踵《きびす》を返し戻っていく。「絶対来なさい」と捨て台詞《ぜりふ》を残して。

まりあの疑念は正しい。マスゲームは口実に過ぎないところがあった。部室には何となく足が遠のいていたのだ。

最近続いたポンコツ推理で、高萩もまりあの能力を見限ったのではという安心感があった。高萩は自分が殺人犯だと指摘されること、暴露されることを畏《おそ》れている。まりあの探偵の能力が低いと知れば、高萩が犯人だと指摘した推理もただのまぐれ当たりだったと安心するだろう。

ただ、それとは別に寂しさもあった。

まりあはもう、探偵としての評価など必要としない状況にある。本来の化石の分野で脚光を浴びているからだ。そして一本立ちした今のまりあに彰は必要ない。

女子生徒たちへ向かっていくまりあの後ろ姿に、彰は一抹の寂しさを感じていた。

＊

放課後、クラスの有志たちによるマスゲームの練習が始まる。正規の練習ではなく特練だ。隣のクラスと比べても彰のクラスは一段と力が入っていた。クラス委員をはじめカースト上位の連中がやけに盛り上がっているのだ。つきあう義理はないのだが、古生物部に顔を出さない理由づけについ参加していた。一度参加し始めると〝やる気がある奴〟として認知され、いつの間にか扇の要《かなめ》のような重要なポジションが割り振られていた。そうなるとますます練習に出なければいけなくなる。特に彰は今までがクラスで気配を消している変わり者という認識だったので（半分以上はまりあのせいだが）、積極的な参加に注目を浴びすぎてしまい、なおさら途中で足ぬけできなくなっていた。

クラスには派閥やヒエラルキーがあり、ペルム学園のような名門学校では親の権威というものも多少は影響してくる。その最たるものが生徒会だが、クラス委員などもその手の格で選ばれることが多い。派閥ができるのも同様だが、生徒会選挙のような表だった抗争はない。何となく派閥の中で仲良くしあっている感じだ。もちろん派閥を超えて仲がいい者も多い。なにせ行儀のいい高校だ。その程度の緩さではある。

ともかくごくごく庶民の彰には縁のない社交の場だった。もちろん積極的に取り入ってコネを作りまくるという生き方もあるし、実際にやっている者もいるようだ。彰には性にあわないし、まりあのお守《も》りという任務が与えられていたこともある。そしてお守りの必要が減じた今、残ったのは人づきあいが悪い〝従僕クン〟というレッテルだけだった。

俺は何を犠牲にしてきたのだろう……最近ふと浮かぶ疑問だが、深く考えないことにしている。なので、ある意味今の環境は新鮮で、彰にとって初めての高校イヴェントといえなくもない。それが練習を断らない理由でもあった。

体操服のジャージに着替えるために新クラブ棟へ向かう。

体育の授業用の更衣室はあるが、他の学年やクラスの生徒も特練で使うので出入りが激しく、落ち着けない。まさに芋を洗うよう。体育会系の連中はそれぞれの部室で着替えているが、古生物部で着替えるのはまりあもいるし、そもそもが本末転倒だ。

そのため彰は、クラスメイトの遥堪《ようかん》が所属する変装部の部室で着替えていた。遥堪の親友の浜《はま》山《やま》と出雲《いずも》の合わせて四人。

変装部というのは部員六名の弱小部で、少ないながらも過疎部問題の危機をやり過ごせたクラブだ。春から新クラブ棟の四階に引っ越している。要はコスプレ部で、古生物部とさして変わらない広さ（新しさは全く違うが）の部室には、アニメや特撮のカラフルな衣裳が幾つもハンガーラックに吊るされている。

設立して二十年以上が経《た》つらしいが、コスプレ部ではなく変装部と名乗っているのは奇異な目で見られるのを避けるため、つまり対外的に格好をつけるためらしい。そのおかげかどうか、歴代の生徒会にさして目をつけられることもなく生き延びられた。

ところが時代が変わりコスプレに対する抵抗感が下がった昨今、変装部という名のせいで部員が集まりにくいらしい。あまつさえ今年の春、新しくコスプレ部が立ち上がった。一年生ばかりのフレッシュなクラブだという。しかも一年の女子はコスプレ部に入り、変装部は男ばかりだとか。一度合併を持ちかけたが、上級生に我が物顔をされることを嫌って拒絶されたらしい。

「でも、新クラブ棟に移れたんだからラッキーじゃないか」

半年が経とうとしているが、まだ何もかもが新しく、新品の匂いがする。古生物部のかび臭い部室を思い浮かべながら彰が羨《うらや》むと、

「最初はそう思ったよ。でも、四階は上り下りが大変で、体よく追い払われたと気づいたんだ」

旧棟時代は二階だったという。確かにエレヴェーターもエスカレーターもない校舎の四階は〝外れ〟かもしれない。実際、空き部屋も多い。

「一年生はみんなコスプレ部に行くし、僕の代で終わりかもしれないな」

かつて在籍していた女性部員の置き土産と思われる、ピンク色の襟に黄色い三角タイと腰リボンのセーラー服の前で遥堪はぼやいている。

その口調はどこか去年のまりあを思い出させた。どこも同じだよと慰めようとしたが、厭味《いやみ》にしかならないことに気づく。まりあが学園のスターとなった今では、来年の入部者もそれなりにいるだろう。まりあが卒業したあとは古生物部など潰れても構わないと考えていた彰だが、遥堪から見れば勝者の戯言《ざれごと》にしか映らないはず。

そうか……周囲からだと自分は勝者なのか。

「井戸端会議もいいが早く着替えないと、遅れるぞ」

いつの間にかジャージ姿になっている浜山が急《せ》かす。

ともかく男子しかいない弱小部のおかげで臨時の更衣室に使えている。彰たちは手早く着替え、四人でグラウンドに向かった。

＊

『SEX研究会・部員募集中』……なんとも下品な横断幕だ。

新クラブ棟の屋上、人の背ほどある連子《れんじ》の手摺《てすり》に横長の横断幕がくくりつけられている。黒地に白の字で、はっきりとそう書かれていた。横断幕は学校の屋上や、クラブ棟のベランダなどにも張られている。多くはインターハイ出場を祝うものだったり、成果を誇示するものだったり。

申請制で、ひと月で幕は更新されていき、今の時期は比較的少なく、やはり春先の新入生勧誘の時期が一番賑《にぎ》やかになる。みな人目を惹《ひ》くためキャッチコピーに工夫を凝らしていて楽しいのだが、さすがにこんな露悪的なのは見たことがない。練習時になかった肌寒い北風が吹きつけているが、強固に結わえられているのか、他の横断幕と比べても全くはためいていない。どこか執念を感じさせる。

午後から急に湿度が上がったグラウンドでのマスゲームでくたくただった彰は、心の中で溜息《ためいき》を吐《つ》いた。こんなに堂々と下ネタを掲げるとは、ペルム学園の品位も落ちたものだ。殺人事件が続いて人心も殺伐としているのだろうか。

とはいえ学校当局が見逃すはずもなく、いつまでもつのだろう？

「誰の悪戯《いたずら》だよ。見事に滑ってるだろ」

背後で遥堪たち三人の男子も冷笑している。

「変装部も横断幕を作ればどうなんだ」

彰が尋ねると、

「あれ結構高いんだ。服が一着作れてしまうくらいに」

口惜しそうに遥堪が幕を見上げる。つまりつまらない下ネタのために結構な額をつぎ込んだということか。まさに金持ちの道楽。この学園にふさわしいかも。

ただそこまでは他人事《ひとごと》だった。横断幕の主が叱られ処罰されたとしても、彰には関係ない。悲劇は部室に戻ってから始まった。

制服がなくなっていたのだ。ブレザーとズボンの上下両方とも。部室にはカバンも置いてあったが、無事残っている。財布やスマホは携帯していたので心配はない。

「どうしたんだ?」

戸惑う彰に遥堪たちが声をかける。

「いや、俺の制服が見当たらないんだ」

「制服?　桑島にはストーカーでもいるのか?」

そんな当てはないし、嫌がらせされる心当たりもない。あえていうならまりあの悪戯だろうが、そもそもここで着替えていることなど知らないだろう。

そのとき遥堪がはっと息を呑《の》み慌ててハンガーに吊るされたコスプレ衣裳を点検する。

「大丈夫だった。盗まれたものはない……しかしここには歴代の逸品がいっぱい並んでいるのに、どうして君のを盗《と》ったんだろう?」

まるでまりあのような口ぶりだ。部に愛着がある者は総じて言動が似てくるのだろうか。

四人とも脱いだ制服は椅子やテーブルの上に置いていた。強《し》いていえば、彰の服が一番入口に近かっただろうか。

「誰のものでもよかったのかな」

自ら呟《つぶや》いたあと落ち込む。だとすれば運が悪すぎる。向かいの浜山より少し奥に置いておけば被害に遭わなかったかもしれないのだ。代わりに浜山の服が盗まれていただろうが。

「鍵を掛けておけばよかったな。すまなかったな」

「いや、遥堪のせいじゃない」

部室は施錠どころか、廊下に面した窓も半開きだった。彰自身気づいていたが、まさか盗まれるとも思わずスルーしていたのだ。

三人が先に帰る中、彰はひとり粘って探していた。とはいえ開いていたのは廊下の窓だけで、外側の窓は閉まっていた。風の悪戯でどこかに飛ばされたとは考えにくい。それに盗まれたのはブレザーとズボンだけで、シャツやネクタイはそのまま残されている。風のせいなら、軽いシャツやネクタイが真っ先に飛ばされるはずだ。

十分ぐらい探したが、結局諦めて部室を出た。戸締まりは構わないと云われたが、廊下の窓は閉めておく。

職員室へ向かいジャージ姿のまま担任に報告する。担任の反応も曖昧《あいまい》だった。これが女子の制服なら大騒ぎになっていただろうが、男子では雲を摑《つか》む感じなのだろう。

いじめに遭っているのか聞きたそうな表情だったので、先手を打って「いじめられてはいません」と答えた。担任は露骨に安心している。

「とりあえず今日は帰りなさい」

まるで役所仕事のように彰は職員室を追い出された。いくら解決しているとはいえ殺人事件が続く中、今度は窃盗が起こったとなれば頭が痛いのだろう。

学校側の事情はともかく、明日何を着て登校すればいいのか、彰にとってはそれが一番の頭痛の種だった。玄関から外に出ようとしたとき、雨が降り始めていることを知った。午後の異常な湿気はこのせいだったようだ。

しかし彰は傘を持っていない。

今日の天気予報は晴れだったし、この一週間ずっと晴れていた。雨になるとは全く予想していなかった。制服を盗まれ、その上、雨。弱り目に祟《たた》り目とはこのことだ。

下駄箱で呆然《ぼうぜん》としていると、

「どうしたの。そんな格好で」

声を掛けてきたのは鹿沼亜希子だった。

「いや、傘を忘れてどうしようかと」

「尋ねてるのは服装のことだけど。まだ練習をしているの。熱心ねぇ」

感心するように、同時に半ば呆《あき》れるように彼女は彰を見た。図らずも彰はマスゲームの熱心組に組み込まれたのだが、亜希子はずっと非熱心組だった。

「少し前まであんなにやる気がなかったのに、どういう風の吹き回し？」

進路指導のことを云っているのだろう。彼女の疑問ももっともだ。

「俺にも解らない」

彰は正直に答える。嘘をつく気がなかった。というか、嘘というのは真実を隠すためのもので、自分でも真実が解らないのだから嘘のつきようがない。

「まあ、やる気になったのはいいんじゃない。それでその服はどうしたの」

「制服を盗まれたんだ。さっき」

「あら、それは……」

口に手をやり想像以上に驚いている。彰の制服を盗む物好きがいたことに、びっくりしているのだろうか。もしまりあがこれを知ったら……きっと亜希子以上に仰天することだろう。

「それで傘も持ってないと。泣き面に蜂《はち》か。ちょうどよかった」

亜希子がカバンからレモン色の折り畳み傘をとりだした。可愛いレモンの柄がちりばめられている。

「置き傘をしておいたの。桑島君、運がいいね。一緒に入る？」

「ありがとう」

素直に礼を述べると傘を手渡された。男がというより背が高い方が持つのは当然だろう。亜希子は長身なほうなので、その差はわずかだったが。

三つ折りのコンパクトな傘は二人には狭すぎたようで、雨だれを避けようとすると自然と肩が密着する。鮨詰《すしづ》めの満員電車に乗っているよう。表階段を降りるとき、足が縺《もつ》れて思わず胸元に顔が当たる。「ごめん」と詫《わ》びるが、亜希子は気にしていないのか押し返そうとしない。

亜希子からはまりあと同じフローラルな匂いがした。やはり二人とも女子なんだなと感心する。女はいい匂いがするものなのか。試しにジャージの襟を引き寄せて嗅いでみたが、汗ばかりでフローラルな匂いは一切しなかった。

2

新クラブ棟の屋上で女子生徒の死体が発見されたのは翌朝のことだった。

名前は高浜優加菜《ゆかな》。三年生らしい。朝に屋上を巡回した警備員が発見したようだ。今までのケースと異なり生徒に目撃者がいないので、教室はその話題で持ちきりだったにもかかわらず、漏れ出てくる情報は断片的だった。

事件のおかげでジャージ姿で登校した彰など誰の興味も惹かない。ありがたいことだった。殺された女子生徒には悪いが、彰はほっと胸をなで下ろす。しかし禍福はあざなえる縄。いいことは続かない。

朝のホームルームで今日の授業の休止を告げた担任から呼び出しを受けた。制服が見つかったのかと喜んだのも束の間。扉を開けた進路相談室の雰囲気は緊張していた。厳《いか》つい男二人に、制服警官が一人。

二人ともに見覚えがある。いつもの中年と若手の刑事だ。職員室ではなく進路相談室に向かったときに気づくべきだった。

「また君か」

年配の刑事のほうも呆れている。

「今度は何をしたんだ？」

「俺が訊《き》きたいです」

殺人事件の事情聴取なのはすぐに察せられた。判《わか》らないのはどうして自分が呼び出されたかだ。ともかく見知った相手なので、彰も少し緊張を緩める。

殺された高浜優加菜は三年で、学年も違うので彰は面識どころか名前を耳にしたのも初めてだ。そのことを伝えると、

「被害者は君の制服を着て殺されていたんだよ」

彰は耳を疑った。

「じゃあ、俺の服を盗んだのは、高浜さん？」

「そう簡単だったらいいんだけどね」ぼやくように吐き捨てると、「見たところ、殺されたあとに着替えさせられたようだ。そして彼女の制服はいまだ行方知れず」

隣の若い刑事が慌てて止めようとするが、刑事は気にしない様子で手を上げ制止する。

「もしかして俺が殺して制服を取り替えたとか」

「したのかい？」

「するわけないです」

「まあ、そうだろうな」

刑事は口元を綻《ほころ》ばせた。

「それで一応簡単な事情を聞こうと思う。これは君を疑っているわけではなく」

「構いません。もう慣れましたから」

彰は正直に経緯を話した。

「すると体育祭の練習のために変装部の部室で制服をジャージに着替えたと。練習が終わり戻ってきたら、君の服だけ盗まれていたと」

彰は頷《うなず》いた。証人となる三人のクラスメイトの名もあげる。

「その間は三人とはずっと一緒だった?」

「一緒に練習していましたから。ただ服がなくなっているのが判ってからはひとり残って探していました」

「まあ、そうだろうね。まさか殺人事件が起こるとは思わないし」

妙に砕けたもの云いだ。彰を疑っていないのか、逆に油断させようとしているのか判らない。

「それで、これは何だと思う」

ビニール袋に入ったボタンを見せられる。制服の袖のボタンだ。

「君の服のポケットに入っていたんだよ。ブレザーの方ね。そしてボタンには被害者の指紋がついていた。君の服のボタンは揃《そろ》っていたからたぶん被害者のブレザーのなんだろう」

「つまり……」彰はまどろっこしい刑事の言葉を素早く整理すると、「俺の制服のポケットに高浜さんのボタンが入っていたと。もしかして俺が殺した際にポケットに紛れたとでも？　それなら犯人が着替えさせたときに起きたのかもしれませんよ」

思わず反論していた。どこか犯人の云いわけがましく自分にも聞こえた。刑事がどう捉えたかは判らない。

「その可能性もなくはないがね」

きっと刑事の頭の中では様々な可能性が駆け巡っているのだろうが、彰に伝える気はないようだ。同時に彰への事情聴取もこれで終わりのようだった。

「やっぱり制服は返してくれないですよね」

「当分はな。それに……死人が身につけていた服を着たいかい」

「新しく買い直します」

重い足を引きずりながら彰は進路相談室を出た。顔なじみとなった刑事も詳細は教えてくれなかった。まりあや高萩ならともかく、彰は後ろ盾もないただの庶民だ。教えてくれるはずもない。初めから解っていたことだ。

しかしいくら理解したところで、不条理な敗北感は拭い去れなかった。

＊

「高浜さんの制服がなくなっていたらしいけど、彰が盗んだの？」

こんな質問をするのは世界中で独りだけだ。いうまでもなく我らが古生物部の部長である神舞まりあ。おそらく事情通の高萩が吹き込んだのだろう。

「高浜さんて美人だから、彰が服を盗みたくなる気持ちは理解できなくもないけど」

「勝手に理解しないでください。第一顔も知らないのに……美人なんですか？」

「そう。おしゃれで大人びて綺麗《きれい》だった」

お世辞を云ったり、逆に皮肉を口にしたりするタイプではないので、ありのままの事実なのだろう。だがまりあ自身が頬や頭から骨が飛び出した哺乳類《ほにゅうるい》型爬虫類《はちゅうるい》のエステメノスクスを可愛いと愛《め》でる美的感覚だ。どこまで信用していいのか判らない。

隣の高萩に目を遣《や》ると、「そうみたいですよ」と伝聞形で補足する。事情通の高萩まで同意するなら、美人に間違いないのだろう。

とはいえ美人だから殺してまで服を奪うというのはどうだろう。普通は中身のほうが大事なのではないのか？

「俺が服を盗むのは百万歩くらい譲るとして、どうして自分の服を着せなきゃならないんですか。犯人だと自ら証拠を残すようなものでしょ」

ブレザーには内ポケットに名字が刺繡《ししゅう》されている。なので昨日彰が担任に報告していなくても、彰のところに刑事が来たことだろう。もちろん同じ桑島姓の男子がいれば少しは遅れるだろうが。

「たしかに。まあ、彰なら制服じゃなく下着を盗んでいきそうだし」

失礼な推理だ。

「下着は無事だったんですか」

刑事には着せ替えられたとしか聞いていない。彰が盗まれたのは、ブレザーとズボンだけ。シャツやネクタイは部室に残っていた。

「ブラウスやリボン、下着、靴などは無事で、盗られたのはブレザーとスカートだけみたい」

「リボンは盗まれなかったんですか」

襟元を締めるのは男子がネクタイで女子はリボンで別物だ。すると被害者はブラウスにリボンをつけた男子の制服姿だったことになる。男子と女子のブレザーはデザインもボタンの左右も違っているので、違和感がもの凄《すご》そうだ。

「中途半端ですね。男装させるなら面倒なシャツはともかく、どうして俺のネクタイを盗っていかなかったんでしょう」

「犯人が女でネクタイの結び方を知らなかったとも考えられるけど、やっぱり着替えさせたのはカモフラージュで、本当は制服だけを持ち去りたかったんじゃない。そうでしょ？」

まるで彰の趣味のように問いかける。まりあの口ぶりからみて、久しぶりに探偵趣味がぶり返してきたようだ。本来なら止めるべきなのだが、彰は止めなかった。

「じゃあ、僕から説明しますね」

彰が制止しないことを確認して、高萩が仕入れた情報を披露していく。

高浜優加菜は背後からロープで絞殺されたらしい。今朝の七時、新クラブ棟の屋上のベンチに腰掛けているところを発見された。屋上のドアに鍵穴はなく、内側からつまみでロックするようになっている。教室棟を含む校舎は施錠され許可なしに屋上へ出られないが、新しく作られた新クラブ棟は手摺が人の背ほどの高さがあるため、普段から開放されていた。十五センチのコンクリートの基部から延びた支柱に支えられ、縦格子の高い手摺がぐるりと屋上を囲っている。さながら動物園の檻舎《かんしゃ》。

日頃は吹奏楽部の練習場と化しているが、いつしか古くなり用具倉庫に放置されていたベンチや椅子が複数持ち込まれた。その校舎側を向いた椅子のひとつで優加菜は発見された。座面から背まで一枚のプラスチックを曲げ、金属の足をつけた水色の椅子で、優加菜は朝まで体を預け冷たく眠っていたという。

死体は昨日の雨で濡《ぬ》れていたらしい。死体が着ていた彰の服も同じく濡れていた。厚手の生地にもかかわらず、雨は内側のブラウスにまで浸透していたという。ちなみに雨は五時過ぎから降り始めたが、六時には止《や》んでいた。このため椅子に座らせられたのは降雨の前か、降り始めて間もない頃らしいとのこと。また三時五十分に六限目の授業が終わるのだが、それ以降の被害者の足取りは摑めていない。つまり犯行時刻は三時五十分から五時台半ばの間と考えられている。

彰が変装部の部室で着替えたのが四時前で、部室に戻ったのが四時四十五分くらい。練習中はアリバイがあるので安心したものの、部室に一人残った際に殺害のチャンスがあったわけで、結局はぬか喜びだったようだ。

つまり容疑者の一人。

屋上は契約の警備員が七時に夜回りしたが、内側からロックされていたので油断したらしい。一応ドアを開け外を覗《のぞ》いてはみたのだが、死体が座っていたのは出入口と反対側だったので気づかなかった。逆に朝に回ったときは念のため奥も確認して死体を発見したらしい。

「怠慢ですね。今頃ペナルティを科せられてるんじゃないでしょうか」

ドライに高萩がつけ足す。もしかすると解雇されるかも。見ず知らずの、いや実は見かけたことがあるかもしれない警備員に彰は少し同情した。

いくら雨が降っていたとはいえ、屋上の椅子に腰掛けている被害者に誰も気づかなかったのか不思議だったが、すぐ前に黒い横断幕があってちょうど目隠しになっていたようだ。横断幕の縦幅はせいぜい一メートル弱だが、下から見上げると下半身は校舎で遮られ、上半身が横断幕で隠される感じだ。

吹奏楽部は先週から体育祭のための合同演習をしていて、屋上は使われていなかった。グラウンド脇で揃って行進していたのは、誰もが知っていた。現に彰が特練しているときもパープー五月蠅《うるさ》くて集中しづらかった。

凶器のロープは犯人が持ち去ったらしく発見されていない。優加菜の首には太い擦過傷がぐるりと生々しく残っていた。不思議なことに擦過傷は被害者の手のひらにも残っていた。当初は首を絞められた際に抵抗した痕かと思われたが、本来つくべき指の腹には逆に傷は見当たらなかった。首にも、抵抗する際につくことが多い自傷の痕跡がない。

また近くのホームセンターの監視カメラに、被害者がロープを買う姿が映っていた。レジの購買記録からロープを検証したところ、種類が一致したようだ。

「これらから被害者は犯人を殺そうとして反撃されたと考えられています」

高萩が総括する。つまり被害者の手のひらの傷は、抵抗した際ではなく相手の首を絞めようとしたときについたものらしい。反撃されてパニックに陥ったのか、大した抵抗もなく絞め殺された。外傷は他にない。

「じゃあ、屋上に呼び出したのも被害者なのか」

彰が尋ねると、高萩は「可能性が高いです」と頷いた。

「それで彰のアリバイは？」

変装部の部室にひとり残ったことを話すと、「ないんだ」とあっさり宣言される。「十分もあれば充分だし」

新クラブ棟は四階建てなので屋上は五階に相当する。しかも変装部の部室は屋上へ続く中央の階段のすぐ隣だった。今は秋だが真冬でもスープが冷めずに殺せる距離だ。

「でも俺が戻ったときにはもう制服は盗まれてたんですよ。きっと犯行も終わっていただろうし」

「制服を盗まれたことにして、あとで殺して着替えさせるってトリックはどう？」

まりあが脳天気に呟く。しかも意外と鋭い。実際刑事にも仄《ほの》めかされていた。「すまんすまん、冗談だよ」と刑事にしてみれば軽い冗談かも知れないが、疑われている身となれば一つ一つの言葉が重い。

「まあ、特殊性癖以外の理由で彰がやったとは思えないから置いておくとして、容疑者はいるの？」

とんでもないレッテルを軽く貼りつけながら、まりあが高萩に尋ねかける。高萩はスマホのメモをチェックしながら、

「被害者は人当たりが良くて、人に恨まれる感じではないようです。それは同じクラスの部長のほうが詳しいかと」

「どうかな。全く印象にない」

まりあは首を捻《ひね》っている。当然だろう。彰以上にクラスに興味がない人間なのだ。顔と名前を覚えていただけでも称賛に値する。

「ちなみに桑島さんとの関係も判明していないようです」

「当たり前だ。何もないから」

「本当？」とまりあが絡んでくる。

「顔も知らないんですよ」

「じゃあ、疑わしい人はひとりもいないの？」

「それが……」

急に高萩が口籠《くちご》もる。

「はっきりしないんだ」

彼は云いにくそうにちらちらとまりあを見ていたが、

「被害者が犯人に反撃されたとしたら、殺意の矢印が逆向きになりますが。そうなると、もしかしたら部長が……」

「え、私……どうして私なの」

本当に意外だったらしく、まりあが素っ頓狂な声を上げる。

「実は……」

そのとき、部室のドアをノックする音がした。落ち着いた音で四回。

彰が開けると、二人の男子生徒が立っていた。一人は小柄なぽっちゃり体型で、もう一人はスマートなのっぽだ。デブの方は饅頭《まんじゅう》のような顔に立派な八の字の口髭《くちひげ》を蓄えている。よく見ると髪の色と微妙に違っているので、付け髭のようだが。

「一年の片理《へんり》めり。人は乃公《だいこう》のことをペルム学園のヘンリー・メリヴェールとあだ名するがね。となりは相棒の久留間《くるま》君だ」

小柄な方が偉そうに口を開いた。

「大根？　ハウス栽培でもしてるの」

彰の背後からまりあの間抜けな声がする。

「乃公。一人称のことだ。そんな教養もなく探偵をしているのか」

ずかずかと二人は中に押し入る。まりあは〝探偵〟という言葉に反応したようで、

「もしかしてあなたも探偵？」

まりあは〝ヘンリー・メリヴェール〟では反応しなかったが、たしか四月の事件の時に名前を

耳にした気がする。もとは海外の有名な探偵小説に出てくる探偵の名前だ。彰も昔にジュヴナイルを一冊読んだだけなので、詳細なキャラクターまでは知らなかったが。

「そう云ったはずだが。神舞さん。君も探偵をしているらしいね。ところが失敗続きで一つも解決できないとか」

これ見よがしに鼻で笑う。

「誰？　そんなデマを流してるのは」

まりあの怒髪が天を衝《つ》いているが、客観的には間違っていない。推理が失敗しているかはともかく、解決はできていないのだから。

「蛇の道は蛇というだろ。それで今回も懲りずに探偵をするのかい」

「当たり前でしょ。それで宣戦布告にでも来たの？」

「いや、事情を聞こうと思ってね」

てっきり彰としては自分に来ると思ったら、意外にも片理はまりあを向いたままだ。

隣で高萩が珍しく苦虫を噛《か》みつぶした顔をしている。

「神舞さん、あなたのアリバイを聞きにきたんだよ」

「私？　彰じゃなくて」

今までの興奮は一気に消え、まりあは面食らったタヌキのようにきょとんとしている。

「もちろん桑島さんの話も聞きたいが、先《ま》ず神舞さん、あなただ」

「だからどうして私なの」

腰に手をあて、納得いかないとばかりに問い詰める。

「そこの高萩君が伝えているると思ったが」

高萩は視線を逸《そ》らせた。そういえば先ほどまりあが疑われていると口にしたところだ。

「ねえ、どういうこと。事と次第によったら、タガネであなたの頭蓋骨を削り出すわよ」

「それは勘弁願おうかな」

薄ら笑いを浮かべると、高萩と同様にロープを被害者が買ったこと、そして被害者が殺そうとして犯人に逆襲された可能性があることを説明した。

「それは高萩君から聞いたけど」

「被害者に殺意を抱いていた人物は今のところいないが、被害者が殺意を抱いていた人物はいるんだよ」

「それが私ってこと？」

片理は重々しく頷き、

「君は被害者の高浜優加菜が所属していた部を知っているかい？」

「ううん」とまりあは首を横に振る。「クラスは一緒だけどそう親しくはないし」

「なるほど。では教えてあげよう。彼女が所属していたのは恐竜部だ」

「恐竜部！　ライバルじゃない！」

まりあのトーンが一気に上がる。片理は満足そうに、

「彼女は恐竜部で実績を積み、成績や内申も良かったためD大の理学部、詳しく云えば地球科学

科の内定がほぼ確定していたんだよ」

「私が行くところ」

ぽつりと漏らす。

「そう。しかし君がミヤコサウルスを発見したために、貴重な一枠は同じクラスの君に奪われてしまった」

「つまりまりあ先輩のせいで内定がふいになったと」

彰が口を挟むと、

「そのとおり。内定を横からかっ攫《さら》われたからね。立派な動機にはなる」

「じゃあ、まりあ先輩が犯人とでも」

「失礼ね」まりあが頬を膨らませている。「授業が終わって六時前まで、私はずっと部室にいたから」

「それは僕が証言します。間違いありません」

真剣な表情で高萩が訴えた。

「いや、神舞さんを疑っているわけじゃない」

「どういうこと？　今動機がどうのって」

ぽかんとするまりあをよそに、片理は彰に向き直ると、

「君が桑島さんかい」

「そうだけど」

危険信号が脳裏で回転する。警戒しながら彰は頷いた。

「君を疑う理由は充分にあるんだ」

ぼそっと片理が云った。

「君は神舞さんのお守り役で従僕クンと呼ばれているんだろ。例えば高浜さんから神舞さんを護《まも》るために、桑島さんが先手を打って殺したとも考えられる」

背筋が凍り付く。片理の推測は間違いではあるが、過去においては真実だったからだ。

「面白い反応だね。乃公は少し鎌を掛けただけだが、期待以上の収穫があった」

一年の片理には去年のことなど解るはずもない。だが彼の言葉は鋭い破片となって彰の胸を突き刺した。過去の罪を暴かれるのを覚悟しなくはない。しかし今回は彰は何もしていないのだ。

……もしかすると自分の過去を知る者が罠《わな》に塡《は》めた？

ちらと高萩を見る。彼は無表情だ。しかし……と考えを改める。罠に塡めるにしては回りくどすぎる。この事件なら、彰の所持品をひとつ、それこそ指紋がついた彰のボタンを落としておくだけの方が効果的だっただろう。

「俺が犯人だというのか」

怒りと不安、それらの感情を押し殺して尋ねると、

「可能性の問題だよ。ポケットにボタンが入っていたことをどう思うかい」

そこまで知っているのか。

「俺には判らないさ。むしろ探偵を名乗る君が合理的に説明してくれないと」

「たしかにそのとおりだ」

片理は素直に引き下がった。

「いずれまた。神舞のお嬢さん。次に会うときを楽しみにしているよ」

片理はニヤニヤ笑いながら一礼し、重量感のある足音とともに部室から出て行く。そのあとを久留間が続く。

バタンとドアが閉められたとき、久留間が一言も言葉を発しなかったことに気づいた。

「凄い態度だったけど。なにあれ」

さすがのまりあも呆れている。

「高萩君の知り合いなの？」

「隣のクラスですが、それほど面識は。いつもあんな感じのようですよ」

「反感買わないの？」

「あそこまで突き抜けていると逆に触れづらいんですよ。実際賢いし、事件の解決にも寄与しているようです。それに久留間がああ見えて合気道の有段者なんです。迂闊《うかつ》に絡もうものなら久留間に撃退されますよ」

「合気道。警察関係者なのか？」

「親がそうです。なので事件の情報が入っているのでしょう」

ポジションはこちらと似たようなものというわけか。向こうもそれを知っていて、高萩が既にまりあに伝えていると早合点したようだ。

「それで被害者が先輩のことを恨んでいるというのは本当なのか？」

「はい……それを話そうとしたときに彼らが入ってきて」

申し訳なさそうに謝る。

「有名人は大変ね」

渦中のまりあは他人事《ひとごと》のように呑気《のんき》だ。

「そりゃあ、先輩はアリバイがあるからいいですよ。こちらはとばっちりもいいところです」

どこまで片理は見透かしているのだろう。高萩だけでも厄介なのにさらに片理という探偵まで現れた。彰は気が重かった。

「ところで彰は本当に犯人じゃないよね」

「当たり前でしょ」彰は即答した。「どうして先輩のために人殺しまでしなければいけないんですか！」

つい口調が荒くなる。

「それもそうか」

なにげないその言葉は逆に彰を深く貫く。何も知らないまりあ。

「解った。彰の無実を証明すればいいんでしょ。簡単なことじゃない。あんな髭探偵に負けてらんない」

まりあは力強く宣言している。彰も止める気はなかった。

3

いちど腹を決めればまりあはアクティヴだった。今までと違い有名人になったことで、相手の対応も協力的になっていた。まりあが軽く疑われているという同情もあるのだろう。

翌日、優加菜の友人たちに話を聞くとすらすらと答えてくれた。すらすらというのは、先に刑事や片理めりが尋ねていて予行演習になっていたせいもある。加えて片理の態度が尊大だったので、なおさらまりあに友好的だった。

「たしかに推薦のことではショックを受けてたけど。尊敬する教授の下で教えを受けられると凄く喜んでたから」

そう答えたのは隣のクラスの川跡《かわと》だった。小中と同じ学校で、休日は一緒によく遊んでいるらしい。

「D大は偏差値的にギリギリだから、今から頑張らなきゃと気合いを入れ直してたけどね」

そこまでの学力がなく大学では別れ別れになる予定の川跡は、寂しげに話した。

「凄く前向きだったから。それに神舞さんのことをリスペクトしていて、知識だけでなく自分ももっと現場に行って採取しなきゃと発奮してたし。だから絶対に神舞さんを殺そうとするはずがないの」

最後は犯人の無実を信じる恋人のような口調だった。ともかく優加菜が犯人を殺そうとして返り討ちにあったことは、生徒の間でほぼ事実として浸透しているようだ。

「おしゃれな人だと聞きましたが、化石好きなんですね」

「それどういう意味」

彰の言葉に、まりあがつっこむ。

「そうね。私服はいつも気合いが入ってた。学校にもこっそり香水をつけてきたり、登下校のときだけピアスをつけてたり。推薦を狙ってるのに内申に響くでしょ。でもどれも一生懸命だった」

「動機に思い当たることは」

まりあが軌道修正する。しかし川跡には思い当たるところがないようだ。

「恋人とかはいなかったの」

「一昨年《おととし》はいたけど今は……。いたら話してくれると思うけど。私も話してるし」

去年の彼氏は上級生で、卒業を機に別れたらしい。

「あ、でも、夏休み明けに落ち込んでた。てっきり推薦のことと思ってたけど、今考えればちょっとニュアンスが違った気がする。もしかしたら失恋してたのかな……でもいたら教えてくれるはずだし」

「もしかすると秘密の相手だったとか。先生だったり」

六月にそんな事件が起きたばかりだ。

「そうか。それならあるかもしれないけど。そこまで年上趣味じゃなかったような……」

彼女は再び首を捻る。どうもしっくりきていないようだ。

*

「どう思う?」

部室に戻ったまりあが尋ねてくる。結局あれから数人に事情を尋ねたが、川跡が一番の親友だったのは間違いないようで、彼女以上の証言は得られなかった。

「失恋相手を殺そうとして逆に殺された」

「あり得なくはないですけど、女手で男を絞殺するって難しくないですか?」

彰が異議を唱えると、

「だって、おしゃれな娘《こ》だったんだから、返り血を浴びるような手は使わないでしょ」

「まあ、そのせいで結局返り討ちに遭ったんですけど」

「相手が部長なら小柄だしロープでもいけたでしょうけど」

高萩が混ぜ返す。

「だから私じゃないってば」

まりあは両手を広げて見せた。色白の小さな手だ。美しいかと問われると、採掘やクリーニングのせいで所々無骨になっているが。

「俺でもないですよ」

さりげなく彰も両手を広げた。ロープの跡が残るとは限らないので、何の証明にもならないが。

まりあは一瞥《いちべつ》することもなく、

「問題はどうして彰の制服を着せたのか」

と次の話題に移っている。

「俺に濡れ衣《ぎぬ》を着せるにしても、やり方があると思うんですよ」

「まあ。変質者の仕業に見せかけるなら、服を盗むだけの方が効果的だし」

「何のために男装させたのか。警察はどう考えているんだ？」

高萩に尋ねると、

「探偵の目の前でそれを訊いちゃいます？」

彼はぼそっと呟いたが、

「まだ確証は摑めていないようです。犯人の目的が服を奪うことにあって、そのカモフラージュなのか。あるいは逆に服を着せることにあって、被害者の服を持ち去ったのがカモフラージュなのか」

「でも、服を奪うためのカモフラージュって危険じゃないか」

すかさず彰が反論した。

「吹奏楽部がいなくても屋上には誰でも入れたんだし、服を着替えさせている間に誰か来る可能性もある。単なるカモフラージュのためにそこまで手間をかけるとは思えないが」

「それはそうですね」

高萩も素直に認めると、

「もっと服を着替えさせる積極的な理由があったんでしょう」

「ちょっと、ちょっと。なに二人で探偵みたいなやりとりをしているの。探偵は私なんだから、そういう会話は私を通して」

血相を変えてまりあが割って入ってきた。

4

日曜日に植物園へ行った。

ダリアや百日草が華やかに咲いている。この時期の主役だ。紅葉はまだようやくスタートラインに立ったような地味な色合いだった。

曇りがちだが穏やかな天気なので、人も多い。この前に亜希子と来たときに比べ、家族連れが目立っている。

目的があってきたわけではなく、息抜きがしたかったのだ。四日経ったが、事件に進展はない。高萩の話では、優加菜に隠れた恋人がいたかもという話は警察も得ているという。だがよほど慎重にやりとりをしていたのか、スマホの履歴などを見ても尻尾《しっぽ》が摑めないらしい。逆に云えばその恋人は、誰にも絶対に内緒の相手ということになる。

その頃には優加菜が彰の制服を着て椅子に座っていたことは知れ渡っていた。よしんば彰の名を知らなくても一人ジャージで登校していれば誰でも思い当たるだろう。

かといって状況の不可解さから誰も彰が犯人だとは考えていないようだ。故意か偶然かはともかく、事件に巻き込まれた可哀想な一般人というところだろう。

問題は片理だ。彼はどこまで知って鎌を掛けてきたのか。それが不安だった。

高萩の話では探偵として有能らしい。それならば今回の事件で彰に濡れ衣を着せることはないだろうが、いつ好奇心から去年の事件をほじくり返さないとも限らない。

なぜ自分が悩まされないといけないのか……結局今も従僕クンだからなのか。

池の畔《ほとり》の四阿《あずまや》で漂うサギをぼんやり眺めていると、背後から肩を叩かれた。

振り返ると亜希子がいた。

意外ではなかった。予期していたわけではなかったが、うっすら期待していたのかもしれない。

「どうしたの、こんなところで？」

逆光で軽いウェーヴがかかった髪の毛先が輝いて浮かび上がっている。

「気晴らしだよ。君にいい気晴らしの場所を教えてもらったから」

「でも休日だと人が多いでしょ」

「それでも、街中《まちなか》や部屋にいるより大分ましだよ。君はカメラ？」

「これから紅葉が始まるでしょ。移り変わりを全て収めようと思って。私、紅葉のシーズンが一番好きなの。生きてるって感じがして」

「俺はにぎやかなのはちょっと」

やさぐれ気味に彰は答えた。

「塞《ふさ》ぎ込んでるの。やっぱりあの事件のこと？」

「まあね」

学内のほとんどが知っていることだ。当然亜希子の耳にも届いているだろう。

「まあ制服くらいなら犯人扱いされないでしょ。そんなに気にしなくても」

ボタンのことまでは知らないらしい。片理は当日に知っていたが、情報の拡散に差があるのだろう。もしポケットに被害者のボタンが入っていたことが知られたら、もっと疑われていただろう。目の前の亜希子にも。

「せっかくポジティヴになったのに、ついてないね」

「むしろ怪訝《けげん》に思ってなかったか？」

「桑島君てポテンシャルはあると思うよ。やる気ないだけで」

「ひとをニートみたいに」

彰は再び池のサギに目を遣ろうとした。しかしサギは飛んでいなくなっていた。

「神舞さんのお守りが終わったらどうするの」

「さあ。どうするんだろう」

ずっと先送りにしてきた問題だ。まさかまりあがこんなに早く独り立ちできるとは思っていなかったせいもある。

「君も夢がないんじゃなかったか」

首から下がった一眼レフを見ながら彰は尋ねた。写真は夢ではなく単なる趣味だと云っていた。

「そんなこと云った？」

やはり嘘だったのだろうか。だがすぐに溜息を吐きながら、

「云ったかもしれない」

「曖昧な答えだな」

「夢がなくて羨ましい、と云ったら失礼になるかな」

「俺が？」

「そう」

馬鹿にされている？

「夢がないってことは、これからできるかもしれないってことでしょ」邪気のない笑みを亜希子は浮かべている。「今から選び放題。桑島君、やればできると思うんだけどな」

「根拠のない合言葉はいいよ」

彰は眉を顰《ひそ》めた。中学の時、足を痛めてバスケをドロップアウトした。その時もチームの仲間やクラスメイトたちが再びバスケを始めることを応援してくれた。やればできると口を揃えて。医者もリハビリを頑張れば、いずれ元通りにできると励ましてくれた。

だが力を入れると足がうずく。今でも全速で走ることはできない。自分のことは自分が一番よく知っている。そのつもりだった。

もしかすると彼らの方が正しかったのかもしれない。バスケを止《や》めて三年。今になってそう思

い出した。単に辛《つら》いことから逃げたかっただけなのではと。

きっかけはまりあだ。まりあはクラスメイトはもとより全校生徒から奇人変人扱いをされていた。しかし化石掘りを止めなかった。結果的にばれていたとはいえ、苦心して親にも隠していた。誰にも賞賛されることなくただただ化石を掘り続けて、いま栄誉を手にしている。

彰とは正反対だ。

「また難しい顔をしてる」

「どうして俺に構うんだ？　別に面白くもないだろ」

「そうねえ」

頬に人差指をあてて亜希子はしばらく思案したのち、

「私、好きなのかも。死の匂いが」

驚いて顔を上げたとき、キスをされた。不思議と今日は甘い匂いはしない。

「私、兄がいたんだ」

そう囁《ささや》いた瞳は色がなく虚《うつ》ろだった。

5

月曜日。昼休みに中庭のベンチに座った。

じゃりと音がする。制服に汚れがついた。今日から新調したばかりなのに。彰は舌打ちした。

「何やってるの」

最初から見ていたのだろう、通りがかったまりあが笑う。

「つくづく運がないと思って。天中殺《てんちゅうさつ》にでも入ったんですかね。見てくださいよ」

彰は立ち上がるとまりあに背を向けた。自分では視認できないが、背中と尻に砂がついているはずだ。

「確かにお祓《はら》いをしてもらったほうがいいかも。この前インターネットですごく御利益がある水というのを見つけたんだけど、彰も買ってみる？」

「結構です。それならパワースポット部かパワーストーン部に助けを借りますよ」

ベンチを見ると彰が座った人型ががっつり残っている。型抜きしたスポロガムみたいに。腕まで残っているので、背中だけでなく腕にも砂がついているようだ。彰は慌てて払い落とす。

まりあは最初あははと笑っていたが、突然閃《ひらめ》いたのか、

「黄砂よ、黄砂。黄砂だけに限らないけど」

と意味不明な内容を口走った。興奮のあまり彰の腕を引っ張り込む。この前同様に思わずまりあの胸元に顔をぶつけた。ただ今回はフローラルな香りはしなかった。まりあは構うことなく、

「屋上に行こう。確認したいことがあるから」

早口で捲《まく》し立てる。

新クラブ棟に向かう途中に見上げると、〝ＳＥＸ研究会〟の横断幕がまだ下がっていることに気づく。事件のあと気が進まなくてクラブ棟には近寄らなかった。てっきり撤去されたものと思

っていたが、学校当局も事件の処理に追われて下ネタ横断幕どころではなかったのかもしれない。週が変わったせいか、現場となった屋上は開放されていた。もちろん被害者が座っていた椅子は回収されている。ただそれ以外の椅子やベンチは手つかずだった。どこで聞きつけたのか、いつの間にか高萩も同行していた。

しかしそんなことは椅子が消えた殺害現場の人影に比べれば大したことはなかった。小デブとのっぽのコンビ。片理たちが先客としていたからだ。

「現場百遍かい？」

片理が尋ねるが、

「ここに来るのは初めてだけど。それに私には一回で充分。もう判ったから」

「ほう。それは奇遇だ。乃公も桑島さんの無実は証明できそうだよ」

意外な言葉に彰は驚いた。

「俺の無実を君が？」

「まさか乃公が君を犯人に仕立て上げると思っていたのかい。見損なってはいけない。乃公は真実のエヴァンゲリストなのだから」

まりあが呆気《あっけ》にとられているのをいいことに、片理がリードする。

「そこでだ。君が今し方こちらを見上げるのが見えたのだが、〝SEX研究会・部員募集中〟の横断幕には気づいたのかい」

「あの下品な横断幕だろ。君の悪戯なのか？」

「まあ、悪戯といえば悪戯だが」

片理はにんまり笑うと、

「横断幕の裏地が透けているから、ゆっくり見ればいい」

意味ありげに促すので、彰は手摺の前に来て横断幕を裏から読んだ。横断幕には〝SFX研究会・部員募集中〟と書かれていた。

「どういうことだ。確かにSEX研究会って」

「なにそれ、嫌らしい。彰っていつもそんなこと考えているの」

まりあが顔をしかめる。

「いや、だって」

どういうことだろう。彰には理解できなかった。自分でも気づかない何らかの欲求不満が彰にそう錯覚させたのだろうか。それならますます彰は終わりだ。

「いや、遥堪たちも見てたはず」

大事なことを思い出した。彰だけでなく彼ら三人も下ネタを笑っていた。決して彰の妄想ではない。

「その通り。この話は遥堪さんたちから聞いたんだからね」

思惑通り進んでいるのか満足げだ。

「それではこうしよう。久留間君」

久留間は白いタオルを手摺の下に近づけた。ちょうどFの字の下だ。風でタオルがたなびき欄干の基部と横断幕の隙間を埋める。

「先ほどもこうしたんだよ。誰か気づくかと思ってね。幸い君たちだったので話が早かったわけだが」

「つまり俺はFとEを見間違えたと云うのか」

「その通り。だが話はそれだけではない。こうやって白いタオルをはためかせなければFがEにならないのだから、君たちが誤認したとき何か白いものがFの文字の真下にあったことになる」

付け髭をなでつけながら、片理は語る。

「そして君の服が盗まれたことでも判るとおり、あの時間帯は被害者が現場にいた可能性がある」

「じゃあ、椅子に座っている被害者のせいでEに見えたってことか」

「いや、見ての通り制服は白くない。では何が白く見えたか」

「制服を脱がされたブラウス姿の被害者が座っていたのね」

まりあが口を挟む。なるほどと彰は感心した。こういう場合だけ頭の回転が速い。

「ご名答」片理はにやりと笑うと、「これで解ることがある。被害者はその場で着替えさせられたのではなく、最初に制服を脱がされ、しばらく椅子に座らせられて、そのあと服を着せられた。生きた人間が肌寒い屋上でじっと座っていたとは考えられないからね。つまりタイムラグがあるということだな。おそらく服を探しに行っていたのだろう。幸い階下の変装部ががら空きだったから、すぐに調達できたが。以上のことから殺人は被害者が椅子に座らされる前に行われたと考えられる。そして君自身やその友人が〝ＳＥＸ研究会〟を目撃したことで、君のアリバイは完璧に立証されたというわけだ。コングラチュレーション！」

尊大で偏屈なだけかと思えば、途端に陽気になる。

「じゃあ、犯人は誰？」

当然の疑問をまりあが口にする。

「そこまではまだだよ。これからの捜査次第だ。ただ、なぜ犯人が制服を盗んだのかは明瞭だ。犯人は女装したんだよ。現場から抜け出すために。いつ誰に目撃されるか判らない。女装するのが一番安全だ。服装で性別を変えれば特定も難しくなる。そのために制服が必要だった。そして女装に使ったあとで服を返すことはできなかった。体毛や体液が付着していないとは限らないからね」

「じゃあ、なおさら彰ではないか。彰が女装したら逆に目立ってしまうし」

「そうだな。しかしそこの高萩君なら中性的だし女装しても気づかれないだろう」

割と厳しい視線が高萩に向けられる。

「何云ってるんですか。僕はずっと部長と一緒に部室にいたんだから」

「ああ、そうだった。アリバイがあったな。忘れてくれ」

あっさりと矛を収める片理。彼も高萩の正体について察するところがあるのだろうか。

ともかく彰の疑いも晴れた。和やかに終わりかけていたとき、

「何云ってるの。犯人は女。黄砂がそう云ってるんだから」

全員を引き留めるように、まりあが声を上げた。

「ずっとあなたばかり喋《しゃべ》って。今度は私の番でいい?」

自信に溢《あふ》れた主張に一瞬怯《ひる》んだ片理だったが、すぐに余裕の態度を立て直すと、

「いいだろう。何事もフェアじゃないとな。じゃあ、神舞さん推理をどうぞ」

謙《へりくだ》るように片手を前に出し、紳士的な態度でまりあに見せ場を譲る。まりあは気をよくしたのか得意げに一歩前に出ると、

「最近の黄砂、酷《ひど》いでしょ。ほらさっき知らずに座った彰もご覧の通り」

催促された気がしたので、彰が片理たちに背中を向ける。あらかた払い落としたがまだ汚れているのは判るだろう。

「屋上の椅子は吹奏楽部もいなくてずっとほったらかしだから、中庭以上に汚れていた。もし犯人がそこに腰掛けたらどうなると思う?」

「制服が汚れますね」

久留間が答えた。彼の声は初めて聞く。思っていた以上に低く渋い声だった。

「そう、背中とお尻にべったり。ついでに腕も。話では高浜さんが犯人を殺そうとしていたんでしょ。もし反撃して殺したあと思わず椅子に腰掛けてしまったとしたら」

「制服が汚れるでしょうね」

再び久留間。ライバルの探偵といえども聞き役は彼の役目のようだ。

「だから服を奪ったの。それゆえ犯人は女。女装で一旦は誤魔化せても堂々と下校することなん

か出来ないし。そもそも女装ならリボンも持ち去るはず。リボンは汚れなかったから持ち去らなかった」

胸元のリボンをこれ見よがしに強調しながらまりあが力説する。

「でも椅子に腰掛けただけで制服が黄砂で汚れるのなら、殺されたあとの被害者の服も黄砂まみれだったのでは？　交換する意味がないようですが」

議論慣れしているのか即座に久留間が反論する。

「高浜さんは殺されたときほかのベンチに倒れ込んだかもしれない。ちょうど隣に斜めに向いたベンチもあるし」まりあは座面と背に細い横板を粗く並べたベンチを指さした。こちらは木製だが風雨による劣化が顕著だ。「犯人の椅子は北を背にして座面と背が一体だったから、北風で黄砂が吹き飛ばされることなく蓄積する一方だったかも」

「なるほど」と久留間が頷く。「しかし……そもそも桑島さんの服を盗んで着せた理由にはならないのでは」

「プラスチックも古くなればささくれ立ってくるでしょ。制服を引っかけたかもしれないし、手や腕に擦り傷ができたかもしれない。もし椅子に犯人が座った痕があったなら、警察も念入りに調べるでしょう」

「それなら代わりに被害者を座らせるだけで良かったのでは？」

「ブラウスと制服では腕や胴の幅が違いすぎるから。もしかすると一旦座らせてみたけど、痕の方が一回り大きいことに気づいたのかも。それで代わりの衣裳をなんでもいいから階下の変装部から持ってこようとしたんだけど、ちょうど男子の制服があったから、それを使ったの。結局雨が降って、全て洗い流されてしまったけど」

「それが俺のというわけですか」

「でもそれでは犯人は男でもいいのでは？　女装して一旦避難したあと、落ち着いた場所でジャージなりに着替えて下校すれば」

久留間の問いにまりあはバカにするように、

「なに云ってるの。犯人はラッキーにも彰の制服を手に入れたのよ。男だったら被害者に着せずにそのまま自分が着て帰ればいいじゃない」

まりあに理があるようで、久留間が口籠もる。

「ボタンについては？　かくいう乃公もまだ朧気《おぼろげ》にしか見当がついていないが」

ようやく本丸の片理が重い口を開いた。

「それなんだけど。四限目に体育祭の練習があったんだけど、制服に着替えたとき高浜さんと服を取り違えてたの。どちらかは判らないけど、うっかりしてたのね。それで昼休みに彰に無理矢理抱きつかれたんだけど、そのとき彰のポケットに高浜さんのボタンが入ったんじゃないかな」

あっけらかんとまりあが説明する。一部事実に重大な誤認があるが。

そういえば高浜が呼んでいるとまりあは声を掛けられていた。あれは制服を取り違えたせいだったのか。

「待ちたまえ。君が被害者と制服を交換していたなんてそんな話聞いていないぞ。情報が足りていないのはどういうことなんだ」

　ずっと余裕の表情だった片理が、初めて顔を赤らめる。

「ゲームじゃないんだからいいでしょ、別に。私たちは探偵だし、事実さえ判れば。それに翌日に気づいて、刑事さんにはちゃんと話してあるから」

　どこ吹く風のまりあ。片理は久留間を睨みつける。久留間は両手を合わせて平謝りだ。

「ゴホン……それで犯人は誰なんだ」

　威厳を取り戻そうといつもよりゆっくりと芝居がかった口調で片理が尋ねた。

「そこまでは知らない。……でも彰が犯人じゃないと解ったんだから充分でしょ」

「それでも探偵か」

「私は化石美少女だから」

　前の事件からこのフレーズを気に入っているようだ。誰も云ってくれないので、自称するしかないのだろうが。

「なら決着はまだついていないということでよろしいか」

「いいけど。あなたも彰が無実だと証明してくれたんだから、これで借りを返したことにしてあげる。だけど、犯人は女。それは私のポイントね」

　久々のまりあの勝利だった。そして高萩の目の前での勝利でもあった。

「俺はこれから帰ります」

新クラブ棟を出たところで、彰は唐突に別れを告げた。

「ちょっと、部室に寄らないの。冤罪《えんざい》を晴らしてくれた恩人に失礼じゃないの」

背後からまりあの声がする。正しくは冤罪を晴らしたのは片理だが。

「すみません、急用を思い出して。明日必ず寄ります」

振り返ることなく彰は答えた。玄関ではまだまりあがぶつぶつ云っている。彰は意志が固いオルフェウスのように最後まで振り返らなかった。いや振り返れなかったのだ。

なぜなら彰の顔は鬼のように強《こわ》ばり青ざめていたからだ。知らない人が見れば、きっと人を殺してきたばかりと錯覚するだろう。現に彰とすれ違う生徒がみな、彰の顔を見て思わず道を空ける。まるでペルム学園のモーゼだ。

……昼休み、まりあと優加菜は服を取り違えていた。あのときのまりあはフローラルな香りがしたが、さっきはしなかった。きっと優加菜の香水がブレザーに染みていたのだろう。

そこまではいい。問題はそのあとだ。彰はあの日同じ匂いを嗅いでいた。亜希子と相合い傘になったときだ。そのときは女子はみなそんなものだと思っていた。しかし昨日の亜希子からはあの匂いはしなかった。もし亜希子の香りも制服由来のものとすれば……。

亜希子が優加菜の制服を着ていたことになる。

もし秘密の恋の相手が教師ではなく亜希子だとしたら……。

彰は目の周囲に力を溜め必死に涙を堪《こら》えていた。いや、自分で気がついていないだけで泣いていたかもしれない。

第六章　三角心中

1

十二月半ば、暖冬の京都に突然の雪が降った日。ペルム学園にスキャンダラスな事件が起こった。

ペルム学園の裏手、新クラブ棟の奥には深い森が広がっている。といっても学園の敷地はほんのわずかで、大半は隣の寺院のものだ。応仁《おうにん》の乱の際、陣地の一つがあったといわれる由緒ある寺院で、境内の森がわずかにペルム学園側にはみ出していると云った方が正しいだろう。

どのような経緯で森の一部が学園側に取り残されたのか、あるいは開校時に学園側が整地しなかったのかは知らないが、航空写真ではひと繋《つな》がりに見える森の端が、地図上では学園の敷地として境界線で分断されている。

学園と寺院の境界は網のフェンスで区切られており、散歩がてら森に足を踏み入れた参拝客が誤って学園に迷い込むことはない。

学園側の森は新クラブ棟の裏手から土の階段を少し上った小高い所にあり、中央にはクスノキの巨木が聳《そび》えていた。高さ二十メートルほどで、幹回りは五メートルを優に超すだろうか。頭の高さより上で三つの太い幹に枝分かれしている。

寺院の森にはそれを上回る古木が多く聳え立っているので目立たないが、学園側では数メートルほどの周囲の雑木を威圧するように突き抜けて屹立《きつりつ》していた。脇役の雑木たちも、クスノキに遠慮するかのように、クスノキの周りを少し空けて生えている。

そのクスノキはいつの頃からか〝愛染《あいぜん》クスノキ〟と生徒たちに名付けられていた。隣の寺院の本尊が愛染明王というのも関連しているのだろうが、有名な『愛染かつら』にひっかけて昭和の頃に呼ばれはじめたらしい。

彰自身は『愛染かつら』の内容を知らないので相違は解らないが、ペルム学園の〝愛染クスノキ〟は、恋人同士が赤い紐《ひも》を互いの手首に繋いで一周し最後にキスをすることで永遠の愛が結ばれるといったものだった。

赤い紐は愛染ロープと呼ばれ、願掛けに使われたあとは四方に伸びる枝に引っかける習わしになっている。またカップルだけでなく片想いをしている者も、愛染ロープを手首に巻き相手のことを想いながら一周するらしい。もちろんそのあとは同様に枝に引っかける。

そのため枝には赤い紐が常に十本、二十本とおみくじのように掛けられている。定期的に学校当局が回収しているのでどれもみな新しい。愛染ロープは結構長く二メートルほどある。太さは荷作りの縄ぐらい。形状や長さが似たり寄ったりなのは、近くの雑貨屋で愛染ロープがこっそり売られているからだ。縁起物なので、多くの生徒はそこで買うが、人目を気にするカップルは離れたホームセンターなどで類似品を買うらしい。

七不思議のようなオカルトではなく、むしろパワースポットとしてプラスイメージの強い愛染クスノキだが、悲劇はそこで起きた。愛染ロープを使った心中事件だった。

ちょくちょく殺人事件が起きているペルム学園ではあるが、殺人事件なら日本のどこでも起きている。一日二、三件の割合とも聞くので、身近さを除けば珍しいことではない。心中事件も殺人事件に比べれば少ないが、それなりにあるだろう。

ただ今回のケースは一風変わっていた。

愛染クスノキの太い枝に赤い愛染ロープをかけて男子生徒が首を縊《くく》っていたが、その両側に女子生徒が二人死んでいたのだ。女子生徒は太い幹の両サイドに、幹に凭《もた》れかかるように座って息絶えていた。女子生徒たちの片方の手首に繋がれた愛染ロープは、それぞれ男子生徒の左右の手首に結わえられていた。宙に浮いた男子生徒と両脇に座って控える女子生徒たち。まるで御来迎《ごらいごう》の阿弥陀《あみだ》三尊のような綺麗《きれい》な三角形を形作っていたらしい。

当日は夕方四時五十分から予報にない雪が降り始め、心中死体が発見された五時十五分頃には少年少女たちの身体には冷たい雪が降り積もっていたという。白銀の世界の三人心中。

それだけでも異様なことなのだが、この事件にはもう一つ悲しいエピソードが付随していた。

都市伝説などで廃墟探検に行った少年が幽霊ではなく親の自殺死体を発見するという話を聞いたことがあるが、第一発見者が男子生徒の妹だったのだ。片想いの願掛けに部活を抜け出し愛染クスノキへ向かったところ、運悪く心中死体に出くわしたという。

彰は愛染クスノキの世話になったことはないが、片想いの成就のため胸をドキドキさせながら向かった場所で兄が心中していた。もし自分が当事者なら一生のトラウマになり、寺社の初詣や願掛けすら躊躇《ちゅうちょ》するようになったかもしれない。

そういったスキャンダラスな様相も手伝って、翌朝の金曜には全校生徒が心中の話題を口にしていた。

*

「従僕クン」

ふと耳に入った。教室を見回してみたが誰かが呼んだわけでもない。空耳だったのだろうか。

懐かしい響きだと、彰は思った。

まりあが化石の発見で注目されてから、〝従僕クン〟の呼称はめっきり聞かなくなった。それまでは奇人変人の介護ということで認知されていたが、まりあが脚光を浴びたことで、彰の存在ごと見事にかき消されてしまった。昼間に月が見えないのと同じ原理だ。

その分平和な日常が続くはずだったが、この二ヶ月彰は心安まる日はなかった。

理由は入口近くで友達と談笑している鹿沼亜希子のせいだ。今もつい亜希子を目で追っている。気づいたのか、話を切り上げ亜希子が近寄ってきた。机の脇に立ったまま、

「どうしたの？　彰君」

口許《くちもと》に笑みを浮かべながら、怪訝《けげん》そうに尋ねかけてくる。トロンとした瞳の眩《まぶ》しさと口許の妖しさに思わず視線を逸《そ》らす。

「いや。別に」

十月に起こった高浜優加菜の殺人事件から二ヶ月が過ぎている。犯人は未《いま》だ逮捕されていない。そのため亜希子はまだ教室にいる。毎日登校し、普通の生徒に混じって勉学に励んでいる。

おそらく亜希子は、自分が殺人犯だと彰に気づかれたとは思っていないだろう。植物園でのキス以降、恋愛が不慣れな男子がまだ動揺しているくらいに感じているはず。

それならばどれほど良かっただろう。

しかしどういう理由で自分にキスをしたのか、彰には解らなかった。正当防衛とはいえ、痴情のもつれで恋人を殺して間もないというのに。過去形の兄というのも実在するのかどうか。

自分が朴念仁《ぼくねんじん》だからなのか、亜希子が訝《おか》しいのか……。誰にも相談できないため答えの糸口さえ見つけられていない。

亜希子とはあれから何度か植物園に行き紅葉を撮り、ついでに映画や買い物に行ったりもした。

「週末、植物園に行かない？」

いつものように無邪気に誘ってくる。亜希子の白くか細い指先がこっそりと机の上の彰の指に触れる。恋人を殺した血に塗《まみ》れた指先。

「ごめん、週末は古生物部が忙しいんだ」

再び視線を逸らし彰は断る。

「そう。残念だけど、また今度ね」

亜希子も深追いはしない。ウェーヴがかかった茶色い髪を軽くかき上げ、

「この前の化石の研究発表が年明けにあるんでしょ。古生物部も忙しいのね」

亜希子の誘いの半分ほどは、古生物部を理由に断っていた。もちろん本当に古生物部が忙しいわけではない。大学の調査団の会合にまりあは顔を出しているようだが、彰は同行していない。

事件のことが彰にブレーキを掛けていた。全て断らないのは、推理自体が自分の勘違いの可能性もあるからだ。それに……殺人犯なのは自分も同じだった。そう、自分の手も血に塗れている。

彰が血に汚れた手で亜希子の深紅の指先に触れ返すと、彼女は満足げに微笑《ほほえ》んだ。

死の匂いが好きと云った亜希子。それは自身のことなのか、何度も巻き込まれた彰のことなのか。それともかつて彰が犯した罪のことなのか。

あとで紅葉について調べると、あれは冬に備えて養分の供給を断ち切られた葉の、いわば餓死寸前の姿らしい。

「そういえば、あの事件のこと聞いた？」

話は自然と心中事件の話題へと移っていく。

「岡留《おかどめ》君があんなことをするとは思ってなかった」

岡留幸輝《こうき》。首吊り自殺した男子生徒の名だ。クラスは違うが同じ二年生。

「知ってるんだ。俺は名前も顔も知らない」

「そうだと思った」

先刻承知とばかりに、亜希子はあっさり頷《うなず》く。同じクラスでもまともに話したことがない者が多いのに、別のクラスの人間など知るわけがない。ちなみに二人の女子生徒、朝霧絵里南《あさぎりえりな》と木上《きのえ》瑠衣《るい》も岡留と同じ二年四組だ。この二人も当然ながら彰は知らなかった。

「心中なんかしそうにない感じなのか」

「そう。大人しく、地味な感じだから」

否定になってないように感じる。彰の表情から読み取ったのか、前かがみになって顔を近づけると、

「ほら、大人しい人って、自殺はしても他人まで巻き込まないというか……。もちろん相手から誘われたら従ってしまうかもしれないけど」

そう力説する。

「そうなんだ。それじゃあ、逆に朝霧さんか木上さんに誘われたと」

「朝霧さんは明るい娘《こ》だったけど木上さんは情緒が少し不安定だったから、誘ったとしたら木上さんだけど……それなら朝霧さんがどうして一緒につきあったのかと。むしろ必死に止めそうな気がするけど」

彰は三人の人柄を知らないので、黙って頷くしかない。尤《もっと》もどうして恋愛の神様の前で二人ではなく三人で心中したのかという根本的な謎があるのだが。

「三角関係がこじれた結果の〝三角心中〟とか云う人もいるみたいだけど……そもそも岡留君が

そんなにたくさんモテたとは思わないし」

酷《ひど》い云い草だ。彰はいっそうノーコメントを貫く。

「今、一番噂《うわさ》されているのが、岡留君が無理心中をしたという説でしょ。それが一番ないと思うんだけどな」

細い眉を顰《ひそ》めながら亜希子が尋ねかける。

無理心中説が出てきたのは二人の女子の死因だった。二人とも背後から絞殺されていたのだ。凶器はそれぞれの手首に結わえられていた愛染ロープ。首に残された索条痕と縄目が一致し、またロープに付着していた皮膚の欠片《かけら》も一致した。

昨日の今日なので情報は錯綜《さくそう》し、不確かなデータを元に、全校生徒が心中派と無理心中派に分かれていた。

心中ならば岡留は同意のもとに二人を殺害し、赤い糸よろしく手首に愛染ロープを巻き最後に首を吊っただけだが、無理心中なら無理矢理二人を殺害したあと、愛染ロープを二人に巻きつけ自殺したことになる。まるで死後も女子二人の魂を縛り付けるリードのように。

心中にしては三人という人数が不自然なので、無理心中派の方が優勢らしい。そのため岡留には片想いの純愛どころか、欲張って二人の女を独占しようとした〝強欲変態殺人魔〟という恥ずかしいレッテルが貼られつつあった。

本当に無理心中なら仕方がないが、もしまっとうな心中事件なら、不名誉のあまりもう一度死にたくなることだろう。

ただ亜希子のように少しでも岡留のことを知っている者は、とてもそんな兇悪になれる人間でないとみな首を傾《かし》げているようだ。

先ほど戸口で談笑していた女子は強欲変態殺人魔派で、「人は見かけによらないから」と亜希子の主張を全く信じてくれなかったそう。当然亜希子は不満げだ。

「彰君は信じてくれるよね」

トロンとした瞳で訴えかけてくる。思わず頷いてしまいそうな純粋な輝き。

とはいえ今目の前で他人の死後の名誉を必死に擁護している亜希子が人殺しだとは、誰も信じないだろう。彰自身も今なお信じられないのに。

「人は見かけによらない」。その言葉につい頷きかけるが、危うく呑《の》み込むと、「鹿沼がそう云うのなら」と無難に返答した。

亜希子は不満そうに人差し指を立てたが、口を開く前にチャイムが鳴り、朝のホームルームが始まった。

2

古生物部に顔を出したのは週明けの月曜のことだった。部室へ来るのは一週間ぶり。亜希子の誘いを断る理由にしながら、部室からも足が遠のいていた。リストラされたのに出勤を装っているサラリーマンのように、放課後に古生物部に行くふりをして変装部でぼんやりしている日も多かった。

十月の事件が未解決なままなので、まりあの興味が低空飛行のまま持続している。古生物部が順調なので日頃はそうでもないが、ふとした拍子に彰の顔色や言動から見抜かれるのではないかと、自然と足が遠のいていた。まるで彰自身が殺人犯のようにまりあを警戒していた。

「彰は心中事件だと思う?」

部室に入るなりまりあが尋ねてくる。既に高萩も部室に来ている。最近よく見る光景だ。

化石発見からの一連のお祭り騒ぎは鎮火していたが、お墨付きを貰《もら》ったうえ進学が内定し後顧の憂いもなくなったため、まりあは暇を見つけては化石探しに精を出しているらしい。のんびりしているのはまりあだけでなく推薦が決まった三年生は同様で、年明けから共通テストが始まる他の生徒からは怨嗟《えんさ》の目で見られている。毎年恒例の風景だ。

とはいえ、華やかな成績を残しスポーツ推薦などで内定した一握りのスターには、むしろ羨望《せんぼう》の眼差《まなざ》しが向けられている。まりあへの視線もスターの側のものだった。週末もミヤコサウルスの件で大学に招かれていたらしい。彰の代わりに高萩を助手として行ってきたとか。

「やる気のない彰じゃなくて、双葉君に部長になってもらおうかな」

そんな厭味《いやみ》も云われたが、実際それでいいかもという気になっている。護《まも》るべきまりあが卒業した部室に従僕クンは必要ないだろう。いや、それどころかこのペルム学園にすら必要ないかもしれない。

まりあの推理能力を察知した高萩の出方が心配だが、卒業すればさすがに諦めるだろう。不確かな不安のために新たな殺人を重ねるほど愚かではないはずだ。

屋上の事件の推理ではまりあは真相まで辿《たど》り着けていなかった。このまま彼女の能力が顕在化しないことを願うしかない。

全くアンビヴァレントだった。彰が顔を出せば出すほどまりあが真相に近づくかもしれない。とはいえまりあと高萩だけにしておくのも不安だ。それが今の部室に来る頻度に繋がっている。と、そこまで考えてふと疑問が浮かんだ。真相に辿り着いて欲しくないのは、まりあの能力がばれるのがまずいから？　それとも亜希子を逮捕されたくないから？

「どうしたんです？　いきなり心中事件のことなんて」

彰はびっくりして訊《き》き返した。心中事件の三人はみな二年だ。三年のまりあには接点がない。去年は部活の存続のため、生徒会の鼻を明かそうと推理ごっこをしていた。部の安定が保証され、しかも大発見により化石発掘に憂いがなくなった今は関係ない。今年に入っては彰を始めとして誰かに火の粉が降りかかったからという立派な理由があった。だが、今回はそれも関係ない。

「珍しいですね。先輩の気にかかることがあったんですか」

それともまた片理に焚《た》きつけられたのだろうか？

「だって心中でしょ。あの愛染クスノキで。しかも三人。気にならない？」

実際気にならないので、気になるまりあに驚いたのだ。

「三人とも同じクラスでしたから。何かあったのかもしれませんね」

「本当に心中なんですか？　俺にはちょっと」

まりあの隣に座っていた高萩が呟《つぶや》く。どうやら彼は無理心中派のようだ。

あのあと亜希子に聞いたのだが、岡留は二人と交際していたわけではなかった。朝霧絵里南とは小学校からの幼なじみで仲は良かったらしいが、木上瑠衣にはむしろ避けられていたらしい。というのも中学の時、木上に告白して断られたとか。もちろん岡留が振られてもしつこく迫ったとかストーカーをしたというわけではないが、振った手前、振られた手前、二年で同じクラスになってから距離を置いていたという。

その意味で、心中派の亜希子にとっては悩ましい状況だが、クラスが一緒になったからといって岡留が再び意識し始めたことはないという。

「じゃあ双葉君は無理心中と思ってるの？」

「俺だけじゃなく、警察もその線で追っています。遺書も残っていませんでしたし」

高萩の親は警察に顔が利くらしい。この学園に入学させているので、それなりの地位にいるのだろう。いつの間にか高萩の自称が変わっていることに気づいた。心境の変化でもあったのだろうか。なにか背伸びするような……たとえば恋愛とか、殺人とか……。

「無理心中にしても、どうして二人と。欲張りじゃない？」

強欲変態殺人魔を見る冷えた目つきでまりあは吐き捨てる。

「そんな人ではないようですが。警察は神経が追いやられて思わず決行したと考えています。どうも家庭環境が複雑だったらしく」

「人は見かけによらないから。彰ももしかしたら」

冗談だろうが、どきっとする。

まりあの言葉には説得力があった。彰もクラスメイトから見れば暗く冴《さ》えない従僕クンだろう。誰も人を殺せるとは思っていない。

「発見したのは妹なんでしょ。可哀想」

「再婚した連れ子同士で、義理の妹のようです」

「そうなんだ……」

死体を発見したのが妹なのは知れ渡っているが、義理の妹なのは初耳だった。

「それがですね。まりあさん」

高萩はことさら興味を惹《ひ》くよう、声を潜めた。

「冷遇されていたようです。継母に。心中に走った原因はそれじゃないかと」

高萩はあえて心中と表現したが、警察内で無理心中説が強いのなら、家庭内のストレスで二人殺して自殺したことになる。

高萩によると、再婚したのが五年前。当初は問題なかったらしい。それが岡留が高校に入った頃から母親に冷たく扱われるようになった。父親に愛人が出来て家を空けることが多くなり、それで母親の態度が豹変《ひょうへん》したようだ。岡留も被害者のはずだが、義母の目には父側の人間と映ったのだろう。高校での成績も悪く……成績と家庭環境の悪化とどちらが先かは不明だが、このままでは進学も危ういと三者面談で釘《くぎ》を刺されたらしい。

妹は母親ほど露骨な態度は示さなかったが、多感な年齢ということもあり、暗く冴えない兄に厳しく当たることが多かったようだ。

いわば四面楚歌《そか》な岡留だったが、唯一の癒やしが幼なじみでクラスメイトの朝霧絵里南だった。といっても二人は交際していたわけでなく、むしろ事件の数日前に絵里南から「好きな人がいるから恋愛成就に協力して欲しい」と打ち明けられ、落ち込んでいたという。

「つまり家にも学校にも居場所がなくなったから、自棄《やけ》になって昔好きだった木上さんと今好きな朝霧さんの二人を道連れに自殺したと？」

まりあは呆《あき》れ返った声をあげた。岡留のプライヴェートの事情は彰も初耳だったが、たしかにここまで聞くとあまりに追い詰められすぎて箍《たが》が外れまくった印象がある。一本を残して全ての剣が刺さった黒髭《くろひげ》状態。

「動機も揃《そろ》っているなら、無理心中に間違いないんじゃ」

強欲変態殺人魔のイメージを一層強固にしたらしく、まりあは華奢《きゃしゃ》な肩をすぼめて身震いしている。

「でも妹も可哀想。義理とはいえ兄の心中死体を発見して哀しんでいたら、その兄が残りの二人を殺した殺人犯だったんでしょ。自殺者の家族から殺人鬼の家族にクラスチェンジしたわけだし。針の筵《むしろ》かも」

もし確定すればこの学校にいられないだろう。それどころかここまでスキャンダラスになると、父親も社会から制裁を喰らうかもしれない。

「でも、まだ警察は決めかねてるんだろ」

警察が方針を決めたとなれば、学校にも噂が流れるだろう。それに高萩ももっと断言するはずだ。亜希子の味方をするわけではないが、高萩に確認すると、

「それが疑問が残っているんです」

「疑問？」

「女子二人に暴行の痕跡がなかったことです」

「首を絞められたとき抵抗しなかったの？」

まりあが尋ねると、

「抵抗した跡はありませんでしたが、背後から不意を突いて絞めつければ、一瞬で落ちた状態になって無抵抗になることも多いそうです。ですから吉川線《よしかわせん》がないのは問題ではないのですが」

高萩は少し云い難そうだ。童顔を曇らせる。

「どちらも好きだった女性じゃないですか。少しくらい乱暴されていても訝しくないはずなんですが……」

「まさか、殺したあとに」

化石一筋のまりあには刺激が強すぎたのか、顔を真っ赤にする。

「いえ、そこまでは云いませんよ。……でも、例えばキスをするとか、抱きしめるとか、服が少し乱れているとか。殺したいほど好きなのに、いい年をした高校生なのに、そういう痕跡が一切なかったんです」

いい年をした高校生の定義が曖昧《あいまい》だが、心情は解らなくはない。もちろん彰自身は、いくら追

い込まれようとすることはないはずだが。

「まあ、女性を神聖化するような文学少年だったかもしれませんけど」

重苦しさを感じたのか、高萩は自分でオチをつける。

「でもそれなら、心中のほうが逆にキスの一つくらいしそうだけど。……そういえばさっき遺書がなかったと云ってたけど、もしかして誰かが心中に見せかけて殺したとか？」

まりあが物騒な仮説を口にする。すなわち強欲変態殺人魔を上回る、三人を殺して心中に見せかけた殺人鬼がまだこの学園に潜んでいるということだ。

「さすがにそれはないと思います」即座に高萩が否定する。「状況が異常なので警察も真っ先に偽装自殺を疑いましたが、岡留さんにも暴行の跡はなく、首に残された愛染ロープの跡に不自然な点はなかったらしいです。自ら首を吊った人の索条痕って独特らしいですから。あと、縄を掛けていた幹の樹皮が剝《む》けた部分から岡留さんの指紋が検出されました。少なくとも愛染ロープを枝に吊るしたのは岡留さん本人のようです」

「誰かが殺して枝に吊るしたなら、そんな場所に岡留君の指紋が残るわけがないか」

「もちろん、首を吊るために乗った脚立からも岡留さんの指紋が発見されています。こちらは偽装も思いつくでしょうが。それに岡留さんが前日に愛染ロープを買ったのは近くの雑貨屋が証言しています。一本だけですが。そもそも偽装として、無理心中に見せかけるために三人を殺すなんて逆に不自然ですよ。女子が一人だけならまだしも」

「たしかに。全部が不自然。不自然すぎて全員が合意の上の心中というのが一番自然に見えてこない？　残りの二本は女子たちが各自で準備したと」

複雑すぎて考えるのを放棄したように、ぽんとまりあが云い放つ。

まあ、それが一番丸く収まるのかもしれない。もし岡留の無理心中なら愛染ロープを三本とも買っているはずだ。そう思ったとき、部室のドアが勢いよく開けられた。勢いがよすぎて、陳列してあるエディアカラ生物群の模型がピリピリと震える。

入ってきたのは長身の女子生徒だった。細い顔立ちだが目許が異様に瘦《こ》けている。

「やっぱり心中ですよね。いくら追い込まれていても兄さんは人なんて殺せませんから。神舞さんもそう思いますよね」

風邪で喉を潰したようなガラガラ声でまりあに訴える。

突然のことに硬直していると、背後から二人の男子が現れた。小柄な八の字髭とスマートなのっぽ。ペルム学園のヘンリー・メリヴェールこと片理めりと相棒の久留間だ。

「あなたはヘンリー大根。どうしてここに」

「乃公《だいこう》の名は片理めりだ」

八の字の付け髭の方が、間髪容《い》れず訂正する。

「久留間です。よろしくお願いします」

のっぽの相棒が恭《うやうや》しく頭を下げた。

「どうしてというのは、彼女の依頼でね」

まりあの目の前の女子生徒を示す。彼女は慌てて背筋を伸ばすと、一年の岡留福菜《ふくな》と名乗った。

死体を発見した岡留の妹らしい。

「兄の汚名をそそいで欲しいと彼女に依頼されたのだが、乃公はフェアプレイを重んじるタイプでね。君にも紹介してあげたほうがいいだろうと」

「私と推理合戦する気なの」

察しよくまりあが睨《にら》みつけるが、

「まあ、そういう側面もなくはないが、最後は乃公が勝つにしても、真相に辿り着く頭脳は多いほうがいいだろう。特に泣き腫らした依頼人の顔を見たあとでは」

福菜の目は真っ赤に充血し、対照的に涙袋は真っ青に腫れ上がっている。肌の血色は悪く、今聞いたように声はガラガラだ。

彼女はバレー部で期待のルーキーらしい。事件の夕方、体育館での自主トレを中断して、片想いの相手と結ばれるよう薄暮の中、愛染クスノキに向かったらしい。何でも前日に初めてクスノキのことを知り、いても立ってもいられなかったとか。ボーイッシュで整った顔立ちをしているのでそこまで慌てることもないと思うのだが、中学の時に高身長を理由に断られてからコンプレックスになっているらしい。たしかにまりあはもとより彰も見上げるほど背が高い。久留間といい勝負だろう。

「それで彼女を連れてきたんだ」

「その通り。名探偵の前に紳士たれというのが乃公のモットーだからな」

「兄さんは人殺しなんかじゃありません」

すがりつくように妹が訴える。一体何人に同じように訴えたのか。悲しいことに回数が窺《うかが》い知れるほど手慣れた感じで間合いを埋める。

「じゃあ、福菜さんは心中だと思うの？」

「兄さんは、暗く心の弱い人でしたが、やさしくて決して人を傷つけることなんてできません。一昨年、ペットのウサギのラッピーが死んだときも、再婚したときに私たちが連れてきたにも拘《かか》わらず、誰よりも哀しんで落ち込んでいました。そんな人が自分のわがままのために他の人を殺すなんてできません」

「お兄さんには心中する理由はあるの？」

「……聞いていると思いますが、母と折り合いが悪く」

「福菜さんとは？」

「私とは……。私はうじうじするのが嫌いなので、兄さんの煮え切らない言動に、叱咤《しった》激励のつもりが厳しくなっていたのかもしれません。でも私は兄さんを尊敬していたんです。中学の頃の兄さんは輝いていました。だからこの二年の兄さんの態度は歯がゆくて。正直、母にももっと反抗しても良かったと思います。でも、厭なことから逃げるように」

ガラガラ声は同じだが、毅然《きぜん》とした口調で彼女は云った。背は伸び、まっすぐ見つめる赤い瞳にも生気が宿っている。言葉通り意志の強い人間のようだ。それゆえ我慢がならなくなったのだろう。

「だから兄さんは全てから逃げるために心中したと思います」

ずっと逃げ腰だった兄に人は殺せない。言外にそう云いたげでもある。辛辣《しんらつ》さが垣間見《かいまみ》られるが、果たしてこの辛辣さは兄の名誉のためなのか、自分たち母娘《おやこ》の名誉のためなのか。

「いまさら云えたことではありませんが……母も反省しています。悪いのは全て父なのに」

兄の死を前にして責任逃れをしているだけでは……福菜につられて自分自身が一番辛辣になっていると彰は気づき、反省した。

「でも心中にしては訝しいところが多いのは解っているでしょ」

「刑事さんや片理君にも話したんですが……」

意を決するように顔を上げると、

「私は兄さんと朝霧さんは心中したけど、木上さんは別の理由で死んだのではないかと思ってるんです」

「それはどうなんだろう」

まりあが難色を示す。

「例えば、兄さんは朝霧さんと心中しようとした。そこに自殺しようとしていた木上さんが独りじゃ寂しいから仲間に入れてもらったとかはありませんか？」

切迫し血走った目を見ると、良心の呵責《かしゃく》ではなく、やはり兄妹愛のような気もする。

「そんなムシのいいことがあるかな」

まりあはなおも首を傾げている。ちらと片理を見たが、彼も福菜の説には同意しかねている様子。

ゴリ押しする福菜の勢いに膠着《こうちゃく》状態が続き始めた時、

「まず現場に行ってみましょう。話はそれから」

まりあが鶴《つる》の一声を放った。

*

愛染クスノキを見るのは彰は初めてだった。彼女がいないというのもあるし、たとえいたとしてもこんな願掛けは恥ずかしくてしなかっただろう。

二十メートルはある巨大なクスノキは、周囲を威圧するように太い枝を広げている。雪はあの夕方に降っただけなので、既に溶け地肌は露出している。確かにクスノキに遠慮するように、他の雑木は距離をあけ取り囲むように生えている。雑木もそれなりの高さなので、クスノキの近くから校舎は見えない。中心のクスノキは周囲一メートルほど立ち入り禁止のテープが張られて近づけない。

高萩によると、岡留は高さ二メートルのところから西に突きだした枝の根元にロープをくくりつけたらしい。現場保存が優先されたのか、全ての枝に生徒が掛けた愛染ロープが垂れ下がっている。中には赤ではなくピンク色に近い派手なロープもぶら下がっていた。どこかで見たような気もするが。さすがに事件に使用された紐は回収されているようだ。

福菜は二度と訪れたくないと同行を拒み、片理たちは既に検分したからと別の場所の調査に取りかかっている。片理がいたところで横柄な態度に喧嘩腰《けんかごし》になるだけだから、いないほうがいいのだろうが。

岡留が幹を背に西向きにぶら下がり、向かって右手の幹の南側に木上瑠衣の死体、反対側の幹の北側に朝霧絵里南の死体が腰を下ろしていた。それぞれ手首を紐で結ばれて。新クラブ棟からはクスノキの南西側に小径《こみち》が延びているので、絵里南の身体は幹の陰になる。

にも拘わらず発見した福菜は真っ先に絵里南に駆け寄り彼女が息絶えていることを知る。ぶら下がっている兄は既に手の施しようもなく、半狂乱で職員室に駆け込んだのだが、その時は幹の裏側にもう一人瑠衣がいるとは気づいていなかった。二人の心中事件だと信じ込むのも仕方ない。先ほどの発言もその延長線上にあると考えれば納得がいく。

というのも、雪が南側から吹きつけていたせいで、瑠衣の身体が雪に覆われていた。加えて日が暮れて暗くなっていたため、兄の首吊り死体に目を奪われていた福菜は見落としてしまったらしい。逆に北側は幹に遮られてほとんど雪が積もっていなかったので、すぐ絵里南に気づけたようだ。

三人目の被害者について報《しら》されたのは、警察が来て事情聴取を受けたときのことらしい。

「三位《さんみ》一体というわけか」

遺族が聞けば、逆上しそうな言葉で、まりあが評す。

「脚立は岡留さんの足許に倒れていました。首を吊る際に自分で蹴飛《けと》ばしたんだと思います。もちろん脚立にも雪が積もっていました。脚立の脇には岡留さんのカバンが置かれていました。あの日は四時五十分から五時十分頃まで雪が降りましたが、一番雪に晒《さら》されていた木上さんに積もった雪や、クスノキから少し離れていた岡留さんのカバンに積もった雪の量から考えて、心中したのは降雪前か、降り始めた直後だと思われます。三人とも防寒のコートを羽織っていましたが、ボタンは留めていませんでした」

メモってあったのだろう。スマホを見ながら高萩が説明する。

「いくら死ぬといっても雪が降り始めていたらさすがに前は閉じるだろうから、雪が降る前なのかも。前触れもなくいきなり吹雪《ふぶ》いたし。それに福菜さんが向かったとき他に足跡はなかったんでしょ」

まりあが質《ただ》すと、

「そうです。警察が来たときは駆けつけた職員たちの足跡も重なって識別不能になっていましたが、福菜さんの報せを受け、懐中電灯を片手に真っ先に向かった先生の話では、少なくとも森に続く土の階段の入口から愛染クスノキの間までは一組の往復した足跡しかなく、あとは真《ま》っ新《さら》だったようです。もし降っている最中に誰かが横断したのなら、そのあと積もっても少しは段差が出来ますからね」

「それで岡留君のカバンの話はあったけど、残る二人のカバンは?」

「木上さんは教室の自分の席に掛けてありました。朝霧さんのカバンは部室のオープンロッカーに折り畳みの置き傘と並べて置いてあったそうです」

「部室?」

「新クラブ棟の二階にあるパワースポット部です」

去年の文化祭で大鳥居を作っていたところだ。見ないと思ったら移転していたのか。

「その日、部活は休みの日だったんですが、一人で部室にいたそうです」

「どうして、何か用事があったの？」

用がなくても部室に入り浸っているくせに、まりあが不思議そうに尋ねる。

「週明けに世界史の小テストがあるそうなので、ひとりでテスト勉強をしていたのかもと同じ二年の部員が云っています。たまに図書室代わりに使っていたそうですから」

そういえば今週に行われる予定だった。心中騒ぎで立ち消えになったが。

「それにしても不思議じゃない？　岡留君はカバンを持ってきたけど、女子二人はカバンを置いたまま。心中と知らずに呼び出されたみたい」

福菜には聞かせられない言葉だ。来なくて正解だったかもしれない。

「三人とも靴を履いていたんでしょ？」

「はい。厳密ではないかもしれないですが、三人の靴の裏に雪を踏んだ痕跡がなかったので、やはり雪が降る前に心中したと思います」

これで二度目だが、まりあは雪が降る前か後かに拘《こだわ》っているようだ。最初は解らなかったが、次の質問で意図が汲《く》み取れた。

「仮に無理心中だとして、どこで殺したのかな？」

「やっぱりここじゃないですか。二人とも小柄ですが、岡留さんも背が低く痩身だったようなので、別の場所で殺して抱えてくるというのも難しいかも」

　雪が降った四時五十分頃はちょうど日が沈み始める頃だ。森の中に入ってしまえばともかく、新クラブ棟の裏口から土の階段まで二十メートルほどあり、日没前に死体を抱えて歩くのは危険が大きすぎる。雪は犯行現場を推定する材料でもあったのだ。

「でも同時に大人しく殺されてはくれないから、二人目を呼び出したとき、最初の死体はどこかに隠しておいたはずよね」

「無理心中ならそうなりますね。おそらく雑木の木陰でしょうが、雪のせいもあって特定できないようです。コートや制服の糸くずの一つでもあればいいのですが」

「それじゃあ、死体は置かれていなかった。二人は同意のもとに殺されたという考え方も出来るんじゃ」

「必ずしも痕跡が残るわけではないですし。ないからといって一概に心中とは云えないでしょうね」

　残念そうに高萩が肩を竦《すく》める。無理筋と承知していたのか、まりあも「そうか」とつられるように肩を竦めた。

　それにしても、正解かどうかはともかく、いつになくまりあは筋道だった推理をしている。いままで直感とひらめきだけで推理してきたのが嘘のようだ。人生上向きになると、推理力も上向きになるのだろうか。感心すると同時に危険を感じた。

　もしかすると高萩はまりあを試すために、わざと事件の詳細を小出しにしているのではないのか。

彰は二人に倣《なら》うように肩を竦めながら高萩を見遣《みや》ったが、相変わらず表情は読めなかった。

3

新たな情報がもたらされたのは、校舎に戻って木上の友人と話したときのことだった。

「これはさっき片理君にも話したんだけど」

焦茶色のストレートの髪が艶やかな多良木和花《たらぎわか》が云った。

「木曜日、愛染クスノキの森へ向かう瑠衣を見たの」

和花は当時の状況を語り始める。一度片理に説明したせいか、話が綺麗に整頓されていた。それによると、新クラブ棟の裏を通ってひとりで森の中へ消えていく木上瑠衣の姿を見かけたという。時間は四時三十分頃。雪が降る二十分前だ。和花と一緒にいた友人も同じく瑠衣を目撃したらしい。どこか思い詰めた表情だったが、声は掛けなかったという。そもそも森へ行く理由は一つで、カップルではなく一人の場合は片想いが相場だ。思い詰めるのも当然だろう。

それに和花には思い当たる理由があったらしい。

「瑠衣は去年から免田《めんだ》とつきあっているんだけど、最近上手《うま》くいってないらしくて、何度か相談されたんだ」

免田というのは同じクラスの免田圭汰《けいた》。二年生だがもちろん彰は顔も名前も知らない。当然、目の前の和花を見るのも初めてだ。

「免田に浮気相手というか新しい彼女ができたらしいんだけど、瑠衣の方が未練たらたらで。絶対に別れないって、凄《すご》い執念だった。だから藁《わら》にもすがる思いで愛染クスノキに願掛けに行ったんだろうなと。最初は止めようかと思ったけど、野暮だなって考え直したの」

「それはつまり、あなたは別れた方がいいと考えてたってこと?」

「違う、違う。まあ、そう思わなくはないけど、瑠衣は本気だったし」和花は目の前で何度も手を振ると、「だって、つきあっているときに愛染ロープを巻いて一周してるのよ。それでこの為体《ていたらく》だから、御利益なんかないってことでしょ。もう一度願掛けしても意味ないと思って。でも、行った目的が心中ならやっぱり止めておけばよかったのかな」

最後はしんみりと語る。もしあのとき声を掛けておけば……これは事件が多発するペルム学園の関係者がそのたびに思ったことだろう。

「多分、結果は同じでしたよ」

柔らかい口調で慰めたのは高萩だった。いつもクールな傍観者然としている高萩にしては珍しい発言だ。

「ありがとう。あなた、優しいね。さっきの片理君なんて大根大根云ってるだけで、なんの言葉も掛けてくれなかったし」

八重歯を零《こぼ》しながら、和花は静かに微笑んだ。しかしすぐに険しい表情になると、

「あのあと、雪が降る少し前かな、帰ろうとしたら女子と楽しそうに下校する免田を目撃したの。

相手は下級生だった。肩を寄せ合いながら校舎の外へ出て行ったけど、雰囲気が完璧に恋人同士のそれだった。学内で堂々といちゃつくくらいだから、もう瑠衣とは別れる気満々だったんだろうね」

最後は吐き捨てるように言葉を締める。厭な話だ。

「もしかして……多良木さんは振られて自棄になった木上さんが、昔告白された岡留君と心中したと思っているんですか？」

まりあの問いに、

「そうじゃないの？」

意外そうに訊き返す。彼女の中では揺るぎない真実だったようだ。

「岡留君は朝霧のことが好きだけど、押しに弱そうだから、昔の片想いの相手に一緒に死んでくれと頼まれたら断れそうにないし。……それに岡留君も家庭に問題を抱えていていつも死にそうな顔をしていたし」

正確には心中と云うより共同自殺に近いのだろうか。死にたい者同士がインターネットを介して知り合い集団自殺をする。たまに世間を賑《にぎ》わせる話ではある。

「でも朝霧さんは？　彼女が死ぬ理由はないでしょう」

「え、朝霧は岡留君にぞっこんだったから、頼まれたらそれこそ一緒に死ぬんじゃない」

意外な言葉にまりあが目を剝く。

「どういうことです？　だって岡留君は朝霧さんを好きだけど、朝霧さんに他に好きな人ができたから絶望して」

「そんなの、ないない」

先ほどのしんみりとした雰囲気と変わって、一笑に付す感じで和花は否定した。

「さっきも云ったように、朝霧は岡留君にぞっこんだから。いつも岡留君を揶揄《からか》っていたし。まるで小学生の男の子が好きな女子を揶揄うように。男女が逆だけど。中学から二人を知っているけど、朝霧が揶揄っていたのは岡留君だけだし。教室でもずっと二人でいるのに、岡留君も気づいていると思ってたけど」

どうだろう。二人のやりとりを実際に目にしているわけではないので断言できないが、岡留の方は真意を測りかねていたかもしれない。亜希子に対する彰のように。

「でも朝霧さんは好きな男が出来たと」

「どうせ、岡留君のことでしょ。朝霧のことだから揶揄うつもりか背中を押すつもりで遠回しに云いすぎたのかもしれないね。朝霧がパワースポット部に入ったのもたぶん岡留君から告白してもらいたかったからじゃないかな。神頼みってやつ」

「じゃあ、岡留君は朝霧さんに振られたと思って自殺を決意して、家庭環境のせいで自殺すると勘違いした朝霧さんが一緒に心中したということ？　それに彼氏に振られた木上さんが知って便乗したと」

筋が通らなくもない。岡留と絵里南だけなら冷静に話し合えば誤解が解けたかもしれないが、そこに瑠衣が入ってきたせいで勢いのまま心中まで突っ走ってしまった可能性はある。

しかし、それはあまりにも無残すぎる。この答えを聞いて妹の福菜はどう反応するのだろう。兄が人殺しでないことに安堵《あんど》するのか、コントみたいな不幸な行き違いに絶望するのか。どちらにしても悲惨極まりない。

とはいえ、兄が死んでいる以上、ハッピーエンドはあり得ないのだが。

「ちょっと待って！」

何かに気づいたのか、途端に和花は蒼《あお》ざめガクガクと唇を震わせる。

「それじゃあ、あの二人は勘違いで死んだの？　だったら私があのとき瑠衣を止めていれば」

「多良木さんが悪いわけではありませんよ」

再び高萩が優しく声を掛けた。中性的な顔立ちのせいか、寄り添うような笑顔に厭味がない。彰には決して出せない声と表情だ。

「ここまで来れば運命としか云いようがありません。たまたま悪い歯車が絶望的に噛《か》み合いすぎたんです。ここで多良木さんになにかあれば、悪い歯車がもう一つ噛み合うことになって、木上さんたちも後悔するでしょう」

高萩が微笑みかけると、「ありがとう」と和花は力なく微笑みかえした。

「うすうすは気づいていたけど、あの日からこの言葉をずっと云って欲しかったのかもしれない」

＊

「双葉君のおかげで助かったけど、ちょっと優しくしすぎじゃない？」

古生物部の部室に戻ったところでまりあが詰《なじ》る。

「すみません。それよりも、もしさっきの推理が正しければ、心中だったということになりますね。岡留さんは誰も殺していない」

子供っぽい顔をますます幼くして、高萩が声を弾ませた。

「そうなんだけど」

あに図らんや、まりあは乗り気ではないようだ。

「何か問題でもあるんですか」

「それが……一つ気になることが」

まりあは真相に辿り着き始めている。彰は直感的にそう感じた。そこに何の理由もない。ただまりあを取り巻く空気が、ピンと張り詰めたのを感じたのだ。これまでと同じように。高萩も少しは感じ取っているらしく、

「気になること？」

真顔に戻ると上ずった声で問い返す。

その時だった。本日二度目、勢いよく部室のドアが開けられた。ピリピリとエディアカラの芭《ば》

蕉扇《しょうせん》が震える。

入ってきたのは福菜ではなく片理だった。隣には久留間が従卒のように控えている。

「何、いきなり」

「いや、乃公自ら報告しようと思ってね」

八の字髭をなでつけながら得意げにまりあを見る。

「たったいま犯人が逮捕されたよ。この乃公の推理によってな」

「嘘！」

「嘘なものか。夕刊には間に合わなかったが、夜のニュースで報じられるだろう」

片理の言葉を裏付けるように、突如サイレンが鳴り響き遠ざかっていった。

「犯人を連行していったようだな」

「犯人、犯人って、心中じゃなかったの？」

「心中でもあり、心中でもない」

禅問答を始めたかのように、片理は答える。

「まさか」

まりあは悟ったようだ。

「その通り」とおもむろに片理は頷いた。もちろん髭をなでつけながら。「岡留さんと朝霧さんは心中だった。まあ二人の勘違いが生んだ悲劇だったようだが」

その辺は和花の証言で片理も察したようだ。

「じゃあ木上さんは？」

「彼女は本当に願掛けをするために愛染クスノキへ向かったんだよ。目撃された四時半にね。そこで岡留さんの首吊り死体を発見した。そして慌てて駆け戻り真っ先に恋人の免田に報せた。このとき職員に報せておけば問題なかったんだが。運命とはかくも皮肉なものだ。木上さんが慌てふためいて要領を得ないので、とにかく二人で確認しに行くことにしたんだ。彼女の言葉通り岡留さんは自殺していた。ここで重要なのは、朝霧さんが木の裏側だったのと日没が近かったため、二人とも彼女に気づかなかったことだよ」

「そこで気づいていれば……」

うすうすは察しているのか、慎重な声でまりあが尋ねる。

「免田は新しい恋人が出来て木上さんを邪魔に思っていた。別れたいが彼女に何か弱みを握られていたのかもしれない。それで心中を装って木上さんを殺害することにした。幸い凶器となる愛染ロープは枝にいくらでも掛かっている。その中の新しげな一本を手に取り不意を突いて絞殺した。そして片方を岡留さんの手首にくくりつけ幹の南側に座らせた。これで他殺死体が心中死体に早替わりだ。手前に置いたのは単に移動させるのが面倒だったからだろう。逆に朝霧さんが奥なのは、まず自分が先に見つかるようにという岡留さんの配慮だろうね」

「どうして免田が犯人だと思ったの」

「単純な推理だよ」

胸を反ると同時に声量が一段と上がる。

「新しい彼女と一緒に下校したこと。障害物がなくなったから堂々と二人で帰ったんだ。浅はかなことだ。犯罪者は常に浅はかだけどね。そしてつい先ほど物証が出た」

「物証？」

「岡留さんの遺書が免田のカバンから発見されたんだよ。岡留さんのカバンの横に置かれていたものらしい。免田はついそれを盗んだ。遺書に心中のことが全く触れられていなかったら怪しまれるからな。学校のゴミ箱に捨てるわけにもいかず、家まで持って帰ったんだが、殺人の興奮や新しい彼女との未来で頭がいっぱいで処分を忘れていたらしい。ずいぶん間抜けな犯人だったよ。まあ、計画犯ではなく自殺に便乗しただけの衝動的な犯行だから、こう穴だらけになるんだろうが」

剝いた目を前転を繰り返すパンダの集団のように白黒させているまりあの前で、前回の恨みとばかり八の字髭を撫《な》で片理は勝ち誇っていた。

4

免田はすぐに自白したらしい。遺書を持っている以上、シラを切るのは不可能と悟ったのだろう。片理の言葉通り、夜のニュースでは犯人の逮捕が報じられていた。もちろん未成年である免田の名前は伏せられていたが。

片理の株が上がったのは云うまでもない。翌日の教室は、勘違いで心中した二人への同情と、片理への称賛で溢《あふ》れていた。同時に乃公が大根のことではなく一人称であることも浸透しつつあった。まあ、それはどうでもいいことだが。

「岡留君も少しは浮かばれるかも」

亜希子がしみじみと呟いた。可哀想ではあったが、強欲変態殺人魔のレッテルが剝がされたことは、せめてものハッピーエンドだった。


「おかしくない？」

そんな中、昨夕から不満を抱いていたのがまりあだった。部室に行くと既に高萩相手に不満をぶちまけていた。それこそ彰が来たことすら気づかないほど熱心に。

「あんな推理でよかった？　私が彼に負けたみたいで厭なんだけど」

「厭も何も、片理君が推理したとおり、免田が白状したんでしょう？　彼には警察から表彰状でも贈られるんじゃないんですか」

彰が口を挟むと、

「別に表彰状はどうでもいいけど」犬歯を剝き出しにして今度は彰に喰ってかかる。「私はいろいろと腑《ふ》に落ちてないの」

「もし片理が推理しなければ、そのまま岡留君は強欲変態殺人魔として終わっていたかもしれないんですよ」

「警察はそうでしたね」高萩が静かに頷く。「とにかく解決してよかったじゃないですか。兄が人を殺していないと解って、福菜さんもほっとしているでしょう」

「じゃあ、朝霧さんの遺書は？」

「風で飛ばされたと見られています。岡留さんのほうは吹雪く前に免田に回収されたわけですし」

「それに！」

まりあはひときわ大きく声を上げると、

「昨日、片理君が闖入《ちんにゅう》してきたから云いそびれたけど、ずっと気になってることがあるの」

「なんです？」

昨日のまりあのオーラを思い出し警戒する。また余計な推理が閃《ひらめ》かなければいいが。ちらと高萩を見ると彼も固唾《かたず》を呑んでいるのが解った。まりあの推理に期待しているのだろうか。

「朝霧さんのカバンのこと。彼女は部室にひとりでいてカバンはオープンロッカーに置かれていたんでしょ」

「別にいいじゃないですか。心中するのにカバンを持っていかなければならないわけでもないでしょ」

「違う！　問題はカバンと並べられていた折り畳みの置き傘。あの日の予報は晴れで、四時五十分になって急に吹雪き出した。もしカバンと一緒に置き傘があったとしたら、それは朝霧さんが雪が降ったのを知っていた、つまり降雪時までは生きていたということでしょ。しかし免田君は雪が降る前に新しい彼女と一緒に下校している。つまり免田君が首吊り死体を見て過去の因縁を利用して心中を偽装した時は、朝霧さんはまだ生きていて現場には岡留君の死体しかなかった。朝霧さんはそのあとに殺されてつけ加えられたの」

「どういうことです」

「雪が降ったあと愛染クスノキまで辿り着けたのは福菜さん一人だけ。おそらく彼女は雪が降る前、木上さんが発見する前後に入れ違いで兄の自殺死体を発見した。片想いの成就と云ってたけど、失恋して落ち込んでいる兄の願掛けじゃないかな。しかし既に手遅れだった。よりによってその場所で兄が縊《い》死《し》していた。福菜さんは絶望すると同時に、朝霧さんを恨んだ。散々気を持たせた挙げ句に振って兄を自殺に追い込んだ悪女。一旦は部活に戻ったけど、怒りを抑えきれず自主トレを抜け出し朝霧さんを探した。枝からくすねてきた愛染ロープとともにね。そして新クラブ棟のパワースポット部の部室にひとりでいる朝霧さんを見つけると絞殺し、裏口から愛染クスノキまで運んでいった。既に日没後だから担いでいったとしても目撃される心配はなかった。愛染ロープで二人を繋ぐことによって、心中して二人で旅立つ形になった。第三者が無理やり心中させたようなものね。その時には既に木の南側には殺された木上さんがいたわけだけど、証言したように暗いことと雪を被《かぶ》っていたことで気づかなかった。朝霧さんを北側に置いたのは、木の陰で降雪が少なく誤魔化しやすかったから」

興奮のあまり一気に捲《まく》し立てるまりあ。静かに高萩が口を挟む。

「まりあさんが今云われた雪はどうするんです？　いくら木の陰でも降り止んだあとに運び込んだなら、朝霧さんには雪は降り積もっていないわけでしょ」

「そこ。だから福菜さんは兄ではなく朝霧さんに抱きついたの。その拍子に制服の雪が落ちたと思わせるために。軽く持ち上げたと云えば、少しくらいお尻に雪がついていても大丈夫だし。それにクスノキの枝を揺らせば上から自然な状態の雪が少しは降り落ちてくるでしょ。吹雪の風向きを考えれば、その程度で騙《だま》せると判断したんでしょう。とにかく福菜さんとしては心中に見せかけるつもりだった。なのに実はもう一人犠牲者がいて、しかもよりによって兄が二人を殺した強欲変態殺人魔呼ばわりされているのが我慢ならなかった。それで兄の無実を晴らすために危険を顧みず片理君や私たちに依頼した」

確かに筋は通っているが、たまたま置き傘があったことからバラエティ番組の罰ゲームの風船なみに膨らませた想像だらけだ。もしまりあが真実と称して吹聴《ふいちょう》し始めたらとんでもないことになるだろう。たとえ万に一つの真実だとしても……。

前みたいに推理が間違っているとまりあが信じ込むよう、手立てを講じないと。彰が頭をフル回転させていると、

「まりあさん」

おもむろに高萩が顔を上げる。珍しく重いトーンだった。

「何？　双葉君」

すると彼は申し訳なさそうに、

「一つ説明し忘れていたことがありました。朝霧さんの置き傘の件ですが、朝霧さんはよくパワースポット部に置きっ放しにしていたそうです。なのであの日だけロッカーにあったわけではな

いみたいで。こんな大事なこととは思わなかったので省いていました。すみませんでした」

芸能人の謝罪会見のごとく深々と頭を下げる。

「じゃあ、雪が降ったから教室から置き傘を持ってきたわけじゃないのか」

「はい。俺のミスです」

もう一度頭を下げる。

「いいのいいの。別に双葉君が悪いわけじゃないから。それに私はほっとしているの。あの福菜さんが人殺しをしたわけじゃないって。そりゃあ私の推理が間違っていたのは少しショックだけど」

笑みを浮かべながらまりあは柔らかな表情で高萩に語りかけている。

だが彰は比べものにならないショックを受けていた。おそらく高萩の話は今思いついたでまかせだろう。置き傘はいつもはロッカーになく、絵里南は雪を見て傘を教室から持ってきた。もしローラー作戦で証言を集めまくったなら、降雪後に教室まで傘を取りに戻る絵里南の姿を見かけた者が一人二人現れるかもしれない。

しかし問題はそこではない。ショックを受けたのは高萩がまりあの推理を握り潰したことだ。

そして彰は気づいた。かつて彰がいた、まりあの推理を聞いた上で否定するポジションに高萩が鎮座している。

彼はまりあの才能を見極めたかったのではないのか？

そういえば半月ほど前から「部長」ではなく「まりあさん」と呼んでいる。まりあも「双葉君」と下の名前で呼んでいる。

そこで思い出す。愛染クスノキの枝に掛かっていた鮮やかなピンクの愛染ロープ。十日ほど前にこの部室で見たものだ。まりあがいつも作業に使っている机の抽斗《ひきだし》から端がはみ出していた。

何かが一点に集約され始めた時、悔しがるまりあの肩に優しく手をかけたあと、高萩がゆっくりと近づいてきた。そして耳許で囁《ささや》く。

「実は、まりあさんと交際しているんです」

＊

同じ日、高浜優加菜殺しの犯人として鹿沼亜希子が逮捕された。

第七章　禁じられた遊び

1

年が明けてから冬の分厚い雲がずっと空を覆っている。校舎を呑《の》み込みかねない低さでどんより横たわり、陽の光を遮っている。それが京の底冷えを誘い、少し前まで暖冬だったはずが廻り舞台のように一瞬にして厳冬となった。

「あなたが好きです。つきあってください」

放課後に見知らぬ女子生徒に呼び出されて体育館の裏へ行くと、待ち受けていた女子に告白された。相手は二年の箸尾《はしお》侑奈《ゆな》と名乗った。面識はないはず。

ストレートの茶髪を後ろで束ね、枝豆のような形の美味《おい》しそうな目が印象的な女子だ。背は自分と同じくらいだろうか。

「返事は今すぐでなくていいです。ここに私の気持ちを全て書いてありますから、後で読んでください」

キビタキのさえずりのようなはじける声で一気に捲《まく》し立てると、淡いピンク色の封筒を差し出した。どうして自分に……。

「……でも、俺は」

手紙を受け取る前に断ろうとしたとき、侑奈は意を決した目つきで、

「私は、あなたの秘密を知っています」

背後に控えている友人を気にしてか、小声で彼女は囁《ささや》いた。今まであどけなかった表情が、一瞬だけ豹変《ひょうへん》する。悪魔のような邪悪なものではなく、水晶のように硬質で透明で、しかしほんの少しだけ不純なものが混じっている微笑《ほほえ》みだった。

……秘密。

怯《ひる》んだ隙に手紙を押しつけられる。返品を拒否する押し売り業者のように、侑奈と友人はそのまま離れていく。十メートルほど距離が空いたところで、ピタと立ち止まると、

「本当に好きなんです。だから返事待ってます」

振り返ってそう訴えたのち、再び駈《か》け去って行った。

狭い体育館の裏路地に一月の北山颪《きたやまおろし》が吹き抜ける。背筋を凍《い》てつかせるこの感触は風のせいか、それとも侑奈がもたらしたものか。

秘密を知っている……と彼女は云った。

自分が人殺しだ、ということをだろうか?

確かに両手は血で染まっている。どんな云い訳をしようとも、否定できない事実だ。しかし警

察ですら気づいていないのに、どうして侑奈が。

実際、事件は別の人間が犯人として逮捕され、表向きは解決している。もちろん冤罪《えんざい》だが、それを知る者はいないはず。だが、状況を推理して辿《たど》り着いた可能性はある。そう、まりあのように。

もし彼女が、まりあのような類い希《まれ》な推理の才能を持っていたら。そしてまりあと違って自分の能力を認識していたとしたら。

名探偵を自称し三角心中事件を（半分）解決した片理めりに、謎のチャーリー・チャン。彼らの他に新たな探偵がまた一人？

はたしてこのペルム学園に、そんなに名探偵がいるものだろうか。しかも学園内で多くの事件が発生したのに、いままで一度も頭角を現すこともなく。

秘密……。

手紙にはその秘密について触れられているのか。封筒をまじまじと見る。手袋を塡《は》めたままなので感触までは解らないが、和紙のような凹凸が見える。中央には端正な筆致で自分の名前が書いてある。

さすがにこの場で開封するのは躊躇《ためら》われたので、学生カバンにしまい込んだ。

もし手紙の内容が殺人に触れていたとすれば、自分自身の告発状を持ち歩いているようなものだ。少し怖くなり、一度入れた前ポケットから取り出し、間違っても落としそうにない内側のポケットに慌ててしまい直す。

その仕草が自分でもあまりに小物に感じられて、首筋から汗が流れてきた。冷や汗と自嘲の汗の両方。

青天の霹靂《へきれき》……まさにこのことだろう。

ハンカチで首を拭ったとき、ふと視線を感じ上を見る。体育館の二階の窓から、男子生徒が顔を覗《のぞ》かせていた。名前は知らないが、鬼の形相で睨《にら》みつけている。

男子生徒はこちらに気づくと、すぐさま顔を引っ込めた。体育館の二階は階段状の狭い観覧席になっているが、試合がある時以外は、練習中にボールが飛び込んだ場合などを除いて、ほとんど誰も立ち入らない。なのでたまたま二階にいて目撃したというのは考えにくい。侑奈の告白を知り覗き見していたと考えた方が自然だろう。だとすると……厄介の臭いしかしない。

しばらくその場にいたが、男子生徒が再び現れる気配はない。殺意ともとれる形相からすぐにねじ込んでくるかと思ったが、そこまではないらしい。

いくら殺人事件が頻発する学園といえども、風紀が荒れているわけではない。ほとんどの生徒は善良でおとなしい。その分、これからネチネチと攻撃されるかもしれないが。

何度目かの北山颪が身体にまとわりついてくる。ここで悩んでいても仕方がないので、古生物部の部室へ戻ることにした。

部室では、まりあが部屋の整理をしていた。正しくは自分が採掘し部室に持ち込んだ化石の整理だ。綺麗《きれい》に研磨されたものから、採掘しただけでクリーニング前の一見ガラクタのような化石まで。

まりあは四月からD大学に進学する。同時にD大学が主体となって進めているミヤコサウルスのプロジェクトに参加できることになった。もちろんまりあにはまだ学術的な知識は乏しいので、見習いからだが。それでも赤点の常習犯で、進学の袋小路に陥っていたまりあにとっては、夢のような待遇だ。

大半は自宅に持ち帰るが、研磨した化石のいくつかは、餞別《せんべつ》として部室に残しておくらしい。歴代の部員がそうしてきたように。まあ、見栄えのいい場所に飾っておけば、新入生を呼び込む格好の道具になるだろう。〝神舞まりあ〟のブランドは今や全国区なのだから。

「彰、何を浮かかない顔してるの?」

形見の整理の手を止め、まりあが声を掛けた。

「何でもありませんよ」

仕分けていたサンゴの化石を手に彰がぼそっと口にすると、

「ホントォ?」と猜疑《さいぎ》に満ちた声を上げる。「昨日は小テストの点数がよくてウキウキだったのに。今日はうって変わって」

「ウキウキって何ですか。別にいつもと変わりませんよ。先輩と違って小テストの点数はいつもいいですし。平凡な日常です」

「ならいいんだけど」

そう云えば、まりあは最近、彰の厭味《いやみ》に頓着しなくなった。理由はなんとなく想像できる。

「しっかりしてよ。春からは、彰と双葉君の二人で部を牽引《けんいん》しなきゃいけないんだから」

「高萩がいれば大丈夫ですよ。よほどしっかりしている」

彰は高萩に視線を向けた。

「そんな、まだまだです」

「まあ、彰と比べたらピカイアのほうが頼もしいくらいだけど」

「ピカイアって脊椎動物の祖先みたいなものですよね。そりゃあ、頼もしいでしょう。ピカイアがいなければ俺たちはいなかったわけですから」

「へえ、彰も詳しくなったものね。ちょっと情報が古いけど。とはいえ手取り足取り教育した甲斐《かい》があったかも」

目を丸め、まりあが感嘆の声を上げる。

「ホントに初めは酷《ひど》かったから。双葉君は最初から勉強熱心だったけど」

「それはどうも」

彰は猫背のまま口を尖《とが》らせた。

「でも、いろいろ化石掘りに連れ回されましたけど、手取り足取り教育してくれましたっけ。それより知ってますか。愛染クスノキの愛染ロープが盗まれたらしいですよ。それも二十本以上も」

「朝に聞いた。先月あんなコトがあったばかりなのに、またなんか変な事件が起きなければいいけど」

三角心中の件だ。結局まりあの推理は埋もれたまま、心中プラス免田の殺人ということで解決を見ている。

「変な事件って、モテない男がカップルの魔女狩りでもするんですか」

〝秘密〟のことで頭がいっぱいだったため答えがぞんざいになってしまった。

「カップルを魔女狩りとは云わないでしょ」

まりあは当然の反応を見せたが、何か思い出したようで、

「そうそう！」

と、急に甲高い声を上げた。相変わらずのマイペースだ。

「生徒会の……ええと、クラブ会だっけ？」

「クラブ執行会のことですか」

補足すると、「それそれ」とまりあが頷《うなず》く。

クラブ執行会というのは今年から新設された、生徒会の下部組織のことだ。ペルム学園の各クラブの調整役を担っているらしい。

「そのクラブ執行会の委員の女子が来て云ってたの。四月の新歓イヴェントのことで」

暦はもう一月の半ば。新入生のクラブ勧誘について考え始める時期でもある。といっても去年の四月はイヴェントのようなものは何も行われなかった。所定の掲示板にポスターが貼られたくらいで、あとはそれぞれのクラブが自分勝手に勧誘を行っていた。

「今年はイヴェントをするんですか」

「そうみたい、クラブ執行会の主催で。それで……なんだっけ？」

いきなり首を傾《かし》げるまりあ。きっかり一分思案したのち、

「思い出した！　イヴェントは体育館で行われて……」

まりあの話はマメンチサウルスの首くらい冗長なので要約すると、新クラブ棟が出来てクラブ数が爆発的に増えた（正確には幽霊部が一部復帰した）こともあり、生徒会及び学園としては新入生向けのクラブ紹介イヴェントを行うことにしたらしい。それを取り仕切るのが新設されたクラブ執行会だが、とはいえ有象無象のクラブまで平等に扱うのは無理がある。

特に新入生を集めた体育館での活動報告は一大イヴェントで、予算もそれなりに下りるらしい。当然ながら実績があるクラブが優先して選ばれることになるが、栄えある登壇組に古生物部が選ばれたのだ。

廃部の危機に晒《さら》されていた去年までなら歯牙にもかけられなかっただろうことを考えると、ものすごい出世だ。

古生物部がある旧クラブ棟の同じ階からはもう一つタイ飯部が選ばれたらしい。タイ料理の研究をしているクラブで、夏に部員が考案した京風タイ料理が市内のレストランチェーンのメニューに採用されたという。たしかに〝近所の高校生が考案した最強の西京みそトムヤンクン〟というフレーズは耳にしたことがあったが、ペルム学園のクラブの発案だとは思ってもなかった。

「去年までは廃部にするという脅しで尻を叩いていたのが、今年からは新歓イヴェントという報償を餌《えさ》にしたわけですね」

彰が皮肉めいた顔で云う。

「そんな小難しいことはいいから」

ぴしゃりとまりあははねのけた。

「折角のチャンスは活かさないと。新入部員をたくさん集めてこの古生物部を盤石《ばんじゃく》のものとしなきゃ。未来永劫《えいごう》、それこそ弥勒如来《みろくにょらい》が降臨する日まで続くように」

常に変質する進化論を基にする古生物部と、仏の救済まで輪廻転生《りんねてんしょう》を繰り返す仏教とでは相性が悪いだろう。大量絶滅するたびに、転生先が渋滞してしまうだろうし。もちろんわざわざ口には出さない。

ともかく廃部の危機に右往左往し、一発逆転のチャンスをものにしたまりあとしては当然の見解だろう。

「もう私はいないから。頑張らないと」

ぬっとこちらに顔を突き出して、

「新部長なんだし」

そう発破をかける。それこそ額と額が当たる距離で。

「もう決定事項なんですね……」

気乗りしないが、是非にと頼まれれば断れなかった。もともと古生物に興味があるわけではない。かといって自分が引き受けなければ……。

一番危惧《きぐ》しているのは新学期だ。

いまの調子だと、まりあの評判によって入部希望者が殺到するだろう。去年までなら恐竜部や獣弓類《じゅうきゅうるい》部に入っていたような生徒も、まず古生物部の門を叩くに違いない。今までのような閑散としたクラブなら気楽にやれたかもしれないが、十人二十人と入ってきたら。廃部の心配は無くなるが、まとめるのに頭が痛い。

志望してくるだけあって、新入生のほうが知識も上回っているだろうし。今まで以上に付け焼き刃で勉強するしかない。幸いまりあに連れられて化石発掘の体験だけは豊富にある。

「それで、明日の放課後に執行会委員との打ち合わせがあるらしくて。タイ飯部の人たちも交えて」

「タイ飯部と一緒にですか？」

素直に疑問を口にすると、

「肝心なことを忘れてた。選抜してもクラブの数はまだまだ多いし、同じ二階のクラブを合同で紹介するんだって」

普通にクラブ紹介をしてもつまらないから、という理由もあるらしい。たしかに野球部やサッカー部が壇上でアピール出来ることなど限られているし、文化部は文化祭の展示と似たり寄ったりになるだけだ。わざわざ新入生を拘束するのだから何か新企画をということだろうが、初めてのイヴェントにありがちな試行錯誤の失敗例としか思えなかった。

「タイ飯部とコラボですか。想定外すぎて、いったい何をすれば」

「それを明日から考えるみたいよ」

自分は関わらないため、まりあは暢気《のんき》なものだ。もしかしたら執行会委員からもっと詳細を聞いているのかもしれないが、おそらく丸っと忘れているのだろう。化石と推理以外はまったく振るわない人だから。

「解りました。明日出席して委細を訊《き》いておきます」

＊

突然の告白にタイ飯部とのコラボ。放課後までは肌寒いだけの平凡な日だったはずが、気がつけば激動の一日になっていた。しかもあのあとまりあの化石の搬出を手伝わされたのだ。化石というのは骨などの成分が長い時間を経て鉱物に置き換わったもの……つまり石だ。その上、未処理のものはベースの石がついたまま。そんな石塊《いしくれ》が詰まったケースを一階まで持っていかなければならない。

そこからは父親が手配した業者が運送してくれるらしい。非力なまりあには無理なので、自分たちが階段を何往復も。よくもまあこれだけ溜め込んだものと……ぜいぜい云いながら感心していた。部室が二階なのでまだ良かったものの、四階だったら足腰が死んでいただろう。

それらさまざまな気疲れで、夕食を食べてすぐ、ベッドの上でそのまま寝入ってしまった。目が覚めたのは十時過ぎ。スマホを見るとまりあからのラインで「明日頑張ってね」と送られていた。その前に電話の着信履歴もあった。マナーモードにしていたので気づかなかったようだ。

もう遅いので返信はラインだけにする。

送信したあと、手紙のことを思い出した。

はたして手紙に秘密の詳細が書かれているのだろうか。

読むのは怖いが、読まない選択肢は存在しない。

しかし……カバンの中にラヴレターはなかった。教科書やノートをすべて吐き出しひっくり返しても、紙切れ一つ出てこなかった。内側のポケットに入れたはずだから、途中でこぼれ落ちたとは考えられない。そうならないよう警戒して一番内側に入れたのだから。

何度探しても結果は同じ。落としたのではないとすると、誰かに盗まれた……。

自宅にまで忍び込むのはあり得ないので、盗まれたのは化石の搬出でカバンを部室に放置していた時以外にはない。

しかし誰が……。

侑奈が取り返しに来た？

だが突き返したのを無理やり押しつけたのは彼女のほうだ。それを再び取り返しに？

でもそれならこそこそしなくても堂々と返してくれと云えばいい。喜んで返却しただろう。

……もしラヴレターを受け取った場面をまりあが見ていたら。

まりあならカバンを漁《あさ》るかもしれない。だが部室ではそんな素振りは微塵《みじん》もなかった。まりあがポーカーフェイスを貫き通せるとは思えない。

思いつく最後の一人は、体育館の二階から睨みつけていた男子生徒だ。侑奈と同様に面識はないはず。その日に部室まで突き止められるものだろうか。

……しかし、古生物部は一躍有名になり、グラビア部の小冊子にも写真が載った。一方的にこちらの顔を知っている者も多い。実際、まりあのことで見知らぬ生徒から何度も声を掛けられた。ならば部室の前で様子を窺《うかが》っていたのかも。搬出は何度も往復するので、いちいち鍵は掛けていない。部室ががら空きだった時間はたくさんある。

するとやはりあの男子生徒が？

盗まれたことも気がかりだが、文面に何が書かれていたかが気になる。もし自分を人殺しと告発する内容だったりしたら。

侑奈の口ぶりから、手紙には秘密のことは触れていないだろうと、カバンに詰めたときは感じていた。しかし失《な》くしてみると途端に不安になる。

書いた侑奈ならまだしも、もしまりあや男子生徒が目にしたら……。

特にまりあがかつての殺人の推理を正しく認識したら。

あんな紙切れ一枚で人生が終わるなんてバカバカしすぎる。この世界はなんて不条理なのか。

仮眠したこともあいまって、その夜はほとんど眠れなかった。

教室でもぼんやりしていたらしく、同じクラスの池部《いけべ》に心配そうに声を掛けられた。

「顔色が悪そうだが大丈夫か」

そう親しい間柄ではないので、「告白されて渡されたラヴレターを失くしてしまった」というわけにもいかない。いや、親しくても無理だろう。「秘密を握られている」なんて話せない。人殺しをしたと腹を割って打ち明けられる親友などいないし、本当の親友なら自首を勧めてくるだろう。

どちらにしても話せない。

「いや、昨日家でゲームをやりすぎて」

適当に答えると、それ以上は詮索されなかった。しかし声を掛けてくるくらいだからよほど酷い顔色だったのだろう。

授業中に仮眠すれば少しはましになるかも……。とにかく何も考えずに居眠りすることにした。

2

放課後、新歓イヴェントの説明会で小会議室に行ったとき、まだ半分ほど残っていた眠気が、面子《メンツ》を見て一気に吹き飛んだ。

最初は全ての選抜クラブが一堂に会して説明を受けるのかと思っていたら、各フロアに一人担当の委員がいるらしく、委員の他には古生物部とタイ飯部の代表だけ。

他のフロアのクラブは別の日に説明を受けているらしい。

そして……担当の委員が侑奈だった。

「どうして」

危うく声に出しそうになったが、踏みとどまる。

侑奈のほうは昨日の告白など嘘のように、それどころかまるで初対面のように、表情一つ変えず挨拶し説明を始める。告白の時と違い、しっかりとした官僚的な口調で。

よく平然と進行できるものだと、説明のあいだ、つい侑奈を見てしまう。そして目が合うと、するっと躱《かわ》される。そんなことが何度か続き、これでは自分のほうが告白したみたいだと理不尽な気分になる。びっくりしすぎて、苦笑いすら出てこない。

改めて見たが、かわいい女の子だ。口調のせいか、昨日よりも大人っぽく見える。フリーな状態で告白されたらつきあっていたかもしれない。あくまで脅迫の言葉を聞いてないのが前提だが。

そして驚いたことはもうひとつあった。タイ飯部の代表が二階から見ていた男子生徒だったのだ。

昨日、告白の場にいた三人が小さな会議室に揃《そろ》っているのだ。

男子生徒の名は二年一組の大輪田《おおわだ》柾孝《まさたか》。来期の部長らしい。隣には一年三組の生徒・佐味田川《さみたがわ》嘉人《よしと》がついてきている。

昨日の形相がまだ焼き付いている。さすがに大輪田の前では自重せざるを得ない。

その大輪田と侑奈の関係もどうなのか不明だ。侑奈は大輪田にも同様にビジネスライクに接している。

「一つ聞きたいのですが」

「なんでしょう。桑島さん」

昨日のキビタキから遠く離れた、クールな侑奈の声。

「アピールしろと云われても、古生物部とタイ飯部では全く異質ですよね」

「そこを話し合いで考えて頂きます。他の階でも、することは同じですから」

ぴしゃりと侑奈がはねのける。

「じゃあ少しくらい方向性を」

彰がくい下がると、

「私たちも初めての経験で……例えば互いのアピールしたいところを融合するとか。相乗効果を得られるように」

闇雲な提案だが、彼女も上からの命令で動いているだけだろう。立場としては理解できなくはない。

「要はコラボですよね。それは解ってるんです。どのようにするかが問題で。少しはアイディアを出してくれても」

佐味田川が唇を尖《とが》らせて不満げに提案する。一年のはずだが二年の侑奈にもフランクな口調だ。

「もちろん、私も担当者として協力はします。しかしクラブのアピールポイントを熟知しているのはあなた方なので、コラボの方向性も先《ま》ず二クラブで決めたほうが」

官僚的な返答に終始している。果たして彼女はこの状況を想定して告白してきたのだろうか。甚だ疑問だった。クールを装っているが、内心は自分と同じように焦っているのかもしれない。

そんな中、大輪田だけがずっとむすっとしていた。周囲に悟られてもいいような、投げやりな雰囲気を隠そうともしない。そのためただの初顔合わせの会合がピリピリ張り詰めた空気になっている。

質疑応答を終え次回の会合の日時を告げたあと、最後に侑奈は意味ありげに目配せして部屋を出た。

このまま追って問いただしたい誘惑に抗《あらが》いながら配布されたプリントを眺めていると、

「とりあえず、明日部室に集まりますか。うちの部、明日は休みなので」

一年生の佐味田川が暢気に云い放つ。彼だけは場の雰囲気に飲まれずマイペースだった。将来大物になるかもしれない。

「それではよろしく」

彰が口にすると、大輪田は厳しい表情のまま「よろしくお願いします」とだけ絞り出した。目下のところ敵に位置しそうな男だが、平然と会議を進める侑奈より人間らしく感じられた。

＊

翌日の放課後、タイ飯部に向かう。タイ飯部は古生物部の三部屋隣だった。いつも前の廊下を通っているので見知っていても訝《おか》しくないのだが、部室の前に来てその理由が解った。部の看板がタイ語で書かれていたのだ。もちろんタイ語は読めないので、部の名前ではなく放送禁止用語が書かれていたとしても判らないが。

部室は古生物部と同じくらいの大きさだった。雑多な感じも同じくらい。壁際に流し台と電磁調理器、鍋や冷蔵庫があるので、簡単な料理は作れそうだ。実際、ナンプラーやパクチーの臭いが室内に染みついている。

室内には佐味田川がひとりで座っていた。

「大輪田君は?」

香辛料の刺激に眉根を寄せながら彰が尋ねると、

「トイレに行ってる。もうすぐ戻ってくるんじゃないかな」

先輩に対しても相変わらずフランクな会話。横柄な片理ですら、一応敬語めいた言葉遣いをしていたというのに。聞けば帰国子女らしい。親の仕事で、中学二年までドイツに住んでいたとか。そこでタイ料理店に行ったのを契機にタイに興味を持ち始めたらしい。逆にドイツの料理には全く惹《ひ》かれないとのこと。

「しかしタイ飯部の存在は知らなかったな」

異国臭が漂う部屋を眺めながらそう云うと、

「九〇年代のエスニックブームに合わせて作られたらしく、もう三十年以上続いているらしいよ」

確かに室内に飾られたワット・アルンの写真や象の置物などは、歳月を誇示するようにほどよく色褪《いろあ》せている。

「でも、今の部員は十人ほどだけど、僕以外だれもタイに行ったことがなくて。ただ輸入食品店で食材を買ってくるだけ。タイ部じゃなくてタイ飯部だから仕方ないかもしれないけどさ」

佐味田川は不満げだ。佐味田川は訪タイしたことがあるのかと尋ねると、

「行ったのは三度かな。日本に戻ってきてからで、主にバンコクばかりだけど。パパもタイが好きだし。なぜか夜は別行動だけど、年末もパパと一緒に行って来たばかりなんだ。初めてアユタヤ遺跡を見たけどヴンダバーだった。僕はタイ料理だけでなくタイそのものが好きだから。もしタイ部があればそちらに入ったんだけどね」

もしかして佐味田川はタイ飯部のエリートであると同時に、不満分子ではないだろうか。

「そりゃあ大手レストランのメニューに採用されることは凄《すご》いと思うよ。あれ、開発したのが次期部長の大輪田さんで、センスは凄いんだけど」

その時、「遅れて申し訳ない」と噂《うわさ》の主の大輪田が入ってきた。佐味田川がバツが悪そうに顔をくしゃっとするが、今までの話には気づいていないようす。

「わざわざお越しいただいてありがとうございます。早速、新歓イヴェントの出し物を考えましょう」

口調は丁寧だが、ちらちらとこちらに向ける視線は相変わらず敵意に満ちている。そのせいで今日も重い会議となった。陽気な佐味田川が一服の清涼剤なのが救いだ。

アカントステガのカオマンガイやウミサソリのプーパッポンカレーといった、ろくでもないアイディアしか出ずに踊りっぱなしの一時間が過ぎたころ、「申し訳ない」と大輪田が再び謝罪した。「抜けられない用事があって、今日はこれで失礼する」

そう云うなり、そそくさと部室から出て行った。まだ確定ではないが、恋敵の男に丁寧に詫《わ》びを入れるところを見ると、律儀なのは確かなようだ。しかしその表情は傍目《はため》からも判るほど苛《いら》ついたものだった。こちらに顔を向けるたびに、急斜面を直滑降するように苛立ちが加速していったように思える。

「お互い苦労するね。そちらの部長の神舞さんも癖が強いんでしょ。噂ではいろいろと」

大輪田の心境に心当たりがない佐味田川は、暢気に寸評している。

「まあ。成果が認められて今はだいぶ円くなったけど」

彰が肩を竦《すく》めると、

「うちは逆だよ。メニューに採用されたことでますます調子に乗って堅苦しくなって。今までのやり方が間違ってなかったって。春からどうなることやら」

言葉のわりに苦笑いで済んでいるのは、佐味田川と大輪田のどちらの人徳のおかげなのだろうか。

ここらが潮時とナンプラー臭い部屋から退散しようとしたとき、

「ちょっと待って。いいものがあるんだ。これ、凄いんだよ」

佐味田川が嬉しそうに冷蔵庫からペットボトルを取り出した。赤いラベルが貼られ、中には黒い液体が入っている。

「何だと思う?」

そう問いかけてくるが、クイズを出したいわけではなさそうで、佐味田川はすぐに答えを発表していた。

「コーラはコーラでもケシ・コーラ。ケシの実が入ったコーラ。それがやばくて人によってはトリップするとかで」

「脱法コーラなのか」

「脱法どころか日本じゃ違法で。タイでも今年から発禁の憂き目に」

「そういえば」

彰は額に手を当てながら、

「夏頃に、タイの違法コーラを日本に個人輸入してネットで売りさばいていた奴がいたとか話題になってたな」

「そう、それそれ」

「じゃあ、ネットで買ったのか」

「それじゃ足がつくし。年末にタイへ行ったときに買ってきたんだ。見た目を普通のコーラにしたやつが売ってたから」

「それって密輸なんじゃ」

思わずそう指摘すると、

「細かいことを云えばそうかもしれないけど。でも僕は普通のコーラと思って持ち帰っただけだし」

遵法精神に乏しいのか、単にがさつなだけなのか、ノンシャランとしたものだ。

「じゃあ、タイ飯部はケシ入りコーラを回し飲みしてるのか」

思った以上にやばいクラブだった。コラボして大丈夫なのだろうか。

「いや、それはないない。他の部員は知らないから。今の部長も大輪田さんも堅苦しくて、とてもそんな雰囲気じゃないし。でも桑島さんとかならいいかなって。一緒に飲める相手を探していたんだ。こんなヴンダバーなグッズ、独りで飲んでもつまらないでしょ」

このわずかな時間で、どこを見込んだのだろう。逆に気になる。それに明らかに彼の鑑定は間違っている。この手のものを興味津々《しんしん》で口にするのはまりあくらいだろう。たとえ古生物部のイメージがまりあ一色だとしても、まりあと部員は別物だ。この場にまりあがいなくてほっとする。

「すごいな。これがバレたら新歓イヴェントなんて一発で取り消しだろ」

ビビる彰に対し、

「そうかも。一口飲んでみる?」

もうラリっているんじゃないかという口調で、佐味田川は早速口をつけ味見する。

「味は変わらないけど、ちょっと舌がピリピリするかも」

怪しげな食リポとともにコーラをこちらに差し出してくる。そのとき佐味田川の肘が机にあたり、机の上にドボドボとコーラが零《こぼ》れた。彰の太ももに滴り落ち、一部は乱雑に置かれていた雑誌や書類の束を濡《ぬ》らす。

「やばい、やばい。大輪田さんにばれたら」

さすがの佐味田川も焦ったらしく、ハンカチで慌てて書類の束を拭う。幸い処置が早かったので、角を少し染めた程度ですんだようだ。

「すみません、桑島さん。大丈夫だった？」

真っ白な顔で頭を下げ、ハンカチを差し出す。

「いや自分で拭くから。それより大輪田君はそんなに怖いのか？」

「ちょっと怒りっぽいところがあるね。部員にも瞬間湯沸かし器とか陰で云われてたり。あ、もちろんこれは内緒で。知られたら一瞬で沸騰してしまうから」

ニヤニヤしながら答える佐味田川。先ほど沸騰寸前だったことには気づいていないようだ。良くも悪くも鈍感なのだろう。

「書類に少し染みたようだけど大丈夫なのかい」

「香りは普通のコーラと変わらないから気づかれないでしょ。ただコーラを零しただけということにしておけば」

結局、コーラは飲まずじまいになった。一口飲んだ佐味田川がすぐさま不用意に零したことと因果関係はないだろうが、舌がピリピリするという感想は尻込みさせるのに充分だった。

ひょんなことからケシ入りコーラがばれて古生物部にまで延焼するのも問題だ。まりあの声望もだが、親兄弟にも迷惑がかかる。

佐味田川は証拠隠滅とばかりに残りのコーラを飲み干している。一気飲みして何事も無ければいいが。

ともかくそれで今回はお開きになった。

時計を見ると五時少し前。倣《なら》ってそのまま帰っても良かったが、古生物部の部室を覗いてみた。まりあは巨大なエディアカラの模型と格闘していた。

「ちょうどよかった。助けてくれない」

今にも押しつぶされそうな濁った声。カエルツボカビのせいで絶滅寸前のカエルのようだ。根元から折れて倒れかかってくる八十センチはある芭蕉扇形《ばしょうせんがた》のカルニオディスクスを、小さな身体でなんとか支えている。もし覗かなければどうなっていたことか。

慌てて駆け寄り模型を支えると、

「ありがとう。移動しようとしたらいきなり倒れてきて……」

「どうして一人でするんです。云ってくれれば」

「これくらいなら出来るかなと思ったんだけど。まさか折れるなんて」

いつも通り見積もりが甘い。一昨日の搬出の時も、自分の体力を考えずに化石をケースに詰め込んで往生していた。まあ、その見積もりの甘さのおかげで、探偵の実力に気づけていないのだが。

「それで一緒に直して欲しいの」

壊れているのはカルニオディスクスだけではなかった。カルニオディスクスを支えるためにジオラマに手をついたせいで、同じくらいのサイズで楕円形《だえんけい》のエアマットのように横たわっていたディッキンソニアの前部を押し潰してしまったのだ。

「新品を買い直した方が早いくらいですよ」

「ダメ」と即座に首を横に振る。「これはクラブに残す大事な遺産だから」

ただの海外製のプラモデルのはずだが。とはいえ廃部の危機を乗り越えるために作られ、紆余《うよ》曲折を経て今日の栄華までを眺めていた模型でもある。いわば糟糠《そうこう》の模型。

「お願い」と下手に出られると、やるしかない。断る選択肢は初めからない。

「接着剤はどこにありますか?」

結局、カルニオディスクスの修理だけで三十分ほどかかり、気づいたときは窓の外はすっかり真っ暗だった。

「とりあえず今日はこのくらいで」

一番大きな問題をクリアしたので、あとは難しくない。ディッキンソニアのほうは横たわっているだけなので、後まわしでもなんとかなる。

「一昨日から様子がおかしいけど、どうかしたの」

同じく帰り支度を始めたまりあが尋ねかけてくる。意外と鋭い。

「いえ、ちょっと体調が悪くて」

感情を悟られないようにコントロールしながら答える。相手は名探偵だ、自覚こそないが。しかしまりあはあっさり信じた様子で、

「ちゃんと御飯食べてる?」

と母親のような口調になる。この辺りがまりあらしいというか、ポンコツ探偵らしいところだ。それが癒やしでもあるのだが。

「食べてます。それより一緒に帰ります？」

そう口にしたときだった。表からパトカーのサイレンが聞こえて来た。

もう何度目だろう。

*

殺されたのは箸尾侑奈だった。

確認したわけではないが、廊下から噂話《うわさばなし》が聞こえて来た。現場は体育館の裏らしい。一昨日、告白された場所だ。

動揺が顔に出ていたのだろう。「大丈夫？」と、まりあが肩に手をかけ心配そうに尋ねかけてくる。

「箸尾さんてクラブ執行会の担当の人でしょ」

池部の時のように軽くあしらえないので、苦労する。まりあ自身も不安そうだ。

いきなり告白されただけのプレパラートのように薄い関係だが、なにせ現場が当の体育館裏だ。下校していいものか迷っていると、部室に若手の刑事が現れた。もう何度も見たなじみの顔だった。この学園の担当を独占しているのだろうか。

刑事は解っているだろうといった態度で自分だけ呼び寄せる。まりあは特に理由を尋ねない。慣れただけなのか、告白のことを知っているのか。

連れて行かれたのは、奇《く》しくも新歓イヴェントの打ち合わせが行われた小会議室だった。見知ったはずの小会議室が、治外法権の尋問部屋に感じられる。

「被害者が君宛にラヴレターを書いていたんだが、心当たりはあるか？」

椅子に座るなり、これまた顔なじみの年配の刑事が尋ねてきた。

「箸尾さんからラヴレターをもらいましたが、どうしてそれを？」

「被害者が手にして殺されていたんだ」

刑事は事実を述べただけだろうが、全く予想外の情報だった。

侑奈がラヴレターを手にしていた？

いったいどういうことだろう。カバンから盗んだのが侑奈だったと？

しかし盗まれたのは一昨日の夕方のはず。それから二日。どうして侑奈がラヴレターを手にしていたのか。ずっと持ち歩いていたのだろうか。

「告白されましたが、あとで捨てました。つきあう気はなかったので」

つい嘘をついてしまう。余計なことに巻き込まれたくない思いがあった。刑事は手紙の文面を読んでいるだろう。しかしその口調からは、自分を責める様子は感じられない。

つまり手紙には殺人の秘密は書かれていない！

「そうか……」

「箸尾さんが、俺宛の手紙を握りしめていたのですか？」

ここだけの話だが……と前置きして刑事は話してくれた。

侑奈は体育館の裏で背後から首を絞められて殺されたらしい。凶器は細い紐状《ひもじょう》のものだが、犯人が持ち去ったらしく現場には残っていなかった。首の索条痕に特徴がないことから、凶器の特定は難しいらしい。

また被害者は後ろ手に手首を縛られうつ伏せで倒れていたが、手首と背中の間に竹ボウキが差し込まれ、胸には幅三十センチほどの十字架が括《くく》りつけられていたらしい。手首や十字架を括るのに使われた赤い紐は、凶器とは別物のようだ。

十字架は旧クラブ棟一階のケルト研究会のもので、部室の扉に看板代わりにずっと飾られていた。木製で、釘《くぎ》で引っかけてあっただけなので、持ち去るのは簡単なようだ。普通の十字架の背後に日輪を象徴する円が取りつけてあるケルト十字架と呼ばれるものらしい。また竹ボウキは現場近くに立てかけられていた。

ともかく首を絞められ、そのままうつ伏せに倒れていたのだが、右手に件《くだん》のラヴレターを握っていたのだ。

封筒がしわくちゃになっていないことから、首を絞められた時点では手にしていなかった可能性が高く、倒れ込んで息も絶え絶えの被害者が、自分を殺した犯人を指し示すために、後ろ手に縛られた手でスカートのポケットから取り出したのではとも考えられているらしい。いわばダイイング・メッセージ。

「そんな、俺じゃありません！」

手紙が盗まれたことを正直に話さなかったことを後悔した。関係ないことを示すために、逆に不信を呼び込んでしまったのだ。

「いや、私たちもそう単純に考えているわけではないよ」

宥《なだ》めるように、包容力のある口調で中年刑事は云った。相手は百戦錬磨の刑事だ。どこまで信じていいのだろう。

「実際、箸尾さんと話したのはあのときが初めてでした」

「それは知っているよ。告白の時に同席した彼女の友人が証言してくれた」

自分を体育館裏まで誘導した女子のことだろう。

「しかし」と刑事は続ける。「その後、クラブ執行会とかいう集まりで、顔を合わせただろう」

「はい。でも事務的な話以外は何も交わしませんでした」

「その場ではね」

「俺が疑われているんですか」

単刀直入に訊いてみた。

「そんなに睨みつけるものじゃない。まだ君も容疑者の一人という段階に過ぎないよ。逆に云うと君だけじゃない」

はっきりと容疑者というフレーズを口にした。顔なじみに対するサーヴィスなのだろうか。

「じゃあ、他にも容疑者はいるわけですね」

「まあな。それが誰かまでは教えられないが」

にこやかに刑事は口にする。しかしどこまで信用していいものか。一見友好的だが、内心は一番の容疑者と疑っているかもしれない。そして……万が一にも侑奈が握っていた秘密が露見したとき、完全に敵対するかもしれないのだ。

「じつは彼女から告白されたとき……」

体育館の二階から大輪田が睨んでいたことを、躊躇いなく明かす。

「大輪田というと、二年のタイ飯部の」

「そうです」

刑事が大輪田のことを知っていたのは意外だった。となると侑奈と大輪田にはやはり以前から繋《つな》がりがあったのだろう。

あるいは大輪田の片想いとも思わなくはなかったが、既に刑事が知っているということは、もっと明確な関係性があるということだ。

「つまり大輪田君は君が告白された場面を見ていたと」

「俺が気づいたのは直後のことですが、怖い表情で睨みつけられました」

きっぱりと云い切ったが、自分の容疑が薄まるのなら、なすりつける印象操作でも何でもしただろう。過去の自分の罪を暴かれるのも避けたいのに、あまつさえ濡れ衣《ぎぬ》を着せられるのなんて真っ平だ。

そこでふと自分の代わりに逮捕された人がいることを思い出す。彼は冤罪で逮捕されたわけだ。彼は今どんなに不条理な想いで、世界を呪っていることだろう。

それだけではない。まりあの推理が正鵠《せいこく》を射ているならば、ほかにも冤罪で捕まっていることになる。

もしかして、自分もその一人に……。

突然恐怖が襲ってきた。初めて人を殺した（といってもその一度きりだが）日の夜に、ベッドの上で感じた恐怖がリフレインする。もし逮捕されれば高校生にして人生が終わってしまう。親にも兄弟にも親戚にも顔向けができない。また期待を裏切りたくない。クラスでは平静を装いながら、露見しないようひたすら願い続けてきたのに。中学の時に負ったトラウマが再びうずき出す。

「どうしたんだい。顔が強《こわ》ばっているが」

刑事が目聡《めざと》く尋ね掛けて来た。

「いえ、何でもありません。だれが箸尾さんを殺したのか、考えていたんです」

慌てて打ち消す。内心を悟られてはいけないし、今回の事件で怯《おび》えていると邪推されるのも避けたい。

「君としては、大輪田君が怪しいと？」

鎌を掛けて来たのだろうか。

「いえ。箸尾さんのことをまったく知らないので、俺にはなんとも云えません」

実際その通りだった。もし「秘密を知っている」という言葉がなければ、そのまま忘れ去っていた出来事だったろう。たったあの一言で心に荒波が押し寄せ、平穏を奪われる。挙げ句の果てに無関係なはずの事件で動揺し、怪しげな挙動を晒す羽目になる。

「ところで」

質問が終わりを迎える空気の中、刑事が爆弾を落としてきた。

「告白の際、被害者が君に『秘密を知っている』と囁いたそうだね。さっき話した友人が証言していたよ。〝秘密〟って何のことだい」

油断させてぼろを引きだそうということか。必死で感情をコントロールしながら、言葉を選ぶ。

「いや、俺にも何のことかさっぱり……」

「本当に？」

「……単に鎌を掛けただけじゃないかと。そうでなきゃラヴレターを捨てたりしませんよ」

きっと声が震えていただろう。拙いポーカーフェイスなど海千山千の刑事には通用しないかもしれない。しかしなんとか取り繕うしかなかった。

「まあ、今は君の言葉を信じておくよ」

とりあえずなんとかその場は解放された。部室に戻るとまりあが心配げに近づいてくる。ずっと待っていてくれたのだろうか。

少し心苦しくなった。結果的にまりあにも秘密を隠していることになるのだから。

「心配ないです。事情を訊かれただけだから」

安心させるように微笑むと、まりあはほっと息をついたようだ。

「待っていてくれたんですか？」

「ああ、それもあるけど、私も刑事さんに」

入れ替わりで事情聴取を受けるようだ。

びっくりしている間に、先ほどの若い刑事が顔を見せ、まりあを招く。

一体どうしてまりあが……。

彼女の後ろ姿を見つめながら考えてみた。

自分は容疑者である。それは侑奈に告白されたから。侑奈がラヴレターを手にして死んでいたから。

だとするとまりあに容疑が向くのも……。

彼女が部室に戻ってくるまでの時間が長く感じられた。

*

翌日の教室は殺人事件の話題で満ちあふれていた。ただ何度も起こる事件にいい加減麻痺《まひ》してきたのか、生徒たちの反応も変わってきていた。テレビで目にした他府県のニュースを話題にするような、切迫感のない他人事《ひとごと》な感じというか。まるで侑奈がペルム学園の生徒ではなく、事件もどこか別の体育館裏で起こったような。

もちろん侑奈の友人やクラスメイトたちは、違った反応を示しているのだろうが。

「殺された女子は十字架に磔《はりつけ》にされていたらしい」

「宗教がらみ？」

正確には磔ではないのだが、今までの事件とは少し違う色合いに、誰もが戸惑っているようだ。

「告白した相手のラヴレターを握っていたらしいよ」

「じゃあ、その男が犯人ということか」

その相手が自分だとは知られていないようで、級友たちは無邪気に語っている。ラヴレターだけならただの痴情の縺《もつ》れで済むが、十字架の登場が単純な解釈を拒んでいるようだ。実際、自分に関係がなければ情報収集と称してその輪に加わっていたことだろう。

とはいえ、心は少し楽になっていた。というのもまりあのおかげでアリバイが成立したからだ。

箸尾侑奈が殺されたのは昨夕の五時から五時半の間。死体が発見されたのが五時半で、五時過ぎに生きている姿を同じ執行会委員が数人目撃している。

三十分の間に体育館裏に誘い出され絞殺されたのだが、幸運なことにそのあいだずっと部室でまりあの作業を手伝っていた。倒れかけたカルニオディスクスのおかげでアリバイが成立し、まりあがアリバイの証人となってくれたのだ。

刑事はまりあに何度も確認したらしい。もしかすると自分を庇《かば》うために偽証していると疑ったのかもしれない。

とにかくまりあは嘘をついていないのだから翻しようがないし、実家の力も大いに役立った。

わずか五分間でも、部室を抜け出さなかったかとも刑事は念押ししたようだが、もちろんずっと部室にいて、黙々と模型を直していたのだから、ひっくり返りようがない。少しでも手を離せば再び倒れてしまうので、さすがに勘違いのしようもない。そもそも五分程度では殺したあと体育館裏まで十字架を持ち運ぶ余裕はない。

そのケルト十字架だが、ケルト部が休みだった上に、ドアは他にもごちゃごちゃと装飾されていたせいで、廊下を通り過ぎた生徒もいつ持ち去られたか誰も覚えていなかった。本体は軽いので片手で持ち運びできるらしい。

少なくとも自分は犯人扱いされない。もちろん一緒に修繕していたまりあもだ。級友たちの噂話を平静に聞き流せたのもこれが大きかった。

そして二日後、さらに流れが大きく変わった。大輪田が重要参考人として警察に任意同行を求められたのだ。

「それがね……」

奇人変人のレッテルが解け、すっかりクラスメイトとも会話するようになったまりあが聞きつけた話では、

「箸尾さんが握っていたラヴレターの角に少しシミがついていたの。なにかの液体らしいんだけど、そこからケシの成分が検出されたんだって」

「ケシって！」

佐味田川の話を思い出す。事件の日、彼が勧めたコーラがたしかケシ入りだった。

「少し前に問題になったタイのコーラと同じらしくて……」

「じゃあ、佐味田川君がコーラを零したとき、ラヴレターが書類に紛れてたと」

「タイ飯部の部室が調べられて、佐味田川君も云い逃れができなかったみたい」

はたしてまりあはそのラヴレターの宛名を知っているのだろうか。好奇心を剝《む》き出しに話す彼女の顔色からは何も窺えない。ポーカーフェイスが苦手だという今までの経験則から云えば〝知らない〟ということになるが。

ふと、もしかしてまりあはとんでもなくポーカーフェイスが上手《うま》いのではという疑念が生じた。今まで否定され引っ込めてきた推理も全て正しいと見切っていたとしたら。自分が人殺しなのを知ってなお接しているとしたら。

背筋が薄ら寒くなる。……しかし、さすがにあり得ない。そこまでの人物ならもっと世渡りに長《た》けているし、片理めりの後塵《こうじん》を拝することもなかっただろう。

「でも佐味田川君がコーラを零したのは、あの人が帰ったあとでしたよ」

「それが忘れ物をしたと慌てて戻ってきたらしくて。佐味田川君は帰る準備を終えていたから、鍵を預けて先に部屋を出たらしいの」

忘れ物というのはラヴレターのことだろうか。

「違法なコーラを内緒で持ち込んでいたのが明らかになったから、新歓イヴェントの出場は取り消しになるかも。その前にメニューを考案した本人が不祥事を起こしたから、どのみち駄目だろうけど」

無邪気というかドライなものだ。

「大輪田君と箸尾さんは三ヶ月ほどつきあっていて、彼女の方から別れを切り出したんだって。でも大輪田君のほうが未練たらたらで。ストーカーまがいというか、クラスが隣同士だから合同授業も多くて、授業のたびに強引に迫ってたみたい。実際、部室を出たあと大輪田君は箸尾さんを探し出して体育館裏で詰問したらしいの。それは認めてるんだけど、大声をあげるからと脅されて引き下がったって」

おそらく大輪田はカバンからラヴレターをくすね、彼女を難詰した……ともかくその結果殺してしまった。事件の日、大輪田が隣の彼女のクラスまで行って詰め寄ったのを、多くの人に目撃されている。その場は侑奈に拒絶されて終わったらしいが。

なにより状況的にカバンにしまい込んだのを知っているのは彼しかいない。盗めるのも彼だけだ。

とっさの嘘で、経緯が少し変わったが、結果は同じだ。くすねたラヴレターを開封して置いてあったのを知らず佐味田川がコーラを零してしまった。それに気づかないまま元に戻し体育館裏で侑奈に突きつけた。

侑奈にしてみれば元彼がラヴレターを入手していることに激昂《げっこう》し詰問しただろう。そして事件が。

ラヴレターは侑奈自身が握ったのか、大輪田が握らせたのか。大輪田が握らせたとしたら、おそらく自分に罪をなすりつけるため。

「でもどうして十字架なんか括りつけたんですか?」

「それはまだ。大輪田君が自白したわけではないし。ただ、箸尾さんと大輪田君の二人ともキリスト教とは関係ないみたい」

可愛さあまって憎さ百倍。怒りのあまりゆえか……しかし日が暮れて人通りも少ないとはいえ、十字架を持ち出すのは危険を伴うはずだ。よほど強い意図がない限り。それに後ろ手に縛って竹ボウキを差し込んだ理由も不明だ。あのあとケルト十字架について調べたが、イタリアでは人種差別団体のシンボルとして使われているらしい。さすがにこの事件とは関係ないだろうが。

「とにかく、証言してくれたおかげで助かりました」

心からの礼だったが、まりあは、

「私は本当のことを云っただけだし。お礼を云われるとまるで私が庇って嘘をついたみたい」

むしろ憤慨している。確かにその通りなので、「ごめんなさい」と謝った。

いきなり素直に謝ったので、むしろまりあが戸惑っていた。

3

「訝しい」

部室でまりあが首を傾げていたのは翌日のことだった。大輪田はまだ逮捕されてはいないが、校内の空気は大輪田犯人説で染まっていた。というか既に事件が解決したかのように沈静化していた。針の筵《むしろ》の大輪田は昨日から欠席している。

侑奈が握っていた秘密については結局解らずじまいだ。あの場にいた彼女の友人もあれから何も云ってこない。想像通り、彼女にも話してはいなかったのだろう。アリバイが成立した上、容疑者が絞られたためか、刑事も秘密については詮索してこない。

「どうしたんですか」

ゲームの手を止め彰が尋ねる。

「犯人は手紙を開封したまま部室に置いておいたんでしょう。体育館裏で口論になってつい」

「その時はまだ殺す気なんてなかったんでしょう。体育館裏で口論になってつい」

「でも、手紙には大輪田君の指紋はなかったらしいし。拭き取ったということは、最初から殺すつもりだったんじゃ。それに思わず殺してからとっさに十字架を思いついたというのも」

「確かに……」

封筒も中の手紙からも侑奈の指紋しか検出されていない。自分は告白されたとき手袋を塡めていたので当然だが、開封して中の手紙まで読んだ大輪田の指紋がないのは訝しいかもしれない。それこそ最初から殺す気がないと。もちろん十字架の件もそうだ。犯人は括りつける紐も調達している。

「でもそれならなおさら不思議なんだけど。事件の夕方、大輪田君は箸尾さんを探すのに何人かに尋ね回ったらしいの。最初から殺すつもりなら、そんなことしないはず。それにラヴレターをくすねてないって頑強に否定してるみたいだし」

「ラヴレターを盗んだことを認めるのは、自白するのと同じですからね」

「それはそうだけど……」

まりあはしばらく首を傾げていたが、「解った！」と大声を上げた。

「犯人は佐味田川君。もしコーラを零したのが偶然じゃなかったら、大輪田君に罪を着せるためにやった。告白の場面をどこかで見ていて、ラヴレターもゴミ箱から回収した」

「どうしたんです、まりあさん。大きく外れてますよ」

高萩が即座に否定する。

「どうして？」

「簡単です。その結果、タイ飯部はてんやわんやになって新歓イヴェントどころではないし、佐味田川君自身も停学をくらいそうです。もっと自分に火の粉が降りかからないやり方があったと思いますよ」

「じゃあ、佐味田川君がコーラを零したのは本当に偶然？」

水やりを忘れた花のようにしゅんとする。

「でしょうね。いくら殺人のためとはいえ、タイ飯部員がそんな自爆行為をするとは思えないです。それに大輪田さんが戻って来るのを予測できないと、濡れ衣を着せることなんてできません」

そこまで口にして、はっと高萩は彰を見た。部室で佐味田川がコーラを零したとき、あの場にはタイ飯部ではない人物がもう一人いた。

新歓イヴェントの代表は互いのクラブから二人ずつ。タイ飯部は大輪田と佐味田川。古生物部は高萩と彰。

そして彰はズボンに零れたコーラを自分のハンカチで拭っていた。手紙の角に染み込ませる程度なら充分な量だ。

彰は会議が終わるとその足で帰宅した。なのでアリバイはない。もしかすると忘れ物を取りに帰る大輪田とすれ違い、その表情から何か察したのかもしれない。もちろん予想が外れれば翌日以降でも良かっただろう。コーラが染み込んだ手紙がある限り、犯行はいつでも構わない。しかし、うまい具合に大輪田は侑奈を体育館裏に連れ出し詰問した。

桑島彰……。

でもどうして彰が。彼は侑奈と同じ二年二組だから因縁があっても不思議ではない。しかし……高萩やまりあと違って事情聴取を受けた気配がない。つまりただのクラスメイトで、警察が関係者として見ていないということだ。

だとすると……。

彰の表情を窺おうとしたが、彼はいつもの猫背で窓の外を見つめている。全く視線を動かさないので、あえて顔を背けているのだろう。

もし彰が犯人だとすれば、目的は？　十字架は何のために。

高萩は必死で考えた。

「じゃあ、被害者はどうしてあんな格好をさせられたんです？　何か意味があるのでは」

高萩の感情を無視するように、窓を向いたままの彰が話題を蒸し返す。

「後ろ手に縛って棒を差し込んでいたんでしょ。邪教の儀式なのかな」

「ただの棒ではなく竹ボウキだったようですよ」

「そう……なら、魔女狩りかも」

まりあが口にする。思いつきが口をついて出てきたといった感じだった。

「だって棒に後ろ手に括りつけられて足許を燃やされるやつ。それがホウキだったらもう魔女の火あぶりでしょ。キリスト教にも関係するし」

「火をつけてなかったり、薪《まき》がなかったり、そもそも横たえられていたり、いろいろ準備が足りていない気がしますが」

「そうか。犯人が本当に儀式に拘《こだわ》っていたのなら、そこはきちんとやりそうだし」

彰の反論に、まりあはあっさりと撤回する。

〝魔女狩り〟……その言葉をどこかで聞いたことがある。いや高萩自身が発した言葉だ。愛染ロープが盗まれたときに出た軽口。

彰の言葉通り、魔女裁判の焚刑《ふんけい》としてはいろいろ小道具が省かれているし、ケルト十字架にしたのも入手しやすかっただけのようだが、拘りのなさが思いつきの軽さを示しているとも云える。ただ自分がその言葉を発したというだけの。まりあがそれを覚えていたら充分、いやまりあが忘れていても高萩自身が覚えていれば充分という考えなら。

まさかそれだけのために……。

「しかし高萩にアリバイがあってよかったな。なければ、どうなっていたか」

ずっと窓に顔を向けたまま彰が口にする。まるでラヴレターの宛名が高萩だと知っているかのように。まるで高萩の疑念を肯定しあざ笑うかのように。

「そうね。ホントよかった。一緒にエディアカラ模型を直してて」

「そうですね。もし俺が疑われてたら」

なるほど……俺は陥れられたのか。

ようやく高萩にも合点がいった。これは彰の復讐《ふくしゅう》なのだと。

まりあの証言がなければ、俺はもっと疑われていただろう。侑奈からのラヴレターを受け取ったところは目撃されているし、捨てたと云ってるのは俺だけだ。実際は盗まれたのだが、それでも同じこと。

おそらく彰は告白の現場を目撃していたのだ。そして大輪田が睨みつけているところも。もしかすると侑奈は告白のためにクラスメイトで同じ古生物部の彰に相談を持ちかけたのかもしれない。

……しかし俺を陥れるのならコーラのシミは余計なはず。あれによって大輪田に容疑の天秤《てんびん》が大きく傾いたからだ。

だがどうだろう。もし俺が大輪田を陥れるためにわざとコーラのシミをつけたと世間、いやまりあに思わせたかったとしたら。まりあは似た考えで佐味田川を疑ったが、論理の刃《やいば》はその場にいた俺にも通用するのだ。

ただ彰の目的はさらにその先にあるのだろう。俺が容疑者となればまりあが必死で罪を晴らそうとする。持ち前の推理力で真犯人が彰だと看破するかもしれない。

しかし、そのとき俺はどうするのか？

まりあに推理力を自覚させないために、前回と同じように偽の手がかりで推理を否定するのか。それは則《すなわ》ち彰を庇うことになる。

きっとこれは一身を賭けた彰のギャンブルなのだ。

大きな誤算は俺に完璧なアリバイが出来たこと。よりによってそのアリバイの証人がまりあであること。つまりまりあだけは俺が犯人でないことを知っている。

だから大輪田を陥れるために俺がコーラを仕込んだとは夢にも考えない。佐味田川止まりだ。だからその先にある桑島犯人説には辿りつかない。

まりあが彰を犯人と指摘し、それが正解となれば、彼女が自らの才能に気づいてしまう。それはつまり俺の犯罪も再び疑ってしまうということだ。

「本当に運が良かったな。高萩、またな」

そう呟《つぶや》くと、彰はふらっと部室を出て行った。水晶体が刳《く》り貫《ぬ》かれ黒色だけが残ったような、虚《うつ》ろな眼。普段はむすっとしながらでも感情の流れから思考の推移が捉えられる人だった。それがAIロボットのように無表情になっている。いつからだろう……事件の翌日からか。

年末にクラスメイトの鹿沼亜希子が逮捕されたのも影響しているのかもしれない。

つまり侑奈を殺した後。それから彰は自身の何かも殺してしまったのだろう。俺を脅かすためだけに、無関係なクラスメイトを手にかけたのだ。彰はたぶん一昨年人を殺している。その時は切実な理由があっただろうから、大きく変わらなかった。春先の俺と同じように。だがいまは……。

動機がない。それが彰の最大の強みだ。その強みを得るために、虚ろな眼をした殺人鬼になった。

高萩は大きく身震いした。

自衛のためとはいえ、〝従僕クン〟を気取っていた彰からまりあを奪ってしまった。ワトソン役まで奪ってしまった。プレッシャーを掛けすぎたのかもしれない。しかし自分もまりあを手放す気はない。

最初は打算で接近した。それは否定しない。だが今は……まりあが必要なのだ。心の底から。中学の時に植えつけられた人間不信を初めて癒やしてくれた女性。

またな、と彰は云った。

彰が人を殺し、まりあが推理をし、自分が否定し続ける。この三位《さんみ》一体を、禁じられた遊びをこれからも続けるというのか？

ふと見ると、カバンにピンクの紐が入っていた。見覚えがあるパッションピンク。まりあと愛染クスノキを一周するときに使った愛染ロープだ。彰が二人の関係に感づく契機になった。あのままクスノキに吊るして願掛けしてあったはず。

もしかしてこの紐が凶器なのか？　被害者の両手首に結わえられた赤い紐も、別の愛染ロープだとしたら。

盗まれた愛染ロープが尽きるまで……。

狂気に背筋が凍りつく。身体が冷える。

二人きりになった部室で静かに手を握ってくるまりあ。手のひらから伝わる温かみ。高萩は強く握り返した。

「……大丈夫。これからも」

初 出

第一章　古生物部、差し押さえる　「読楽」（小社発行）2019年11月号
第二章　彷徨える電人Q　「読楽」2020年4月号
第三章　遅れた火刑　「読楽」2020年10月号
第四章　化石女　「読楽」2021年4月号
第五章　乃公出でずんば　「読楽」2021年9月号
第六章　三角心中　「読楽」2022年3月号
第七章　禁じられた遊び　「読楽」2022年9月号

刊行にあたり、著者が加筆訂正しました。
なお本書はフィクションであり、実在の個人・団体等とはいっさい関係がありません。

麻耶雄嵩（まや・ゆたか）
1969年三重県生まれ。京都大学工学部卒業。大学では推理小説研究会に所属。在学中の91年に『翼ある闇 メルカトル鮎最後の事件』でデビューを果たす。2011年、『隻眼の少女』で第64回日本推理作家協会賞と第11回本格ミステリ大賞をダブル受賞。15年、『さよなら神様』で第15回本格ミステリ大賞を受賞。

化石少女と七つの冒険

2023年2月28日　初刷

著　者	麻耶雄嵩
発行者	小宮英行
発行所	株式会社徳間書店 〒141-8202　東京都品川区上大崎3-1-1 目黒セントラルスクエア 電話　編集(03)5403-4349 販売(049)293-5521 振替　00140-0-44392
本文印刷	本郷印刷株式会社
カバー印刷	真生印刷株式会社
製本	ナショナル製本協同組合

©Yutaka Maya 2023, Printed in Japan
乱丁・落丁はお取り替えいたします。

本書のコピー、スキャン、デジタル化等の無断複製は著作権法上での例外を除き禁じられています。本書を代行業者等の第三者に依頼してスキャンやデジタル化することは、たとえ個人や家庭内での利用であっても著作権法上一切認められておりません。

ISBN978-4-19-865600-3